Friedrich Vater

Triton und Euphemos oder Die Argonauten in Libyen

Verone

Friedrich Vater

Triton und Euphemos oder Die Argonauten in Libyen

1st Edition | ISBN: 978-9-92500-017-3

Place of Publication: Nikosia, Cyprus

Erscheinungsjahr: 2015

TP Verone Publishing House Ltd.

Nachdruck des Originals von 1849.

TRITON UND EUPHEMOS

ODER DIE ARGONAUTEN IN LIBYEN

EINE MYTHOLOGISCHE ABHANDLUNG

VON

Friedrich Vater.

Перепечатано изъ 2-й книжки Ученыхъ Записокъ за 1849 годъ.

AN CHR. AUGUST LOBECK.

Die Belehrung welche ich Ihren Schriften verdanke, Ihre brief-
lichen Ermunterungen und endlich Ihre persönliche Bekanntschaft im Jahre 1840 haben es mir schon lange zur angeneh-
men Pflicht gemacht Ihnen, hochgeschätzter Herr Geheimderath,
einen öffentlichen Beweis meiner Anhänglichkeit und Verehrung
zu geben : aber aufrichtig gestanden, meine Schreibereien schienen mir nicht werth unter Ihrem Löwenpaniere aufzutreten; und
auch jetzt hätte ich mir nicht herausgenommen Sie in meine
Epyllien zu verflechten, wenn ich nicht glaubte beim Kampfe gegen alle subtilen und ätherischen Auslegungen der hellenischen
Dogmatik theils in Ihre Fusstapfen zu treten, theils auch durch
positive Leistungen in der Hauptsache das Dunkel der ältesten
heidnischen Theologie wirklich aufgeklärt zu haben. Freilich
scheinen Sie die Meinung des Kaisers Iulian zu theilen, dass
nach den Wurzeln der alten Mythologie zu forschen ebenso unsinnig sei als ausmitteln zu wollen, wer zuerst sich geschneuzt
oder ausgespuckt habe: indess war es mir individuelles Bedürfniss nach den letzten Gründen der ältesten Wissenschaft zu fra-

gen, und wenn meine Entdeckungen Ihnen widerlich sind, so mögen Sie mich verleugnen und diese Zuschrift nur als eine Aufforderung betrachten, mich zu widerlegen und zurechtzuweisen. Sollte Ihnen dagegen das Buch und sein Inhalt Ihrer und der Wissenschaft nicht ganz unwürdig erscheinen, nun dann so nehmen Sie dieses Vorwort als eine Zueignung, durch die ich meine unbegrenzte Hochachtung und Ergebenheit Ihnen an den Tag legen wollte.

Wie gesagt, behaupte ich den Vogel abgeschossen zu haben: sollten es aber nur Böcke sein, so würde ich nach der Besserung es denen gewiss Dank wissen, welche mich von diesem gefährlichen Seleniasmos geheilt hätten. Freilich kann das ohne Püffe nicht abgehn; aber wenn ich bedenke wie diese Mondscheinphantasien meine übrigen Kräfte lähmen, so muss dies immer noch wünschenswerther sein als in Folge des fortgesetzten Nachtwandelns künftig einen leibhaftigen Mondschein auf dem Hirndeckel herumzutragen.

Trotz dieser Zugeständnisse bin ich nicht gesonnen ohne Widerstand die Flagge zu streichen. Darum mögen diejenigen denen meine Einfälle gefallen sollten ja nicht an mir irre werden sondern vielmehr überzeugt sein, dass ich mit ihrem Beistande meine gute Sache gegen unwissenschaftliche Angriffe zu schützen wissen werde, und diese meine Mondtheorie auch in andren Schriften zu erweitern gedenke.

Kasan am 9 Mai 1849.   Fr. Vater.

TRITON UND EUPHEMOS.

INHALT.

1. Die Gründung Kyrenes . . . . 5 oder 95.
2. Zur Plastik des Firmaments . . . . 57 . . 127.
3. Die Ilias post Homerum . . . . 51 . . 141.
4. Der grobe Monddienst . . . . 70 . . 160.
5. Phöbos Apollon . . . . 86 . . 176.
6. Die heilige Siebenzahl . . . . 99 . . 189.
7. Das Geschlecht der Götzen . . . . 120 . . 210.
8. Die Propheten . . . . 136 . . 226.
9. Triton und die Dreiheit . . . . 151 . . 241.
10. Euphemos und die Scholle oder die beiden Mondhälften . 176 . . 266.
11. Schluss . . . . 207 . . 297.

TRITON UND EUPHEMOS

ODER DIE ARGONAUTEN IN LIBYEN.

=

Nec te decipiat centum mentita figuras,
Sed preme quidquid erit, dum quod fuit ante reformet.

Ovid.

I. Die Gründung Kyrenes.

Kennst du die Trift Libyé, so *du* doch nimmer geschauet,
Besser als *ich* sie *geschaut*, dann staune ich schier ob der Weisheit.

Orakel bei Herodot.

Das Treiben und die Begriffe der frühsten Menschheit erscheinen in sehr verschiednem Lichte, je nachdem man sich dieselbe schon seit ihrem Ursprunge in fortwährendem Fortschritte begriffen denkt; oder auch von einem der Gottheit näheren Zustande herabsinken und später erst allmälig wieder auftauchen lässt. Dass es nun über jene Urzeit keine direkten Zeugnisse giebt, darf die Wissbegier nicht abschrecken sowohl die Vermuthungen anderer kennen zu lernen und sorgfältigst zu prüfen, als auch selbst die geschichtlich beglaubigten Zustände auf ihre muthmasslichen Keime und Anfänge zurückzuführen. Denn wenn auch ungenügende Ergebnisse und unreife Einfälle strenge Rüge verdienen, so ist es doch gewiss nicht weniger tadelns-

werth wegen mancher mislungenen Versuche diese ganze Richtung zu verdächtigen und die Aetiologie eine *labes* unsres Zeitalters zu schelten; da wenigstens die Möglichkeit rückwärts
bis zu den letzten Gründen vorzudringen nicht in Abrede gestellt werden kann, und jede Lust am Denken und Streben ver-
leidet werden würde, wenn auch selbst die Hofnung auf einen
glücklichen Erfolg von vorn herein fehlte. Bei jenem Dilemma
aber empfiehlt sich gewiss weitmehr *die* Meinung der Alten und
Neuen, welche das Menschengeschlecht von der untersten Stufe
des Wissens und aus fast thierischer Unbeholfenheit nach den
Gesetzen naturgemässer Entwicklung und als Autodidakten zu
seiner spätern Bildung sich herausarbeiten lässt. Denn wenn
das was von der Kindheit des einzelnen Menschen gilt, in noch
höhrem Grade auf die Wiegenzeit der ganzen Menschheit an-
wendbar ist, weil damals die Nachahmung und der Unterricht
mehr entwickelter Subjekte fehlte, so mag es viel Mühe und
Erfahrungen gekostet und lange gedauert haben, bevor die thie-
rische Natur und der rohe Instinkt überwunden wurde, und der
bessere und geistige Mensch einigermassen den Sieg gewann. Bei
dieser Voraussetzung aber muss die frühste geschichtlich bezeugte
Bildungstufe der Hellenen in dem Naturleben ihrer ungehobelten
Vorfahren wurzeln, und namentlich ihre Fabel- und Glaubenslehre
(eben weil sie einem sehr niedrigen Kulturgrade angehört und
darum nicht mit den reiferen Zuständen der geschichtlichen
Zeit vermengt werden darf) aus den Begriffen der Vorwelt gelöst,
und als ein Zurückbleiben hinter den Fortschritten in andren
Kreisen betrachtet werden; wenn man nicht der ganz unhalt-
baren Hypothese Raum giebt, die Hellenen hätten ihre Mytholo-

gie von höherstehenden Nachbarn erhalten, und bei dem plastischen Sinne des Volks sei die tiefe Symbolik und Mystik der
Orientalen verkannt worden. Indess mag das Material der alten
Fabellehre heimischen oder fremden Ursprungs sein, so hat dieses
doch selbst so viele Merkmale der Herkunft aus einem eisernen
Zeitalter an sich, dass es in die Augen springt, die bekannten
sublimen Deutungen der Fabeln seien *nirgends* das Frühere
gewesen, sondern erst später von einem höhern Standpunkte aus
hineingelegt, um die groben und verwitterten Elemente der vorgeschichtlichen Theologie geniesbar und dauerhaft zu machen.
Dies weiter auszuführen liegt aber ausserhalb des Plans dieses
Aufsatzes: es muss genügen wenn alles Folgende in den gemach-
ten Voraussetzungen aufgeht.

Wenn die heidnischen Priester gar eifrig am Buchstaben
ihrer einer frühern Bildungstufe angehörigen Satzungen klebten,
so konnte sich die Tempelpoesie nur in engem Raume entfalten,
und die Fortschritte des menschlichen Geistes mussten sich ihr,
fast feindlich, gegenüberstellen, weil Priester- und Philosophen-
schulen die Weisheit verschiedner Jahrhunderte lehrten; denn
die hellenische Mythologie und Philosophie, trotzdem dass sie im
geschichtlichen Zeitalter grundverschieden sind, müssen doch einmal in derselben Wiege gelegen haben, etwa wie die Häresen
der sokratischen Schule gemeinsamen Ursprungs sind. Die heidnische Theologie war selbst die stammelnde Weltweisheit der
grauen Vorzeit, aber als sie der Philosophie nicht mehr wehren
konnte sich unabhängig zu machen, trennten sie sich auf ewig,
und späte Versuche die alte Dogmatik mit ihrem entwachsenen
Sprösslinge wieder zusammenzubringen, mussten mit der gänz-

lichen Vernichtung derselben enden ; denn beide gleichen dem
γοάμμα φιλόσοφον [1], insofern die Philosophie, um mit Platon [2] zu reden, am Scheidewege nach den Inseln der Seligen
vordrang, während die Mythologie in den Tartaros versank. Also
nur in ihrer vorgeschichtlichen Vereinigung dürfen beide als
einfältige Metaphysik gelten, d. h. sie waren beide gleichviel
oder besser gleichwenig zu diesem hochtönenden Namen berechtigt [3] : aber priesterliche Starrheit suchte dem gewaltigen Strome
Fesseln anzulegen, bis sich ein Arm desselben ein eignes Bett
brach, und nun unaufhaltsamen Laufs, alles mit sich fortreissend,
zu den schulgerechten Systemen der alten Spekulation gelangte,
während den eingezwängten Gewässern nur gestattet wurde in
engen Grenzen lachende Ebenen und den bunten Teppich der
Wiesen zu bilden und zu befruchten, und verschlungenen Laufs
und in reizendem Wirrwarr den herrlichen Garten des National-
palladiums zu wässern ; bis mit der Zeit auch hierfür der Sinn
abnahm, und die Bollwerke und Dämme allmälig in Trümmer
sanken, welche zum Nutzen und Frommen jenes Eldorado gedient
hatten, wodurch das alte Bett versandete, während jener Eine
unversiegbare Strom blieb und noch gegenwärtig alles belebend
fortrinnt.

---

[1] Lobeck Agl. 1542. „Est notissima fama philosophum samium vitae hu-
„manae cursum litteras Y comparasse, quod in prima pueritia omnium eadem
„est vivendi ratio nulla adhuc recti pravique discrimine, adulta vero aetate
„hominum studia diversum aguntur". [2] Gorg. 524 A.

[3] Eben deswegen sind astronomische und ethische Deutungen der Fabeln,
die mehr als die einfachsten Begriffe voraussetzen, nach unserer Theorie
umstatthaft.

Nichts destoweniger hat dieser Despotismus veralteter Satzungen, vielleicht eben wegen seiner Starrheit, bei den glücklichen Anlagen der Hellenen höchst segensreich gewirkt, indem
er verhinderte dass das bewegliche Temperament dieses Volks
sich zu weit verirrte. So vereinigten sich tausendfältige Kräfte
in diesem einen Brennpunkte, und hinterliessen unvergängliche
Denkmäler ihrer Thätigkeit; und um namentlich von den Kün-
sten hier zu schweigen, haben vorzugsweise die dorische Lyrik
und die attische Tragik bewiesen, was ein abgelebter Kultus
durch geistreiche Behandlung bevorzugter Individuen zu wege
bringen könne. Freilich aber ist dies mehr die negative Seite
der alten Mythologie: denn wenn auch jene Dichter ohne das
thatsächliche Vorhandensein des Nationalglaubens, der besonders
im Epos niedergelegt war, schwerlich ein gleich günstiges Ob-
jekt für ihre grossartigen Leistungen gefunden haben würden,
wenn sie vielleicht sogar ohne die Veranlassung der Festfeier
ganz geschwiegen hätten; so lässt sich doch eben so wenig in
Abrede stellen, dass nur durch das Zurücktreten und durch die
Opposition der alten Denker es möglich wurde, jenen Fabeln
eine so belohnende Seite abzugewinnen, und im Grunde dienten
sie nur noch zum Rahmen für ihre geläuterten Schöpfungen: sie
waren nur noch brauchbar wahren und unvergänglichen Reich-
thum zur Schau zu stellen, und jene Werke würden *uns* wenig
ergreifen, wenn ihr Werth von der hellenischen Theologie ab-
hängig wäre. Während also die Hüter des Kultus, gleich wie
auf einem andern Gebiete die Gesetzgebung Lykurgs [1] oder auch

---

[1] Vergl. Schillers Aufsatz „Die Gesetzgebung des Lykurg und Solon".

die vielgepriesene Republik Platons, die Geisteskindheit ihrer
Herde zu verewigen bemüht waren und mit starrer Strenge
jeden Einfluss des Fortschritts und einer fruchtbaren Entwickelung auf die Dogmatik wie mit einer chinesischen Mauer absperr-
ten, konnten sie zwar *für eine Weile* mit ihren Schätzen prunken
und in beschränktem Raume einen grossen Umschwung bewirken,
im Grunde aber nährten sie in ihrer Mitte den Wurm, und nach
Erschöpfung ihrer Kräfte musste das ganze Gebäude zusammen-
stürzen, ohne durch ein weises Nachgeben eine Verjüngung zu
erleben. Nichts desto weniger verdienen sie den Dank, der mehr
oder weniger jeder unantastbaren Satzung gebürt, dass nämlich
das Positive und Bestehende der Opposition einen festen Halt
gab zum Selbstbewustsein zu kommen, und gerade mittels der
kindischen Fabeln auf 'einen höheren und achtunggebietenden
Standpunkt zu gelangen. Dass aber die Phantasie unter dem
Drucke der Fesseln nur um so ungebundner ausschweifte, das
findet in der gebundenen Rede seine Analogie, da gerade die
dorische Strophe bei den härtesten Banden des Versbaus den frei-
sten Flug nimmt. Indess dürfte man bei dem Schäumen und
Uebersprudeln des Genius an Phokions [1] Urtheil über die Reden
des Leosthenes (als die hellenische Freiheit verblutete) denken,
sie wären den Zypressen vergleichbar, die zwar hoch und schön
seien, doch könnten sie Früchte nicht zeugen; oder auch das
Wort eines späten Rhetors [2] möchte das Verhältniss der Wissenschaft und Dichtkunst erläutern, von wilden Bäumen seien

---

[1] Plutarch Phok. 25. 752 A. Apophthegm. Phoc. 12. 188 D.
[2] Philostratos Her. 665 Ol. 12 Boiss. 10 Kays.

die Blüthen, von den Obstbäumen aber die Früchte wohlriechend: denn wenn letztere auch zur Blüthenzeit zu duften schienen, so lehre doch die Untersuchung dass der Wohlgeruch eher von den Blättern als von den Blüthen komme.

Eine höhre Bedeutung aber als bei den erwähnten Beispielen der tragischen und lyrischen Poesie gewinnt der hellenische Dogmatismus durch die äussere Geschichte des Volks, und es soll nun nachgewiesen werden, *wie gerade diese Allmacht der Tempelpoesie in jenem thatkräftigen und bevorzugten Ländchen, auch in so engen Grenzen, gewaltig gewirkt und grossartige Unternehmungen zu stande gebracht habe.* Es handelt sich hier nicht wie oben um eine Vergeistigung des Ueberlieferten oder um einen Vertilgungskampf, sondern namentlich *die Geschichte der Kolonien* lehrt, dass eben der Nationalwahn und ein grundloser Fanatismus Mittel waren den Unternehmungsgeist zu leiten und zu kräftigen, und wie zu werthvollen Entdeckungen so auch zur Verbreitung der Kultur beizutragen. Denn wie die Söhne jenes Alten nach erdichteten Schätzen gruben, und eben dadurch ohne dieselben über alle Erwartung reich wurden [1]; oder wie man im atlantischen Meere nach den sieben Staaten suchte [2], um den Weg nach Indien und Amerika bahnen zu sollen: so hat sich auch sonst die Vorsehung zuweilen wunderbarer Mittel bedient, um glänzende und einflussreiche Erscheinungen zu bewerkstelligen. Wahrscheinlich würde an den Küsten

---

[1] Fab. aesop. 22 Klotz. [2] Les îles fantastiques de l'Ocean occidental au moyen âge, par M. d'Avezac, in Nouv. Annales des Voyages redig. par M. Vivien de Saint-Martin. Paris 1843 März und April.

der alten Meere statt des hellenischen Geistes barbarische Form-
losigkeit und hölzerner Materialismus geherscht haben, hätten
nicht alte Tempelsagen unter glücklichen Umständen jene phantastische Wanderungs- und Eroberungssucht geweckt, welche
fabelhafte Oertlichkeiten aufsuchen, und somit auch finden liess.
Denn es gab bereits ein Hellas und hellenische Provinzen lange
schon auf dem Papier oder vielmehr im volksthümlichen Aberglauben, ehe diese ideale Landkarte von den Alten kolorirt
werden konnte. Ein Herakles, ein Theseus und andre Helden
der Fabelwelt hatten durch ihre Züge sich das Besitzrecht auf
viele Gegenden erworben, die freilich alle erst erobert, grösstentheils sogar erst gefunden werden mussten. Diese Errungen-
schaften waren denn ein würdiges Ziel für die jungfräuliche
Schifffahrt, und es lag nur noch der Tempel- und Orakelpoesie
ob, thatlustige Scharen in die Weite zu senden, mit der Berechtigung jene Landschaften wieder zu entdecken und zu knechten,
etwa wie die Päpste im Mittelalter die neue Welt gradweise ver-
schenkten. Was also in der Heimath harm'os gedichtet war,
und im Laufe der Jahrhunderte vielfach gewuchert hatte; das
trieb die hellenischen Recken über die Meere, und wurde dann
wirklich später, freilich in einem ganz andren Sinne, lokalisirt
und realisirt, indem der Glaube half und natürlich auch den
guten Erfolg verbürgte. In Folge dieses Wahnsinns also wurden in fernen Zonen entsprechende Oertlichkeiten nach langem
Herumirren endlich gefunden und oft unter grossen Widerwär-
tigkeiten und Gefahren besetzt, oder doch uralte poetische Vorstellungen mussten einer thatsächlichen Ansiedlung der Art durch
kühne Auslegung zur Berechtigung oder wenigstens zum Prunke

dienen. Hätten nicht die Achäer mit tausend Segeln nach zehn-
jährigem Streite Troia zerstört, würde es wol hellenischen Aben-
teurern in den Sinn gekommen sein, Kleinasiens Westküste für
sich in Anspruch zu nehmen? würden so viele andre ruhm-
volle Thaten ausgeführt worden sein, ohne ähnliche märchen-
hafte Vorbilder?

Bei solcher Betrachtungsweise scheint die Mythologie in den
Kolonien nicht sowohl erweitert, als nur befestigt und gestützt
worden zu sein, indem man höchstens bedacht war die mitgebrachten poetischen Begriffe der nüchternen Wirklichkeit anzu-
passen, und mit ihr zu versöhnen. Weit entfernt also aus der
Thatsache einer hellenischen Niederlassung in Kyrene jene Sagen
von der Zusammenkunft der Argonauten mit Triton und andres
der Art abzuleiten, behaupten wir vielmehr gegen Müller dass
die Ansiedler solche Dichtungen aus dem Heimathslande schon
mit sich führten, oder doch wenigstens dass seit der geschichtlichen Gründung dieses Staats manche uralte Mährchen aus dem
reichen Sagenschatze des Vaterlandes auf die neuen Wohnsitze
übergetragen und gedeutet wurden. Demnach muss es ein arges
Misverständniss sein, das Alter dieses Fabelkreises nach der libyschen Kolonie messen zu wollen, d. h. jene Dichtungen erst
in Folge derselben entstehen und *erfunden* sein zu lassen, zu
einer Zeit wo die alte Mythologie gewiss nur noch dürre Reiser
trieb; sondern das Verhältniss ist gerade ein umgekehrtes, es
sind Sagen der grauen Vorzeit, die sich an dies Ereigniss an-
klammerten und an ihm einen Haltpunkt fanden: gerade wie
Rom mit seinen sieben Hügeln und sieben Königen lange vorher
in der Phantasie lebte, ehe am Tiber der Grundstein zur Welt-

stadt gelegt wurde. Auch könnte die Zusammenkunft zwischen
Triton und Euphemos ohne Berücksichtigung der geschichtlichen
Niederlassung erklärt und gedeutet werden, wenn nicht die mül-
lersche Betrachtungsweise wegen des von ihrem Urheber auf-
gewandten ungemeinen Scharfsinns und wegen seiner überaus
glücklichen Kombinationsgabe noch immer sehr viele Anhänger
zählte: weshalb, bei unsrer Hochachtung vor den Manen des
grossen Mannes, es angemessen schien, unsre mythologischen
Versuche mit einer *Prüfung der Stiftungssage Kyrenes* zu be-
ginnen.

Hierbei springt es in die Augen und ist von besondrem
Gewichte, dass das geschichtliche Libyen zur Zeit der Uebersied-
lung eine *terra incognita* war, etwa wie die kupferne Stadt oder
die Diamanteninsel und andres in orientalischen Märchen. Selbst
die Verwalter des pythischen Orakels können nicht die geringste
Vorstellung gehabt haben, wo die Landschaft liege, auf deren
fette Triften sie die darbenden Theräer verwiesen. Der in den
Tempelarchiven gepriesene Herdenreichthum Libyens mag allerdings beigetragen haben, der Phantasie eine bestimmte Richtung
zu geben, etwa wie man die Inseln der Seligen im Westen, und
bei erweiterter Erdkunde im atlantischen Meere dachte, oder wie
Thule untergebracht wurde: im Grunde aber wusste man doch
von Libyens Lage gerade so viel als noch Horaz [1] von den seligen Feldern und reichen Inseln, wohin er die Römer auszuwandern beschwor, als der perusinische Krieg [2] durch neue Bürger-
fehde sein kaum beruhigtes Vaterland zerfleischte. Zwar räth

[1] Epod. 16.   [2] Im J. 713 d. St. s. Franke Fasti horat. 154.

er [1] noch ohne bestimmte Vorstellung von der Ansiedlung seinen
Mitbürgern

> Wo sie die Füsse nur tragen zu gehn, wohin durch die Wellen
>> Sie Notus rufe oder lärmend Africus,

später [2] indess weiss er von seinem gelobten Lande tausend Tugenden zu rühmen, und nach alten oder neuen [3] Phantasien
schickt er sie dahin,

> Wo alljährlich die Erd' unbestellt das Getraide bescheret,
>> Und ohne Winzer immer fleusst der Rebensaft,
> Nie die Olive, von Früchten gekrümmt, die Erwartungen täuschte,
>> Und schöngereift am eignen Stamm die Feige prangt;
> Honig entströmt aus der Höhlung der Eich', und vom hohen Gebirge,
>> Entspringen leichten Fusses murmelnd Quellen her.
> Dort auch sieht man von selbst zum Melktrog kommen die Ziegen
>> Und strotzend bringt die Euter gern die Herde heim;
> Weder umbrummt ein Bär am Abend die Schafe im Stalle,
>> Noch schwillt von Vipern je der Boden höher auf;
> Nimmer befallen den Viehstand Seuchen, und keines Gestirns Brand
>> Vermag durch seine Wuth die Thiere auszudörr'n.
> Mehr noch werden erstaunt *wir* schauen, wie weder die Felder
>> Der wasserreiche Eurus schlemmt durch Wolkenbruch,
> Noch auch kräftiger Same verbrennt in der trockenen Scholle,
>> Weil rechtes Maass gewährt der Herr der Himmlischen.
> Nicht hier furchten die Fluth in dem Schiff argoische Rudrer,
>> Und nicht betrat den Strand die freche Kolcherin,

---

[1] Vs. 21. [2] Vs. 45 ff. [3] Plutarch Sert. 9. 572. Sallust Hist.
fr. 190. 191 S. 207 Frotsch. bei Acro zu Hor. Epod. 16, 41 erzählen, dass
Sertorius in seiner Bedrängniss Lust hatte nach den atlantischen oder glücklichen Inseln auszuwandern, und dieser Umstand mag dem Dichter vorge-
schwebt haben. Aber ein so praktischer Mann wie Sertorius hatte ein paar
wirkliche Inseln im Sinne, die nur Plutarch K. s oder seine Quelle mit
horazischen Farben schmückt, oder es war dies eins der vielen Kunststücke
des Sertorius, seine abergläubischen Anhänger zu ermuthigen.

Nicht hier strichen die Segel am Mast sidonische Krämer,
Noch auch Ulyssens vielgeprüfte Freundeschaar.
Iupiter hat dies Ufer dem frommen Geschlechte bewahret,
Schon als das goldne Alter er durch Erz verfälscht ;
Härter noch wurde die eherne Zeit durchs Eisen, aus welcher
Den Frommen günst'ge Flucht eröffnet mein Gesang.

Warum sollen wir aber annehmen dass jenes Libyen des Orakels
mehr Realität als das Feenland des venusinischen Dichters gehabt
habe ? Etwa weil damals die Erdkunde durch hellenische Kaufleute erweitert war ? Aber die Erzählung Herodots zeigt deutlich dass die hellenische Schifffahrt noch nicht weit. ging ; dass
erst nach langem Suchen Einer gefunden würde, der zu wissen
behauptete, wo Libyen läge. Und die weisen Tempelvorsteher
sollten bei ihrem Dreifusse klüger als die vielgereisten Kaufleute
gewesen sein ? So unglaublich das ist, so müsste man in diesem
Falle dieselben für Schufte erklären, die statt den bedrängten
Theräern den nöthigen Aufschluss zu geben, mit vielen tausend
Menschenleben ein niederträchtiges Spiel trieben. Nein ! unwis-
send und fast wahnsinnig mag man die delphische Priesterschaft
nennen, aber eigentlicher Betrug war ihnen damals noch fremd;
sie hatten die feste Ueberzeugung dass das in ihren Urkunden
erwähnte Libyen ein irdisches und also auch zu finden sei, aber
wo es liege wussten sie eben so wenig, und mussten darum,
nicht aus Unmenschlichkeit, es den Kolonisten überlassen die
Lage auszumitteln. Man vergleiche nur z. B. die Nachricht über
die äolische Niederlassung bei Demon [1], um sowohl die gänzliche
Unkunde selbst auf dem ägäischen Meere, als auch das Wesen

---

[1] Schol. Eurip. Rhes? 244. Paroemiogr. gr. praef. IX Schn.

oder Unwesen dieser Orakel zu begreifen. Damals gebot die
Pythia $\hat{\varepsilon}\pi\grave{\iota}\ \tau\grave{o}\nu\ \H{\varepsilon}\sigma\chi\alpha\tau o\nu\ M\upsilon\sigma\H{\omega}\nu\ \pi\lambda\varepsilon\tilde{\iota}\nu$ und die im troianischen Kriege verheerten Städte wieder aufzubauen: aber ob-
gleich Agamemnons Nachkommen Führer waren, wusste man
nicht wo das von Herakles und dann von den Achäern ver-
brannte Troia zu suchen sei, man wusste nicht wo Mysien liege
wohin Telephos gelangt und wohin auch die Achäer auf dem
Zuge nach Troia verschlagen worden waren. Wenn aber Gegenden die später ganz in der Nähe lokalisirt wurden, so viel
Kopfzerbrechens verursachten, wie musste dann erst das ferne Libyen zur *crux interpretum* werden, dessen Bezeichnung bei Homer und im Orakel ebensogut für jede als für keine Landschaft
passte! Eben so rathlos waren die Parier ein paar Olympiaden
vor der Zeit in welche Kyrenes Gründung gesetzt wird, als ihnen
der delphische Gott gebot $N\acute{\eta}\sigma\omega\ \hat{\varepsilon}\nu\ '\!H\varepsilon\varrho\acute{\iota}\eta\ \varkappa\tau\acute{\iota}\zeta\varepsilon\iota\nu\ \varepsilon\mathring{\upsilon}\delta\varepsilon\acute{\iota}\varepsilon\lambda o\nu$
$\H{\alpha}\sigma\tau\upsilon$ [1], und gewiss hätte auch die Priesterschaft nicht Lust
gehabt anzugeben wo die Nebelinsel zu finden sei; sie mochte
es also dem Dichter Archilochos Dank wissen, dass er seine
Mitbürger nach dem spätern Thasos als der Wolkenkuckucksburg
wies [2]. Ebenso nun, denke ich, verhielt es sich auch als Apollon
die Theräer in den April schickte; sie fanden endlich ein Land,
das sie und viele Tausende nähren konnte, und seitdem wusste
man wo Libyen liege: wären sie z. B. durch Zufall nach Spanien gekommen, dann würde Spanien Libyen genannt worden
sein.

---

[1] Steph. byz. u. Thasos.   [2] Oenomaos bei Eusebios Praep. ev. s. 150
Rob. Steph.

Wie schon gesagt soll durchaus nicht behauptet werden, dass mit den Völkern ein grausames Spiel getrieben wurde [1]; sondern in ihrer Blindheit waren die Rathgeber wirklich überzeugt, dass das in der Tempelpoesie gepriesene Libyen *irgendwo* liegen müsse, aber das *Wo?* überliessen sie wegen eigner Ohnmacht andern auszumitteln. Hätten sie ahnen können dass die alten Gesänge nur ideale Begebenheiten und Oertlichkeiten darstellen, so würden sie ohne Zweifel gewissenhafter mit ihren Pflegebefohlnen verfahren sein. Indess gaben sie auch so ihre Antworten nicht ohne Scharfsinn und kluge Berechnung. Denn da glaubhafte Sagen bezeugten, dass der Minyer Euphemos von Triton an der Tritonis die libysche Erdscholle zum Gastgeschenk erhalten habe; wohin konnten sie schicklicher die Minyer und und Euphemiden von Thera verweisen, als nach dem gesegneten und ihren Vorfahren schon vor Alters geschenkten Libyen? oder welche schönere Aussicht konnte den ausgehungerten Ansiedlern

---

[1] Von der sogenannten Zweideutigkeit der Orakel hat bekanntlich besonders Lobeck scharfsinnig und gelehrt gehandelt. Indess bin ich nichtsdestoweniger überzeugt, dass die Dunkelheit des Ausdrucks nicht bloss von der poetischen Diktion herrührte, sondern dass sie theils von der Unverständlichkeit der alten Tempelgesänge ausging, theils aber auch eine Maske war, um sich bei zweifelhaftem Ausgange sicher zu stellen. Wenn die Priesterschaft, was nicht zu bezweifeln, es mit ihren Landsleuten wohlmeinte, so hätte sie deutlicher sprechen müssen um dieselben vor Fehlern zu bewahren oder zu ermuthigen. In einer so kritischen Lage wie vor der Schlacht bei Salamis hätte sie unverblümt den Sieg zur See verheissen müssen, weil viele Bürger die Auslegung des Themistokles bezweifelten, und sich auf der Akropolis verschanzten. Das that sie aber nicht, sondern versteckte künstlich ihre Unwissenheit, wie vor dem ungewissen Ausgang des Kampfs zwischen Krösos und Kyros u. s. w.

gezeigt werden als gerade Libyen, wo der Himmel durchlöchert, war und dessen Herdenreichthum der untrügliche Homeros feierte? Nichtsdestoweniger empfanden die Theräer einige Uebelkeiten, als sie diese Weisung erhielten, eben weil niemand sagen konnte wo Libyen zu finden sei, und weil das Orakel sich nicht deut- licher aussprechen mochte ; dieses aber hatte ohne alle näheren Angaben schlechtweg Libyen «gesegnet» ($\pi o\lambda v\acute{\eta}\varrho a\tau o\varsigma$) und «herdenerzeugend» ($\mu\eta\lambda o\tau\varrho\acute{o}\varphi o\varsigma$) genannt, wahrscheinlich nach Homer oder aus einer ähnlichen Quelle. Aber auch der Dichter der Odyssee [1] konnte hier nur wenig aushelfen, welcher den Menelaos in Bezug auf seine Irfahrten sagen lässt, er sei nach Kypros und Phönike, zu den Aegyptiern Aethiopen Sidoniern und Erembern gekommen und nach Libyen,

> wo den Lämmern sofort auswachsen die Hörner ;
> Dreimal wirft das Gethier in des rollenden Jahres Verlaufe.
> Dorten gebrichts auch nimmer der Herschaft oder dem Hirten,
> Weder an Käse und Fleisch, noch an leckerer Milch von der Herde,
> Welche die strotzenden Euter zum Melken für jeden bereit hält.

Denn diese phantastischen Thiere liessen daran zweifeln, jenes verheissene Land *irgendwo* zu finden ; und noch weniger durfte man aus der erdichteten Erzählung des Odysseus abnehmen [2], nach welcher von Krete mit dem Boreas nach Aegypten gefahren wird, und von Phönike wieder mit dem Boreas bei Krete vorü- ber nach Libyen, wo Odysseus als Sklave verkauft werden sollte: was auch für Kolonisten nicht gerade einladend war. Endlich aber um auch zu gedenken was Hesiodos [3] mit andren erzählt, dass die Argonauten (bei ihrer Rückkehr aus Kolchis) durch den

---

[1] 4, 85 ff.   [2] Ebend. 14, 295.   [3] Sch. Apoll. 4, 259.

Okeanos nach Libyen gekommen seien und dann die Argo in das hellenische Meer getragen hätten, so war diese Nachricht ebenso wenig geeignet zum Wegweiser zu dienen.

Dass aber die Theräer wirklich rathlos waren, beweist die anfängliche Nichtbeachtung des pythischen Befehls. Als nämlich (nach theräischer Sage [1]) der Herr von Thera Grinos des Aesanios Sohn und Abkömmling von Theras, begleitet von Battos dem Sohne des Polymnestos und Euphemiden [2] aus den Minyern, mit einer Hekatombe von seiner Stadt nach Delphoi kam, um das Orakel wegen anderer Dinge zu befragen, ward ihm der Bescheid «in Libyen eine Stadt zu gründen»; dieser indess eingedenk seines Alters bat den Auftrag einem Jüngern zu geben, indem er auf Battos deutete. Allein nach der Rückkehr geschah nichts, *weil man nicht wusste wo Libyen liege,* und doch nicht *aufs Gerathewohl* Kolonisten aussenden mochte. Zur Strafe regnete es nun *sieben* Jahre auf Thera nicht und alle Bäume ausser Einem verdorrten: die befragte Pythia aber erinnerte die bedrängten Bürger an die Ansiedlung in Libyen. Jetzt erst sandten die Theräer nach Krete, ob etwa ein Eingeborner oder Schutzverwandter nach Libyen gekommen sei, und in Itanos (auf der Ostspitze der Insel) traf man endlich einen Purpurfischer Koro-

---

1 Herod. 4, 150 ff.   2 Battos führte seinen Stammbaum durch Samos oder Sesamos einen Begleiter des Theras auf den Argonauten Euphemos zurück, welcher mit der Lemnierin Malache (Lamache) den Leukophanes zeugte. Des Samos Sohn hiess wieder Euphemos, und auch ein Gefährte des Battos bei der Gründung Kyrenes hatte den Namen Euphemos und führte sein Geschlecht auf den alten Sohn der Mekion ke von Poseidon zurück Müller Orch. 306. 341. Böckh Expl. pind. 265.

bios der vorgab einmal von den Winden nach Libye [1] und der libyschen Insel Platea verschlagen worden zu sein. In seiner Begleitung kehren sie heim, und mit ihm schiffen nun wenige Theräer auf Kundschaft nach Platea, wo er mit einigen Lebensmitteln zurückbleibt, während die Abgeordneten zu Hause Bericht erstatten. Allein diese verspäteten sich, und Korobios wäre verhungert [2], hätte nicht ein samisches Schiff das unter Koläos nach Aegypten segelte ihm auf ein Jahr Proviant zurückgelassen; für welche Wohlthat dasselbe von den Winden durch die Säulen des Herakles nach dem noch unbesuchten Tartessos verschlagen wurde und eine sehr gewinnreiche Reise machte. Zuletzt kamen auch zwei theräische Funfzigrudrer mit Männern von allen sieben Flecken der Insel (von je zwei Brüdern einer) unter dem Führer und Fürsten Battos an.

Man hielt also ein (doch wol unbewohntes) *Eiland für Libyen*, und die ausgesandten Männer mögen in ihrer Verzweiflung irgend eine herrenlose Insel besetzt haben, bloss um des Auftrags los zu werden, etwa wie man bei der Aufsuchung der Gebeine des Theseus oder Rhesos das erste beste kolossale Gerippe heim brachte. Hierin weicht auch die sonst verschiedne Gründungsurkunde der Kyrenäer [3] nicht ab. In der kretischen Stadt Axos (an der Südküste), erzählte man, lebte einmal ein König Etearchos, dessen Tochter Phronime von der Stiefmutter

---

[1] Woher wusste er aber dass er in Libyen gewesen sei, da das Wort (dessen Uebersetzung Africa ist) ohne Zweifel hellenisch und vom Winde abgeleitet ist? Man scheint also nur ein Land gesucht zu haben das in der Richtung lag von wo der Lips wehte, wonach auch das Vorgebirge Lilybäon genannt ist. [2] In den fetten Triften! [3] Herod. 4, 154 ff.

fälschlich der Buhlerei bezüchtigt wurde : weshalb der betrogne
Alte den theräischen Schiffer Themison verpflichtete die Verleum-
dete unterwegs zu ertränken. Themison indess glaubte dem hin-
terlistig abgelockten Schwure zu genügen , wenn er die Jungfrau an Stricken ins Meer versenke und wieder heraufziehe : worauf dieselbe nach Thera kam , und als Kebsweib eines ange-
sehenen Theräers Polymnestos Battos den Stammler gebar. Als
dieser gross geworden nach Delphoi ging, um sich Raths wegen
seiner Stimme zu holen, antwortete ihm die Prophetin :

> Battos, nach Sprache verlangst du ? doch, König er, Phöbos Apollon
> Schickt Libyé der gesegneten zu dich als Städteerbauer.

Die Nichtbeachtung dieses Auftrags hatte für Battos und die
Theräer üble Folgen , und eine nach Pytho deshalb geschickte
Gesandschaft erhielt den Spruch , es werde besser gehen wenn
sie mit Battos *Kyrene* in Libyen gründeten. Nun segelt Battos
mit zwei Funfzigrudern ab ; da sie jedoch *nicht wussten wohin*
und nach Thera zurückkamen, so wurden sie von den Mitbürgern durch Steinwürfe (wie weiland die Minyer von den lemnischen Frauen) wieder verjagt [1], und besetzten nun die Insel
Platea, welche wie man behauptete der spätern Stadt Kyrene
gleich war [2].

Also auch diese andre Sage ist im Grunde dieselbe, nur
dass sie die Anekdote von Korobios übergeht, und dafür die
kretische Mutter des Battos bringt ; dass aber auch hier das
Eiland Platea als Libyen genommen wurde, bestätigt von neuem,

---

[1]   Diese Feindseligkeit stimmt einigermassen mit der abweichenden Legende bei
Menekles Sch. Pind. Pyth. 4, 10 S. 544. Tz. Lykophr. 886 S. 99.

[2]   D. h. das ideale Kyrene und das ideale Platea sind identisch.

dass dieser Name erst spät fixirt wurde. Indess *darüber* wundert sich Herodot nicht, sondern ihm ist es anstössig dass sowohl Theräer als Kyrenäer behaupten, der Führer der Kolonie habe schon früher Battos geheissen, während es doch wahrscheinlicher sei, dass er diesen Namen erst in Libyen erhielt: *Λίβυες γὰρ βασιλέα Βάττον καλέουσι* [1]; weshalb er meint das Orakel habe ihn nur proleptisch *λιβυκῇ γλώσσῃ* in Bezug auf sein künftiges Königreich in Libyen genannt! Da indess ausdrücklich des Stammelns (*ἐπὶ φωνὴν ἦλθες*) in den Versen Erwähnung geschieht [2], so muss doch wenigstens schon der Verfasser des Orakels an den Gleichklang von Battos mit *βαττολογεῖν* und *βατταρίζειν* gedacht haben [3]; ausserdem wäre es auffällig dass die Namen Battos und Arkesilaos in der Fürstenreihe der Theräer *wechseln*, wenn ersterer erst in Libyen

---

[1] Herod. 4, 155. Hesychios u. Battos. Tzetzes a. a. O.   [2] Niemand wird wol die griechischen Worte ,,wegen eines Spruchs bist du gekommen'' übersetzen wollen. Das Gegentheil fordert schon Pindar P. 4, 63. vergl. die Schol. Vs. 10 S. 344. 15 S. 345. 108 S. 351, und zu 5, 76 S. 381 f. nach Didymos.   [3] Vergl. Müller Orch. 345. Näke in Nieb. rhein. Mus. 2, 115 f. Demosthenes hiess Batalos nach Aeschines de f. leg. § 99. 41, 14 wegen gewisser Sünden und Laster, oder in Tim. § 131. 18, 28 wegen seiner Unmännlichkeit und Laster. Er selbst ib. § 126. 17, 42 soll den Beinamen von einem Schmeichelwort seiner Amme hergeleitet haben: s. die Schol. S. 167 f. Franke. Plut. Demosth. 4. 847. Vit. X Or. 847 E. Photios Bibl. 265 S. 493, 31 Bekk. Sch. Arist. Plut. 1011. Lobeck Agl. 1352. Meineke Hist. cr. 355 ff. Bekanntlich steht das Wort schon bei Eupolis Bapt. fr. 14. 451 f. für den Hintern, d. i. Schiesshaus oder Plaudertasche bei Arist. Equ. 1380 f. der nach dem Scherze des Eubulos Sphingok. fr. 1 *unverständlich* zu den Verständigen redet; und Demosthenes stammelte, oder stotterte ja auch in seiner Jugend.

wegen jener appellativen Bedeutung dem sonst Aristoteles[1] oder Aristäos[2] genannten Gründer Kyrenes beigelegt worden wäre. Nichts desto weniger will ich das libysche Wort nicht anfechten, sondern habe es unten als zusammengehörig mit *pater potens* Buddha Butte Padde u. s. w. aufgeführt.

Ausser diesen für uns gleichgültigen Varianten stimmten auch im Uebrigen theräische und kyrenaische Berichte überein. Nachdem die Ansiedler zwei Jahre lang auf Platea alle Entbehrungen ertragen hatten, liessen sie Einen (wie den Korobios) zurück und segelten in corpore nach Pytho, um sich zu beklagen dass es ihnen nicht besser gehe, *seit sie doch in Libyen wohnten.* Aber das Orakel antwortete mit den als Motto gesetzten Versen, wodurch sich wieder bestätigt, dass Libyen ein den Theräern trotz aller Nachforschungen unbekanntes Land war und leicht für eine wüste Insel gehalten werden mochte; und auch das Orakel, denke ich, würde sich mit der Niederlassung auf Platea begnügt haben, wenn der Erfolg den Anpreisungen der epischen Dichter und seinen eignen Verheissungen entsprochen hätte. Aber *so musste* Libyen wo anders liegen und erst nun fand man das gelobte Land. Denn da der anhaltende Mangel

---

[1] Pindar Pyth. 5, 84. Herakleides Pol. 4 mit Schneid. 59 f. [2] Justin 13, 7 „Cyrene autem condita fuit ab Aristaeo cui nomen Batto propter linguae obligationem fuit, womit Tz. Lyk. 886 völlig übereinstimmt. Dass der Gründer Kyrenes vom eignen Stammeln nicht füglich *anfangs* benannt sein konnte, ist auch ohne Zeugniss klar, sintemal die Kinder bevor sie sprechen konnten ihre Namen erhielten, also bevor man wusste ob sie stammeln würden oder nicht. Aber es steht auch nichts im Wege, dass später der vom Stammeln in Gebrauch gekommene Beiname den andren verdrängte. Hermann platon. Philos. 1. 92 f.

bewies, Platea könne nicht das glückliche Libyen sein, so meinte man das gegenüberliegende Festland möge wol Libyen · sein. Man nahm also den auf der Insel zurückgelassnen Gefährten wieder ein, und besetzte auf dem Kontinente eine reizende Landschaft Aziris; und da hier Wohlleben war, *wusste man dass man nunmehr in Libyen wohne.* Doch auch aus diesen Sitzen wurden die Auswandrer nach sechs Jahren durch die Libyer verdrängt und im siebenten Jahre, vorgeblich nach einer bessern Gegend westwärts an die Quelle des Apollon (Kyre) versetzt, indem die Eingebornen in nächtlichem Zuge ihre Schützlinge an dem schönsten Landstriche Irasa vorbeiführten, um ihn den Augen der Hellenen zu verbergen (gleichwie die Argonauten bei Apollonios [1] in der Syrte ihr Haupt verhüllen oder wie die Söhne der Lemnierinnen aus dem Gefängnisse zu Sparte entkommen). «Hier», sagten die Libyer, «mögt ihr wohnen : denn hier ist der Himmel durchlöchert [2]». Dort nun regierte Battos der Gründer vierzig und sein Sohn Arkesilaos sechzehn Jahre, ohne dass die Ansiedlung sich merklich hob: erst unter dem dritten Fürsten, Battos dem Gesegneten fand es das Orakel für gut seine Verheissung wahr zu machen, indem es alle Hellenen zu der von den Kyrenäern ausgeschriebnen Ländervertheilung aufrief:

> Wer nach dem Strand Libyé's der gesegneten säumig gelanget,
> Jetzt bei der Ackervertheilung, der wird es noch halter bereuen.

Seitdem aber nun allerhand Volk zufloss (welches unter dem gleichnamigen Enkel dieses Battos der Mantineer Damonax in drei Phylen, die Theräer mit den Perioken, die Peloponnesier nebst

---

[1] Arg. 4, 1294. 1314.   [2] Wahrscheinlich waren die Ansiedler mit dieser Vorstellung von Libyen angekommen: s. unten.

den Kretern, und die Inselbewohner theilte [1]), wurde die Blüthe und der Wohlstand des neuen Staates gross, so dass Battos II den Fürsten der benachbarten Libyer Adikran verdrängen und die Heeresmacht des ägyptischen Königs Apries bei Irasa und der Quelle Theste aufs Haupt schlagen konnte [2], und dass unter dem Sohne dieses Battos Arkesilaos II noch die Stadt Barke gegründet und ein Verlust von siebentausend Hopliten in einer Schlacht gegen die Libyer verschmerzt wurde [3].

Die schlichte Erzählung Herodots ist in extenso mitgetheilt worden, damit vom Leser selbst unsre frühere Behauptung bestätigt werde, dass ohne klare Vorstellung von der Lage und Beschaffenheit Libyens die Theräer ins Weite gingen, bis sie nach langen Beschwerden (*tantae molis erat theraeam condere gentem!*) Sitze fanden die ihnen genügten, und die sie der mitgebrachten Phantasie zu Liebe Libyen nennen konnten. Ebenso wird man nun auch wol zugeben, dass der Pythia kein Unrecht geschehen sei, bei ihr dieselbe Unwissenheit vorauszusetzen. Indess sind wir weit entfernt, jede Einzelheit in Herodots Berichten für baare Geschichte auszugeben: aber dass eine hellenische Ansiedlung unter der Leitung von Theräern nach Libyen gewiesen wurde, dass diese das *entdeckte* Land Libyen hiess, obwohl der Name

---

[1] Herod. 4, 161, 4.   [2] Diese Niederlage war nach Herod. 4, 159 an der Entthronung des Apries schuld, und es ist dies die Hauptstelle, um die Zeit der Gründung Kyrenes zu bestimmen: Müller Orch. 344 N. Böckh Expl. pind 265 f. Verschiedne Untersuchungen indess haben mir den Synchronismus Herodots und seine Berechnung der letzten ägyptischen Dynastie verdächtig gemacht. Dass ich nichts Sichereres an die Stelle setzen kann ist kein genügender Einwand, *nec scire fas est omnia.*   [3] Herod. 4, 160.

früher nicht historischer war als die Inseln der Phäaken und Kalypso oder Thule und Atlantis, darüber kann wol kein Zweifel mehr sein. Sind wir aber darüber einig (und ich darf von dieser Bedingung nichts nachlassen, sondern wie bisher an verschiednen Orten auf die Nothwendigkeit dieser Annahme aufmerksam gemacht ist, so wird sie auch im Folgenden durch andre Analogien gestützt werden): dann muss Müllers [1] Behauptung schon an sich sehr bedenklich erscheinen, *die mythische Vorgeschichte Kyrenes dürfe als das interessanteste Beispiel der Hervorbildung eines Mythos aus einem historischen Ereignisse gelten.* Denn wenn das *gesuchte* Libyen nur ein *ideales* war, also in mythischen Vorstellungen wurzelte, so müssen doch wol mit diesem Utopien noch allerlei andre Phantasien verbunden gewesen sein, die dann auf das *gefundene* Land übergetragen und ihm angepasst wurden; während nach Müller die theräischen Minyer welche Kyrene gründeten, «um die Niederlassung zu rechtfertigen, *dichteten* «dass ihre Vorfahren schon ohngefähr dasselbe gethan hätten, «so dass aus der faktischen Besitznahme wegen des Bedürfnisses «die That zu heiligen unwillkürliche Sagen entstanden seien»: nach welchem Vorbilde Dissen [2] schreibt «ab Heraclidis in Rho- «dum profectis *inventa* videtur fabula, iam olim insulam Tlepo- «demo ab Apolline datam, ut sic etiam iustius possiderent», während doch auch hier das *ideale* Rhodos schon längst vor der dorischen Niederlassung bestand, welcher die mythische Kolonie nur zum Vorbilde diente.

---

[1] Proleg. 142 ff. Auch Uscholds Vorstellung, Vorh. 1. 336 f. scheint mir vom rechten Wege abzuführen. [2] Zu Pindar, Ol. 7, 52 S. 86.

Es ist schon angedeutet worden, dass wahrscheinlich nicht ohne Grund gerade Battos und zwar nach Libyen vom Orakel gewiesen wurde. Battos nämlich war Euphemide und ein Theil der Theräer Minyer, oder sie leiteten ihre Geschlechter von Argonauten ab, d. h. wie ich glaube der Kultus der Minyer war bei ihnen zu hause, woraus ja Ahnherrn mit der Zeit zu werden pflegten, wie die *imagines maiorum* bei den Römern sich ursprünglich auf Privatkulte bezogen. Die Alten erzählten [1], Kalliste oder Thera sei zuerst von den Phönikern, Begleitern des Kadmos, besetzt worden, und bei ihnen habe sich acht Menschenalter später Theras niedergelassen, ebenfalls phönikischen Ursprungs. Denn Polyneikes des Oedipus Sohn war der Vorfahr des Theras, und letzterer war bei der dorischen Wanderung als Schwager des Aristodemos (der eine Schwester des Theras Argeia [2] geehlicht hatte) nach Lakedämon gekommen, wo er während der Minderjährigkeit seiner Neffen Eurysthenes und Prokles Reichsverweser war. Später mochte er nicht wieder als Unterthan leben [3], sondern ging mit seinem Anhange (Kadmeiern?) auf drei Dreissigrudern nach Kalliste zu seinen ihm befreundeten Stammverwandten. Mit ihm schifften auch einige Minyer (namentlich Sesamos oder Samos), Nachkommen der Argonauten von den lemnischen Frauen, welche nachher von brauronischen Pelasgern vertrieben in Lakedämon wegen der Verwandschaft mit

---

[1] Herod. 4, 147. Die Ankunft des Kadmos bestätigt Theophrast bei Sch. Pind. Pyth. 4, 11 S. 344 u 88 S. 550. [2] Auch des Polyneikes Gattin, die Tochter des Adrastos, hiess Argeia: zu Pindar Ol. 2, 45. [3] Gleichwie der Spartiate Dorieus nach dem Tode des Anaxandridas, der auch mit Ansiedlern nach Libyen zog, Herod. 5, 42.

den Tyndariden eine Zuflucht gefunden hatten, aber damals im
Aufruhr gegen ihre Wirthe begriffen theils zu Theras sich schlu-
gen, theils nach Triphylien auswanderten. Vom Anführer der
Kolonie erhielt die Insel ihren geschichtlichen Namen, und *später* folgten andre Ansiedler nach, nämlich die Aegeiden, Nachkommen von Aegeus dem Sohne des Oeolykos (der seinem Vater Theras nicht hatte folgen wollen): wenn anders es der Mühe
lohnt nach Herodot [1] erst vom Enkel des Theras die in Sparta
Thera und Kyrene (aber auch in Theben) ansässigen Aegeiden
abzuleiten. Wegen der Theilnahme der Minyer aber konnte Battos,
der Führer der kyrenaischen Kolonie, wie bemerkt wurde von
Geschlecht eine Euphemide aus den Minyern ($\gamma\acute{\epsilon}\nu o\varsigma\ E\mathring{v}\varphi\eta\mu\acute{\iota}$-
$\delta\eta\varsigma\ \tau\tilde{\omega}\nu\ M\iota\nu\nu\varepsilon\omega\nu$) heissen [2], da ja Euphemos einer der Argonauten war: und da dieser nach der Fabel an der Tritonis
von Triton die libysche Erdscholle zum Gastgeschenke erhalten
hatte, *wohin* konnte Pythia die überzähligen minyschen Theräer
besser schicken als nach Libyen, dessen Besitzer sie eigentlich
schon durch Euphemos waren, da die Darreichung der Erdscholle
als Symbol der Unterwerfung gefasst werden konnte? und *wen*
sollte sie lieber zum Führer wählen als den unmittelbaren Erben
der libyschen Scholle Battos, ohne dessen Einwilligung das Besitzrecht zweideutig war? Ebenso, glaube ich, dass die Be-
setzung Thera's, welches aus jener libyschen Scholle entstanden
war, nur durch Minyer und namentlich Euphemiden gültig war:
diese suchen unter der Leitung des Theras ihr Erbtheil auf und
finden es, d. h. es ging wie mit Libyen; unterwegs gefiel ihnen

[1] 4, 149 mit Müller Orch. 336 und Böckh zu Pindar Pyth. 5, 74 Expl.
289.   [2] Herod. 4, 150, 2.

eine Insel, und diese würde für jenes in ihrem Inventarium ver-
zeichnete Erbstück gehalten, nach dem ihnen lüstete. Denn dass
Theras Kadmeione oder Phöniker ist, seine und der Minyer. so.
wie der Aegeiden Verbindung mit Herakleiden und Doriern hat
meines Dafürhaltens nicht eine Bedeutung, welche dem Pragmatismus der üblichen Geschichtschreibung entspricht, und die ganze
dorische Wanderung mit den Umwälzungen vor und nach derselben scheint *ungeschichtlich* und nur von den Logographen be-
nutzt zu sein, den historischen Zustand von Hellas mit der idealen Achäerherschaft zu vermitteln. Demnach hätten Thessaler
Böoter und Dorier des Mutterlandes, *soweit die Geschichte reicht*,
immer gesessen wo sie später sassen; was namentlich die grosse
Kluft einiger Jahrhunderte zwischen den eigentlichen Begebenheiten und den Fabeln der Sage zeigt [1], und dann die weite
Ausbreitung dorischen Dialekts und dorischer Institute. Denn wie
kommt es dass wir wissen wieviel Schweine oder Ochsen bei
einem Schmause der Heroen gegessen sind, und genau wie z. B.
des Odysseus Wohnung und sein ganzer Hausstand eingerichtet
war; während aus der ältern geschichtlichen Zeit, und zwar als
schon geschrieben wurde, fast gar keine Einzelheiten aufbewahrt
worden sind? Oder wie mochten es die wenigen Dorier, welche

---

[1] Ganz gut hält Wachsmuth hell. Alterth. 2. 120 denen, welche nach der
dorischen Wanderung *Thaten* vermissen, die kurz vor der Geschichte aus-
geführten Kolonien vor. Wir aber zweifeln keineswegs an Thaten, sondern
wundern uns nur, dass die alten Zeiten *Darsteller*, die spätern *nicht* gefunden haben. Denn, um mit Uschold Vorh. 1. 68 zu fragen, warum be-
sangen Peisandros Panyasis Antimachos statt der nachtroianischen Begebenheiten wieder jene uralten, schon völlig ausgebeuteten Fabeln? vergl.
denselben 2 Vorr. XXIX.

den Peloponnes erobert haben sollen, durchsetzen, dass ihre Sprache
nicht nur dort die Oberhand behielt, sondern auch in die Kolonien mitgenommen wurde, obwohl andre erobernde Stämme
stets Sprache und Sitten der Besiegten mit der Zeit angenommen
haben? Das indess auszuführen, ist hier der Ort nicht: genug
dass ich annehme, Kadmeionen Aegeiden Minyer Herakleiden in
den Sagen vor der Olympiadenrechnung haben nicht mehr Realität als etwa Amazonen Hyperboreer Kyklopen oder Kentauren.
Sie gehören in den Kultus der Stämme, und dienen dabei allerdings zur bessern Einsicht in die Verzweigung der Völker [1]: nur
das würde vom rechten Wege abführen, wollte man auf geschichtliche Korporationen übertragen, was ihre idealen Altvordern gethan haben sollen. Musste doch selbst Müller, weil der
Knoten nur zerhauen werden kann, die Einwanderung der Minyer und Aegeiden in Lakedämon sowie mehre dorische Kolonien, gegen die Ueberlieferung, *vor* den Herakleidenzug setzen!
wobei freilich ausser andrem nicht wohl ersichtlich ist, warum
diese Flüchtlinge mit ihren Vertreibern auch in der sichern Ferne
Freundschaft pflogen, und dorische Sitte Religion und Dialekt gemein hatten [2].

Wird nun aber zugegeben dass Libyen vor Kyrenes Gründung nur in der Phantasie existirte, dann können auch Kyre
oder Kyrene, so wie Eurypylos oder die Syrten und die Tritonis
u. s. w. nicht gut etwas andres als *schon mitgebrachte* Vor-

---

[1] Besonders scheint die Vergleichung der Spartiaten mit den thebaischen Sparten gewirkt zu haben, die oft verwechselt worden sind : Lobeck Agl. 1147.
Gemeinsame Vorstellungen aber lassen auf Verwandtschaft oder wenigstens
lebhaften Verkehr schliessen. [2] Vergl. Dissen zu Pind. Ol. 8, 30 S. 111.

stellungen sein, und das um so mehr als gerade die *beiden* Syrten und die *doppelte* Tritonis es wahrscheinlich machen, dass
dies mit dem idealen Libyen verbundene ideale Lokalitäten waren, die eben an *verschiednen* Orten untergebracht wurden, weil
man später noch passendere Oertlichkeiten fand, oder weil die
Ansiedler bei ihrem Vordringen auch ihre fixen Ideen von Libyen weiter trugen; wie etwa Kytäa immer weiter nach Osten
rückte, oder wie die Kyaneen bei grösserer Länderkunde von
den Kianern aus an den Mund des Pontos versetzt wurden, und
wie man ausser tausend andren Beispielen einen thrakischen und
kimmerischen Bosporos annahm [1]. Auch daraus dass das Orakel
bei zweiter Befragung den Theräern befiehlt mit Battos *Kyrene*

---

[1] S. P. E. Müllers nord. und deutsche Heldensage übers. von Lange S.
XXXV. „Selbst wenn die Volkssagen mit den Ortsnamen verbunden sind,
„kann, wie die Erfahrung lehrt, nur wenig darauf gebaut werden. Weil
„der Gesang von Signe und Habor mehre Jahrhunderte hindurch im gan-
„zen Norden *bekannt und beliebt war*, hatte nicht bloss Seeland seine
„Sigarstätte, sondern auch Nordjütland Habors Sumpf, Bleking Habors
„Eiche, Nerike Signes Quelle, Upland Habors Ebene und Signelils Berg,
„Halland Habors Steine und Signes Wohnstätte, Aggershuusstift Hagbar-
„holm und Kristiansandsstift ein Hängenäs, wo Habor nach der Bauern
„Sage aufgehängt worden war. — — Man konnte nämlich in dem nordischen
„Mittelalter, wo nichts ferner lag als historische Kritik, leicht dazu ge-
„bracht werden, eine Erzählung zu lokalisiren, und die daraus entsprunge-
„nen Namen müssen uns nun aus undenkbaren Zeiten herzurühren scheinen“.
Indess hat auch O. Müller Prol. 226 f. eingeräumt, dass manche Länder
oft selbst nur Ideen seien, denen nichts Faktisches entsprach, und die zuweilen später auf wirkliche Oertlichkeiten übergetragen wurden. Aber wie
er es für unsinnig hält von einem hyperboreischen Mythos zu reden, so
möchte es gleich ungereimt sein, einen hellenischen Mythos in Libyen
entstehen zu lassen. Vergl. Uschold, Vorh. 2. 281 ff.

zu erbauen ¹, liesse sich auf eine alte ideale Verbindung zwischen
Libyen und Kyrene schliessen ; wenn es nicht viel natürlicher
schiene (gleichwie die Worte des Orakels bei Pindar ² νάε66ι
πολεῖς ἀγαγεῖν Νείλοιο πρὸς πῖον τέμενος Κροονίδα)
auch diesen Ausdruck hier proleptisch zu fassen : denn gewiss
würde die Insel Platea oder die erste Niederlassung auf dem
Festlande Kyrene genannt worden sein, hätte das Orakel gleich
anfangs den Namen der zu gründenden Stadt vorgeschrieben ³;
dazu kommt dass spätere Orakelverse ausdrücklich behaupten,
Libyen sei noch nicht gefunden. Uebrigens hat man mit Recht
erinnert, dass der Name der Quelle des Apollon Kyre, an welcher die Stadt lag, sich zu Kyrene wie Messe zu Messene ver-
halte ; und es ist gewiss kein Grund vorhanden diese Wurzel
für libysch auszugeben : vielmehr habe ich unten nachgewiesen,
dass κύριος κὖρ Κόρος Cures quiris u. s. w. auf den Mond
gehen, der der erste und höchste Gott aller Völker war. Auch
ist Kyrene schon in alten Sagen in Hellas und anderswo heimisch ⁴ ; und es ist nicht zu übersehen, dass schon die troi-
schen Antenoriden sich in Kyrene ansiedelten ⁵, ja selbst was
Tzetzes ⁶ schreibt, dass die Antenoriden Glaukos und Erymanthos
den Menelaos auf Krete verliessen und auf *Krete* den Hügel der

---

1   Herod. 4, 156, 2. Pind. Pyth. 4, 62.   2 Pyth. 4, 56. vergl. Sch. 4,
28 S. 346.   3 Indess scheint die Insel Kyrnos (Corsica) ein Fingerzeig
zu sein, dass man auch nach einem idealen Kyrene suchte.   4 Pindar
z. B. schöpfte Pyth. 9 aus Hesiods Eöen nach Sch. Vs. 6 S. 401. vergl.
Marcksch. Hes. fr. 143. 335 f. Göttl. Hes. fr. 81. 270.   5 Pind. Pyth.
5, 33 mit Böckh Expl. 290. Lysimachos in den Nosten bei Tz. zu Lyk.
874 S. 98.   6 Zu Lyk. 874 S. 98.

32

Antenoriden besetzten, möchte ich lieber für höchst sinnvoll als
für *inepte* erdacht ausgeben. Ebenso ist schon oben beigebracht
dass auch Apollons Sohn von Kyrene Aristäos als Gründer der
Stadt galt, weswegen ein alter Ausleger Pindars [1] unter den
Letoiden die Kyrenäer verstehen zu können glaubt, insofern Aristäos als Gründer (οἰκιστής) zu Kyrene verehrt werde. Aber,
wie mir scheint, auch τὸ δωδεκαμήχανον Κυρήνης bei
Aristophanes [2] erinnert an die mit der Mondgottheit häufig verbundene Zwölfzahl, wie ja die angezapfte Stelle des Euripides [3]
ἀνὰ τὸ δωδεκαμήχανον ἄστρον zweifelsohne auf den Mond
geht: ich setze aber voraus dass die berüchtigte Hetäre durch
Sagen begeistert ihr ideales Vorbild zu erreichen bestrebt war,
nach der Analogie gültiger Beispiele welche namentlich der folgende Abschnitt bringt. Die Dichtung aber von der Entführung
der thessalischen Heroine durch Apollon nach Libyen wird meines Erachtens von Müller [4] zu äusserlich genommen. Ein Theil
der Ansiedler, meint er, seien Minyer gewesen, die weiland besonders in Thessalien sassen ; die Kolonie sei aber durch den
pythischen Apollon zu stande gekommen : folglich— —sei die thes-
salische Kyrene durch Apollon nach Libyen gebracht. Aber so wenig
Medeiens Entführung durch Iason aus Kolchis oder Iolkos nach
Korinth zur Annahme einer Kolonie berechtigt, eben so wenig
kam Kyrene erst durch Battos nach Libyen ; auch wird niemand
ausser vielem andren die Entführung der Europe durch Zeus
oder der Helene durch Paris nach dem müllerschen Einfalle deuten

---

[1] Pyth. 4, 4 S. 345.   [2] Ran. 1327 mit Fritzsche 494.   [3] Hypsip. fr.
7 798 Did.   [4] Prol. 63.

wollen. Vielmehr hatten Kyrene Medeia Helene Europe Io u. s. w. verschiedenbenamte Residenzen, und solche doppelte und mehrfache Heimath veranlasste die Vorstellung von einer Entführung oder Reise. Denn um bei dem nächsten Falle stehen zu bleiben, so sind Libyen und Thessalien der Sage gleich fabelhaft; und da Apollon ebenfalls Mondgott war, so ist seine enge Verbindung mit Kyrene an beiden Orten vom mythologischen Standpunkte ganz natürlich; gleichwie Paris bei Helene sowohl in Troia als in Lakedämon ist. Wenn aber die Auswanderer solche Vorstellungen mitbrachten, so war es in der Ordnung dass jene Quelle, die bei andern [1] Kyre heisst, von Pindar [2] und Herodot [3] Quelle des Apollon genannt wurde.

Aber was bedeutet denn eigentlich die Erdscholle? soll diese erfunden sein um den Besitz zu rechtfertigen? Bei wem denn? Bei den Barbaren? aber diese unterwarfen sich schwerlich ungezwungen mythologischen Argumenten der Hellenen, und es war ja auch wol für letztere keine Todsünde Barbaren zu knechten. Oder wollte man sich vor den Eingriffen andrer Stammgenossen sichern? hatten aber nicht die Theräer die Weisung und den gewichtigen Schutz des Orakels für sich? Endlich, wollten sie ihr eignes Gewissen beruhigen? dieses war aber schwerlich sehr zart, und mir ist der Fall noch nicht vorgekommen, dass man sein Gewissen durch Lügen einwiegt. Möge doch nie vergessen werden, dass eigentliche Erfindung oder Betrug der echten Sage

---

[1] Kallim. in Ap. 88 mit den Schol. *Cyram montem* hat Iustin 13, 7. Steph. byz. u. Kyrene. Eust. zu Dion. 213. Böckh Expl. pind. 282. [2] Pyth. 4, 294 mit den Schol. 523 S. 575. [3] 4, 155, 5. vergl. Eust. a. a. O.

durchaus fremd sind. Um nicht zu weit auszuholen, als die
Athener Amphipolis und den Chersones gegen Hellenen und hel-
lenisirte Makedoner oder Thraker zu schützen hatten, da waren
solche Argumente an der Stelle; da konnte z. B. Amphipolis
als Aussteuer der Phyllis an Akamas in Anspruch genommen
und ihr Besitz oder der Versuch sie wieder zu erwerben auf
solche Art gerechtfertigt werden ¹ : aber wer möchte behaupten,
dass jene Sage erst nach der Besitznahme im Interesse des Vor-
theils erfunden worden sei? wer zugeben dass in Athen mit der
Religion so arger Misbrauch getrieben worden sei? Nein, alles
das waren uralte und beglaubigte Fabeln; und ebensowenig hätte
man vor ehrenwerthen Schiedsrichtern den Besitz von Salamis
oder Sigeion durch eine *Erfindung* zu beglaubigen versucht. Der
Thatbestand aber in Bezug auf die Scholle ist, wie ein späterer
Abschnitt lehrt, folgender. Euphemos ist im Grunde von seinem
Vater Poseidon nicht verschieden, und auch der Ahnherr der
Aegeiden ist gleich dem Vater des Theseus Poseidon: in dieser
Hinsicht ist Euphemos γαιήοχος oder Erdumgürter. Diese Phantasie ist bei den theräischen Minyern und Euphemiden *fruchtbar*
geworden, und sie zogen aus ihr altes Erbtheil die libysche
Scholle wiederzugewinnen. So wurde das Land, das der Stamm-
halter Euphemos als Poseidon umgürtet, durch die Gründung
Kyrenes und des kyrenaischen Staats faktisch besetzt; und das
war allerdings eine ungeheure Berechtigung, auf die das Orakel
sich stützte und welche die Hellenen anerkennen mussten. Auch

---

¹ Aeschines de f. leg. § 31. 32, 21 mit den Schol. S. 587 Dobs. Böhnecke
Forsch. über die att. Redner 107.

die Herakleiden hätten, wenn die Sage weiter fortzeugend gewesen
wäre, ob des von Herakles erwürgten Antäos Libyen sich an-
massen können [1] ; und wer weiss ob nicht auch die Nachkommen des Alexidamos die ideale Tochter des Antäos, ihre Urmut-
ter, endlich einmal zu beerben wünschten [2].

Noch vieles andre, was sich gegen Müllers Hypothese sagen
lässt, werden die folgenden Abschnitte stumm ergänzen. Hier
indess nur noch das, dass auch die Weissagung Tritons bei
Herodot [3] «wann ein Nachkomme der Argonauten den dem Triton
«überlassenen Dreifuss wiedererwerbe, dann müssten hundert hel-
«lenische Städte um die Tritonis entstehen», keineswegs aus der
späteren Wirklichkeit erdichtet sein könne. Müller meint dies sei
in Erfüllung gegangen, wenn man nur an die *alte* Tritonis bei
Irasa denke : denn sowohl Battos ein Nachkomme des Euphemos
war Besitzer der Gegend wo der Dreifuss stand geworden , als
auch Pflanzstädte wurden in der Umgebung Kyrenes bald gegründet. Wer aber mochte wol aus der *Wirklichkeit,* wenn auch
erst spät, dergleichen *ableiten?* Wann gab es um den See auch
nur den zehnten Theil [4] von hundert hellenischen Städten? Und

---

1 Vergl. Herodot 5, 43, 1.   2 Pindar Pyth. 9, 105 ff. mit den Ausl.
3 4, 179, 3. vergl. Lykophr. 888 ff. der ein grosses goldnes Mischgefäss der
Medeia statt des Dreifusses nennt und Tzetz. zu 880 S. 98. 886 S. 99.
4 Ueber die Pentapolis cyrenaica s. Böckh zu Pindar Pyth. 4, 15 Expl.
268, und die Schol. 4, 26 S. 346. Tz. zu Lyk. 877 S. 98. Müller Orch.
340 meint dass die Sage zwischen drei und tausend wenig Mittelzahlen wisse.
Wenn ich aber auch das gewissermassen zugebe, so ist bei historischen Sagen, wenn es dergleichen giebt, doch ein gewaltiger Unterschied. Wie sollte
jemand darauf fallen aus ein paar Pflanzstädten so unverschämt zu dichten,
und zwar ohne dass man im Besitze jenes Dreifusses zu sein wähnte? Nach

hätte man zu Herodots Zeit gedacht in so glänzender Lage zu
sein, wäre es nicht leicht gewesen einen alten Dreifuss als Pfand
dieser Glückseligkeit unterzuschieben, wenn es einmal auf Täuschung abgesehen war? Nein, diese Herlichkeit galt nur als eine
künftige, wann der Dreifuss gefunden sein werde (und auch die
Euhesperiten [1] mögen ihren Dreifuss *non tam ob acta quam ob
agenda* aufgestellt haben): die Phantasie aber ist so alt als Triton,
der personifizirte Dreifuss, selbst. Wann der Mondgott als Dreifuss oder mit dem Dreifusse am Himmel glänzt, dann umringen
ihn hundert Städte, wie sie vom idealen Krete bezeugt sind, oder
wie man vom hundertthorigen Thebä sprach; in demselben Sinne
hangen von der Aegis der Athena hundert Troddeln herab [2], und
ihr goldner Helm vermag die Fusskämpfer aus hundert Städten
zu fassen [3]. Erst als man die Bedeutung der Tritonis vergessen
hatte, konnte im Umkreise der irdischen Tritonis an eine solche
Blüthe hellenischen Lebens gedacht werden. Aus derselben Fabrik
aber ist, wie ich glaube, ein ähnliches Bild. Ueber dem idealen
Kyrene war der Himmel durchlöchert d. h. besternt (welches
Wort Herodot [4] den Libyern zuschreibt, während doch wol die
Ansiedler diese Vorstellung von Libyen schon mitbrachten); und

Proklos zum Timäos 1, 45 B. 104 Schn. misst Platon die Dauer der
Städte mit der Chilias, mit welchem Maassstabe auch die Geister wie Por-
phyrios behaupte zählen. Ebenso ist nach 2 Petri 3, 8 Ein Tag vor dem
Herrn wie tausend Jahre, und tausend Jahre wie Ein Tag.

[1] Diodor 4, 56 S. 500, 87. Uebrigens war diese Kolonie erst unter Arkesilaos IV nicht vor Ol. 78, 3 gegründet. [2] Homer Iliad. 2, 448.
[3] Ebend. 5, 744. Dion Chrys. Or. 12, 2 vergleicht den Himmel mit dem
Schweife des Pfau. [4] 4, 188, 3.

vielleicht ist die ganze Sage von der siebenjährigen Dürre auf
Thera [1] nichts andres als der durch den Tag verdrängte Sternenhimmel: denn die Siebenzahl scheint vom Mondgotte abgenommen zu sein, und bei Tage ist nur ein Baum (die Sonne oder
der erblasste Mond?) unverdorrt [2]. Man vergleiche nur den schlan-
ken Palmbaum auf Delos am Altar des Apollon [3], und die Quelle
Amymone im durstigen Argos [4]. Dann könnte ein Misverständniss, welches jenen Ausdruck für «in Libyen sind die Schleusen
des Himmels geöffnet» nahm [5], bei einer wirklichen Dürre die
Ursache gewesen sein, dass die Aufmerksamkeit sich gerade nach
Libyen kehrte.

2. Zur Plastik des Firmaments.

Quaecunque ab hominibus fiunt maximeque
in re sacra debent habere suas causas.
Arnobius.

Ohne Ideen erschlafft der Mensch und gleicht einem Sumpfe,
welcher den Keim der Fäulniss in sich trägt: *sie* waren und
sind noch das belebende Prinzip wie für den Einzelnen so für
ganze Völker; und ihre glückliche Ausführung ist ein Zeichen
von Kraft und Gesundheit, so wie umgekehrt kolossale Denk-

[1] Herod. 4, 151, 1.   [2] S. Schneidewin zu Pind. Ol. 1, 5 Expl. 10.
[3] Homer Od. 6, 162 ff.   [4] Schon Iulian Or. 5, 119 C erinnert dass
Argos nicht wegen Quellenmangels durstig heissen könne, da viele Quellen
sowohl in als vor der Stadt lägen.   [5] Bei Aristophanes Nub. 375
glaubt ein Simpel dass Zeus *per cribrum mingit*, wann es regnet. Ueber
Kyrenes Regenwetter s. auch Ammonios Sch. Pind. P. 4, 89 S. 350.

mäler auf eine mächtige geistige Bewegung hindeuten. Wo also noch Spuren von grossartiger Thätigkeit zeugen, darf man auf gewaltige Triebfedern zurückschliessen, wenn auch die leitenden Gedanken nicht immer auf der Oberfläche liegen sollten, oder selbst wenn die Kritik über die Absichten der verschiedensten Meinung wäre. Denn wie man sogar in der Gegenwart einer That wunderliche Motive unterlegt, um so natürlicher ist es dass Erscheinungen der grauen Vorzeit Irthümer veranlassen, und bevor sie in das rechte Licht gestellt sind schwankende und schiefe Urtheile hervorbringen. Aber hier ist der Philolog ganz an seinem Platze; es ist sein Beruf in verschwundenen Zuständen zu schwelgen, und schon die Alten schwärmten in einer besseren Vergangenheit, indem sie sich in ein goldnes Zeitalter hineindichteten und lebten : nur dass *sie* aus Mangel an Kritik eine Geschichte machten die den Muthlosen von dergleichen Bestrebungen abschrecken könnte, während die Wissenschaft bemüht ist nur das Gewesne in die Geschichte aufzunehmen, das Gedachte aber in seine Schranken zurückzuweisen. Hat aber jemand sich unter solchen Arbeiten einige Uebung erworben, so vermisst er sich wol gar nach den letzten Gründen manc..er auf den ersten Blick unsinnigen Einfälle oder Gebräuche zu fragen und nach der Bedeutung auffallender Denkmäler zu forschen ; ja er glaubt wol, wo andre nur zufällige Spielereien und zwecklose Thätigkeit sehen, dem kindlichen Verstande der Vorwelt ganz angemessne und in dieser Rücksicht keineswegs unvernünftige Erscheinungen wahrzunehmen. Wenn z. B. Polybios [1] sich darüber aufhält, dass

---

[1] Hist. 16, 12. Von dem Heiligthume des lykäischen Zeus s. auch Pausan. 8, 38, 6. Hermann Opusc. 7. 290. Nork popul. Mythol. 4. 113.

Geschichtschreiber von einem Bilde der kindyas Artemis bei den
Bargylieten in Karien (das auch Strabon [1] kennt) und von einer
Statue der Hestias bei den Iasseern ebendaselbst gesprochen haben, welche wiewohl sie unter freiem Himmel ständen weder
beschneit noch beregnet würden ; wenn er ferner den Theopomp
tadelt, weil er von dem Abaton des Zeus (lykäos) in Arkadien
berichtet habe, dass wer in dasselbe eindringe seinen Schatten
verliere : so kämpft er allerdings mit Recht gegen solche Leichtgläubigkeit, aber von der Bedeutung dieser Vorstellungen hat er
keine Ahnung. Die Mondgöttin nämlich thront *über* den Wolken,
und so war es natürlich auf das endliche Bild überzutragen was
man von dem ewigen Original glaubte. Tacitus [2] erzählt dasselbe
von einem Altare in dem Heiligthume der paphischen Venus,
deren Beiname *aëria* für unsre Deutung spricht. Dasselbe Beispiel hat auch Plinius [3] der noch einen andren Fall die Minerva
zu Nea in Troas hinzufügt, sowie Ampelius [4] unter andren Mi-
rakeln auch ein solches Marmorbild der Diana zu Rhodos erwähnt. Schon die Menge der Beispiele die noch vermehrt werden können dient zum Beweise, dass die wunderliche Sage einen
tieferen Sinn haben muss, und gewiss würde der Augenschein
bald den Aberglauben zerstört haben, hätte nicht jene Phantasie
von der Mondgottheit so tiefe Wurzel gefasst, dass man auch
als die Bedeutung vergessen war nicht davon lassen wollte, wenn
auch jedes Regenwetter die Gläubigen Lügen strafte. Demnach
muss es mit dem Walde des arkadischen Zeus eine ähnliche

---

[1]   Geogr. 14. 972 B.   [2] Hist. 2, 5.   [3] H. N. 2, 97.
[4] Lib. mem. 8. 87 Tzsch.

Bewandtniss gehabt haben. Die Fabel des Manns ohne Schatten ist in der Neuzeit sogar in unsrer schönen Litteratur eingebürgert worden; und ich vermuthe, dass jener heilige Bezirk eine Lokalisirung des nächtlichen Himmels war. Da nun aber allein, die Himmelskörper ohne Schatten sind, so konnte diese Vorstellung leicht auf das irdische Abbild in Arkadien übergetragen werden; wenn nicht vielmehr *bloss* an den Mond (der auch als Mann gedacht wurde) zu denken ist, welcher im ersten Viertel mit dem trüben Theile als Schatten aufgeht, bis er denselben als Vollmond verliert; von welcher Phantasie in einem späteren Abschnitte andre Fälle gegeben sind. Mit den vorigen Beispielen mag aber auch der Kandelaber unter freiem Himmel bei einem Tempel der Venus verglichen werden, dessen Leuchte weder vom Winde noch vom Regen ausgelöscht wurde[1]; denn dass eine Nachahmung der ewigen Himmelslampe beabsichtigt wurde (die auch in der orientalischen Dichtung aus einem Garten dessen Bäume von Edelsteinen, wie der nächtliche Himmel, prangen geholt wird), scheint mir klar zu sein; ob aber Asbest für diesen Zweck genügte oder ob man es mit der Täuschung nicht so genau nahm ist eine andre Frage.

Noch nothwendiger als bei dergleichen Tempelsagen ist es bei ungeheuren Bauwerken nach dem Zwecke zu fragen, weil z. B. die ägyptischen Pyramiden oder die Riesenwerke Indiens und bei Maastricht[2], an denen von Tausenden Jahrhunderte lang gearbeitet sein mag, nicht wol für Schöpfungen der Laune eines

---

[1] Ampelius ebend. und der dort S. 59 angeführte Isidor Or. 16, 4.

[2] H. Müller, das nord. Griechenl. besonders S. 366 ff.

Tyrannen gelten oder gar als Arbeiten müssiger Hände welche sich die Langeweile vertreiben wollten angesehen werden können. Wer sich und seine Gewalt verewigen wollte, der konnte das zweckmässiger und wohlfeiler thun, und hätte namentlich nicht so wunderliche Bauten wie Pyramiden aufgeführt, über deren Anwendung und Nutzen man selbst jetzt nach so vielen Untersuchungen im Unklaren ist. Denn gewiss werden alle Erklärungen ungenügend sein, bis eine das richtige Verhältniss zwischen Bedürfniss und Kraftaufwand ermittelt hat; so übermenschliche Anstrengungen müssen jedenfalls kolossale Pläne verwirklicht haben, welche mit geringern Mitteln unerreichbar gewesen wären. Was giebt es aber für den Menschen schwierigeres als den ewigen Schöpfer nachzuäffen? oder bei welcher Gelegenheit sind die irdischen Hülfsmittel weniger ausreichend als bei einer endlichen Verkörperung des Universums? oder endlich wann haben schwache Menschen mehr Kraft und Aufopferung entwickelt, als wann unnatürlicher Fanatismus und religiöse Ueberspannung jedem Ermatten und jeder andren Rücksicht wehrten? Unter solchen Voraussetzungen aber werden dergleichen riesenhafte Denkmäler der Vorzeit in der Geschichte nicht mehr bloss als Beispiele paradiren, dass es schon dies oder jenes Volk gar weit in der angewandten Mathematik gebracht habe; sondern gelingt es nur erst den fortgesetzten Bemühungen der Forscher hinter die wahre Bedeutung so sonderbarer Erscheinungen zu kommen, dann öffnet sich ausser dem offenbaren Gewinn für die Geschichte der Mechanik auch noch eine unabsehbare Aussicht nach der dunklen Entwickelungsgeschichte des Menschengeschlechts, und der Lichtstrahl philologischer Kritik wird im stande sein, uns über die

frühsten Vorstellungen und Gedanken unsrer Altvordern aufzu-
klären. Es wird sich dann zeigen, dass alles Grosse und Bedeu-
tende, was aus der Urzeit übrig war, seinen Ursprung tiefwur-
zelnden Ideen verdankte, mit einem Worte dass nur religiöse
Vorstellungen oder wenn man lieber will ein auf die Spitze ge-
triebner Wahnsinn im Stande waren Werke auszuführen, an denen die Gegenwart bei aller sonstigen Ueberlegenheit muthlos
ermatten würde. Das Bedürfniss mit der Gottheit und mit den
Wunderwerken des Weltalls in körperliche Verbindung zu
treten, die Sehnsucht mit leibhaften Göttern zu verkehren, hat
nicht nur sonstige Kunstfertigkeit geweckt, sondern ist auch
namentlich die Veranlassung aller kolossalen Monumente gewesen, die eigentlich gar keine praktische Anwendung zuliessen
oder deren Dimensionen und übrige Verhältnisse doch bei weitem das Bedürfniss und ein gewöhnliches Maas der Kräfte über-
stiegen.

Unter solchen Voraussetzungen habe ich versucht die Bedeutung der Labyrinthe und der sogenannten hängenden Gärten
der Semiramis zu finden, wobei ich vor allem darauf hinweisen
muss, dass nicht alle solche Schöpfungen, deren bei den Alten
Erwähnung geschieht, wirklich jemals vorhanden gewesen sind;
wodurch sich von neuem herausstellt, dass die Idee auch ohne
einen entsprechenden Gegenstand im Umlaufe war. Dies lässt
sich namentlich bei den Labyrinthen nachweisen, bei welchen
der einzig historisch bezeugte ägyptische der Fabelgeschichte
unbekannt ist, während der in der Mythologie so bekannte kretische auf dem irdischen Krete zu keiner Zeit vorhanden war.
Schon dieser Umstand ist für die Beurtheilung der Bedeutung

maasgebend, und kann dieselbe in Verbindung mit andren Merkmalen in das gehörige Licht stellen. Plinius [1] schreibt «Dicamus
«et labyrinthos,, vel portentissimum humani impendii opus, sed
«non *ut existimari potest* falsum; *durat* enim etiam nunc *in*
«*Aegypto* heracleopolite nomo, qui primus factus est ante annos
«ut tradunt quater mille sexcentos a Petesucco rege sive Tithoe,
«quanquam Herodotus totum opus (XI [2]) regum esse dicit no-
«vissimique Psammetichi. —— —— hinc utique sumsisse Daeda-
«lum exemplar eius labyrinthi quem fecit in Creta non est du-
«bium, sed centesimam tantum eius portionem imitatum, quae
«itinerum ambages occursusque atque recursus inexplicabiles
«continet. —— —— tertius in Lemno, quartus in Italia. omnes
«lapide polito fornicibus tectis, aegyptius (*quod miror equidem*)
«introitu lapide e *pario* [3], columnis reliquis e syenite, molibus
«compositis quas dissolvere ne secula quidem possint, adiuvan-
«tibus Heracleopolitis qui opus invisum mire infestavere.—lem-
«nius similis illi, columnis tantum centum et quinquaginta mi-
«rabilior fuit, —— extantque adhuc reliquiae eius [4], cum *cretici*
«*italicique nulla vestigia extent.* namque et italicum dici conve-
«nit, quem fecit sibi Porsenna rex Etruriae sepulcri causa, si-
«mul ut externorum regum vanitas quoque ab Italis superetur:
«sed *cum excedat omnia fabulositas,* utemur ipsius M. Varronis
«in expositione eius verbis» u. s. w. Diesen Spuren folgend dürfen wir wol noch etwas weiter als der gute Plinius gehen, der

---

1 Hist. nat. 56, 19.   2 Die Zahl ist aus Herodot 2, 147 hinzugefügt.

3 Parischer Marmor soll erst sehr spät in Aufnahme gekommen sein.

4 Vergl. Schneider zu Vitruv 5, 1, 2. 162. Welcker Trilog. 212 f.

indess trotz seiner Leichtgläubigkeit nicht alle Zweifel hat unter-
drücken können : es gab nämlich weder einen kretischen noch
einen italischen Labyrinth. Bei letzterem ist es genug auf Var-
ros Beschreibung zu verweisen, wie ja auch Porsenna nicht
historischer ist als Minotauros ; für den kretischen aber ist wol
ein so bestimmtes Zeugniss, dass es keine Ueberreste gab, wichtiger als etwa der Einfall unsrer Touristen, welche Steinbrüche
bei Gortyna für den dädalischen Labyrinth erklären [1], oder eine
ähnliche Nachricht im grossen Etymologikon [2] von einem Berge
auf Krete mit einer Höle, in deren Kammern es beschwerlich
sei hinabzusteigen und mühsam wieder hinauszukommen, und in
welche Minotauros gebracht worden sei. Denn da auch Strabon [3]
den Minotauros und den Labyrinth zu den Dichtungen (der Tragiker) rechnet, und Diodor [4] ausdrücklich bezeugt, der kretische
Labyrinth sei *spurlos* verschwunden, so kostet es eben nicht viel
Ueberwindung seine Realität für alle Zeiten in Abrede zu stellen, da ja ein so ungeheures Monument weder von der Zeit noch
von einem Fürsten weggeblasen werden konnte ; und weswegen
hätte man auf dem wohlregierten Krete das heilige Denkmal
ehrwürdiger Sagen vernichten sollen ? Endlich dass schon zu
Herodots Zeit derselbe vermisst wurde lässt sich daraus schliessen, dass dieser [5] von dem ägyptischen Labyrinthe gerade so
spricht als ob es in Hellas nichts ähnliches gebe. Freilich stand
auch nichts im Wege, dass man später Versuche gemacht habe

---

[1] Nitzsch Erkl. Anm. zur Odyssee 1. 199.   [2] Unter Labyrinthos 554, 27.
[3] Geogr. 10. 750 C.   [4] Bibl. 1, 61. vergl. 1, 89 S. 100, 55. 97 S.
109, 77. 4, 77 S. 520, 25 u. s. w.   [5] 2, 148.

den für das ideale Krete bezeugten Labyrinth auf der bekannten
Insel zu reproduziren ; aber dass dies wenigstens in diesem Falle
nicht geschehen sei, lehren die Zeugnisse, und überhaupt scheint
die Insel niemals in dem Wohlstande gewesen zu sein, so grossartige Bauwerke auszuführen : denn nimmt man ihr den erborg-
ten Schimmer der heroischen Zeit, so bleibt ihr nichts als Ohnmacht Armseligkeit Gesetzlosigkeit und Zwietracht übrig. Uebrigens mag auch jener Ausspruch Herodots über die andren sogenannten Labyrinthe in Hellas den Stab brechen : wenigstens hielt
dieser sie nicht einmal einer Vergleichung mit dem ägyptischen
werth. Dahin gehört nämlich noch der argolische bei Nauplia,
den Strabon [1] anführt, indem er von dortigen Hölen spricht, in
welchen sich Irgänge von Menschenhand in kyklopischem Stile
befanden ; und die der andren einigermassen widersprechende
Angabe des Plinius [2] von dem Labyrinthe zu Samos den Theo-
doros fertigte meint am Ende wol nur eine Metallarbeit *en mi-
niature.*

Was aber eigentlich von dem ägyptischen Labyrinthe zu
halten sei, kann hier nicht untersucht werden, da derselbe wie
gesagt der hellenischen Fabellehre unbekannt ist ; nur das möge
hinzugefügt werden, dass die Irgänge zweifelsohne das Unwesentliche an demselben gewesen zu sein scheinen : Herodot [3] wenigstens hat das ganze obre Stockwerk ohne einen Faden der Ariadne
ungefährdet durchwandert, und auch Strabon [4] ist nur der Meinung dass *Fremde* ohne Führer sich nicht zurechtfinden können.

---

[1] S. 567 A.   [2] H. N. 34, 19, 22.   [3] Vergl. Bährs Exkurs B. 2.
918 ff.   [4] 17. 1165 B.

Allerdings mögen griechische Reisende sich in den zahllosen Gemächern verirrt und an ihren kretischen Labyrinth gedacht haben, aber für unsre mythologischen Forschungen ist das ohne Bedeutung; denn der Labyrinth der Fabellehre hat sich als etwas ideales erwiesen, und wenn schwache Versuche hier oder dort gemacht worden sind ihn zu lokalisiren, so ist das höchst gleichgültig. Minos Minotauros Pasiphae, sowie Krete selbst deuten unabweisbar auf den Sternenhimmel, und es ist natürlich dass dieser den frühsten Menschen wie ein Irgarten (Akrisios) vorgekommen sei. Es muss lange gedauert haben bevor man sich einigermassen an demselben orientiren konnte, und so mochte man wegen der Unzulänglichkeit der Sinne von den Irgängen des Himmels fabeln. Bekanntlich [1] tanzte Theseus bei seiner Rückkehr aus dem Labyrinth auf Delos mit seinen Gefährten um den Hörneraltar des Apollon den «Geranos» genannten Tanz, welcher die mannigfaltigen Windungen des Labyrinths darstellte. Der Himmel nämlich und vor allen die himmlische Krete ist der älteste Tanzboden, und man dachte sich die Sterne als einen Chor der hier seinen Reigen aufführt [2]; hier umtanzten die Kureten den frischgebornen Mondgott Zeus, und Dionysos der Mondgott und Anführer der Gestirne ist ein flinker Tänzer in diesem Lokal. Ueberhaupt war man der Meinung dass die Tanzkunst eine Nachahmung der wunderbaren Bewegungen der Himmelskörper sei; wenn sie also es den verschlungenen Pfaden im Labyrinth nach-

---

[1] Plutarch Thes. 21 S. 9 nach Dikäarch. vergl. Eustath. zur Iliade 18. 1166, 17 ff. und über die symbolische Bedeutung des Tanzes Uschold Vorh. 2. 56 ff.   [2] Lucian de saltat. 7 f. vergl. Creuzer Symb. 1. 569.

macht, so heisst das auch nur wieder, dass Sternenhimmel und
Labyrinth identisch sind. Und Delos mit dem Hörneraltar (von
dem bald mehr gesprochen werden wird) ist ja ein andres Bild
für Krete oder den Labyrinth mit Minotauros.

Schon oben ist von der Gottheit gesprochen, welche über
den Wolken thront. Da sie also ausser dem Gebiete des Regens
und Schnees war, so glaubte man auch von ihren irdischen Ab-
bildern, dass sie dem Regen unzugänglich seien. Eine ähnliche
Vorstellung ist die, dass ein Körper gegen die Gesetze der Schwer-
kraft sich in freier Luft ohne Stütze erhält, weil man nämlich
Sonne und Mond in der Schwebe sah. Der Art war eine eiserne
Victoria zu Magnesia am Sipylos welche zwischen vier Säulen
in freier Luft flatterte, und wieder bei Sturm und Regen unbeweglich war [1]. Das ist aber noch nichts gegen alte Vorstellungen
von Thebä, wie sie Plinius [2] liefert: «legitur et pensilis hortus,
«immo vero totum oppidum Aegypti Thebae, exercitus armatos sub-
«ter educere solitis regibus, nullo oppidanorum sentiente. etiam-
«num hoc minus mirum, quam quod flumine medium oppidum
«interfluente. quae si fuissent non dubium est Homerum dictu-
«rum fuisse, cum centum portas ibi praedicaret». Vom mythologischen Standpunkte indess ist diese Sage weniger wunderbar,
sobald man nur festhält, dass von einem irdischen Theben gar
keine Rede sein kann ; auch ist es nicht nachweisbar, dass diese
Phantasie irgendwo verwirklicht worden sei. Thebä war in der

---

[1] · Ampelius 8 S. 91 wo Tschucke auch Isidor Or. 16, 4 verglichen hat. Derselbe handelt S. 89 f. von einer zweifelhaften Stelle, wo ein Säulenschaft an
der Decke eines Tempels ohne Stütze zu hangen schien. [2] H. N. 36, 20.

hellenischen Fabel von der ägyptischen Stadt himmelweit verschieden, und ist wie ich früher bemerkt habe am nächtlichen
Himmel zu suchen. Eine hundertthorige Stadt in der Schwebe
zu halten, ist nur dem Schöpfer gelungen ; und unter dem nächtlichen Himmel (wie unter dem grossen Helm der Athena) ist viel
Raum für Flüsse und Heere ; wenn nicht wie ich vermuthe auch
die Armee das Sternenheer bedeutet welches mit der hangenden
Thebe, dem Monde, in keine Kollision kommt.

Dagegen hat man versucht hangende Gärten dem ewigen
Himmelsgarten nachzubilden. Nach demselben Plinius [1] hat das
Alterthum nichts so angestaunt als die Gärten der Hesperiden
und der Könige Adonis und Alkinoos. Von letzterem habe ich
schon anderswo behauptet dass sein wundervoller Garten der
Sternenpark sei, und leicht liesse sich das auch vom Hesperi-
dengarten darthun, dessen Hüter Atlas ist, auch ein Mondgötze,
wie unten gezeigt ist. Vom Adonis mag aber hier geredet werden, weil die Alten mit ihren Adonisgärtchen wirklich den leuchtenden nächtlichen Himmel plastisch nachzuahmen bemüht waren. Aus den Nachrichten der Schriftsteller [2] ergiebt sich dass
zum Feste der Adonien ein Blumenflor in Töpfen gezeitigt (ἁπα-
λοὶ κᾶποι πεφυλαγμένοι ἐν ταλαρίσκοις ἀργυρέοις [3])
und mit der Todtenfeier des Gottes weggeworfen wurde. Dieser
Gebrauch machte die Adonisgärten zum Sprichworte für alles
Vergängliche und Fruchtlose : im Grunde aber ahmte man die

---

[1] H. N. 19, 19, 1.   [2] Ausser vielen Andren s. die Ausleger zu Zenobios
Cent. 1, 49 S. 19 f. und zu Diogenian Cent. 1, 14 S. 183. Eine agrarische
Deutung dieses Kultes giebt Ammian 19, 1, 11; 22, 9, 15.   [3] Theokrit
15, 113.

kurze Dauer der Sternenpracht nach, die sich freilich schnell
wieder erneuert, aber eben so rasch auch wieder dahinwelkt.
Adonis selbst aber stirbt durch den Eberzahn, wie Kronos mit
der Harpe verstümmelt wird : denn beides sind Bilder für die
Mondsichel. Nach diesen Zaubergärten gedenkt Plinius der hangenden Gärten, welche Semiramis oder Assyriens König Kyros
gemacht habe : über welche in andren Quellen [1] mehr überliefert
ist. Berosos, der auch sonst viel Unglaubliches von Babels Monumenten erzählt, schreibt den Bau dem Nabuchodonosoros zu [2],
während Curtius sie einem Könige Syriens beilegt, worauf auch
Diodors Lesarten zu führen scheinen, der sich ausdrücklich dagegen verwahrt, dass Semiramis die Erbauerin sei, und sie in
viel spätere Zeit setzt. Noch Herodot [3] wo er von dieser Königin handelt weiss nichts von hangenden Gärten, und vielleicht
sind sie erst später, wol gar erst nach Alexandros in Kredit
gekommen ; dem Curtius [4] zufolge war dies Weltwunder aus
den Dichtungen der Hellenen bekannt, d. h. doch wol hellenische
Schriftsteller haben die phantastischen Vorstellungen der Asiaten
auf ein wirkliches Monument übertragen. Gab es wirklich so
kolossale Bauwerke, wie sie beschrieben werden, so sind sie
gewiss nicht von einem asiatischen Fürsten ausgeführt, um einer
Grille einer seiner Frauen zu willfahren, welche aus Persien oder
Medien gebürtig auch bei Babel einen Bergwald wie in der Hei-

---

[1] Vergl. Diodor 2, 10 mit Wessel. 124. Strabon 16. 1072 f. Curtius 5, 5,
32 ff. mit Mützell 388 ff. Philon byz. de VII orb. mir. in Gronovii Thes.
ant. gr. 8. 2650.   [2] Bei Iosephos c. Apion. 1. 1045 A. vergl. Ant.
iud. 10, 15 (11 zu Ende). 349 G. der kölln. Ausg.   [3] 1, 184.
[4] Vulgatum Graecorum fabulis miraculum.

math haben wollte. Denn so ein riesiges Unternehmen liess sich
nicht wol in kurzer Zeit durchsetzen; und man konnte ja ein
solches Gelüst zweckmässiger und wohlfeiler auf andre Art be-
friedigen, da *schwebende* Gärten in keinem Berglande von der
Natur gebildet werden und *gerade diese Vorstellung* die Ausführung so schwierig und kostbar machte. Viel wahrscheinlicher
ist es also dass wirklich die Sage von hangenden Gärten der
Semiramis in Asien einheimisch war, und dass ein späterer König diese Idee soweit menschliche Kräfte das vermögen verwirklicht habe. Denn er konnte sowohl auf den guten Willen seiner
Untergebnen rechnen, die in Glaubenssachen gewiss keine Anstrengungen scheuen würden, als auch die Heiligkeit des Unter-
nehmens selbst liess jeden Kostenaufwand verschmerzen; endlich
aber konnte eine solche Phantasie nur auf so abenteuerliche Weise erreicht werden, während wo irdische Zwecke obwalteten,
gewiss eine ganz andre Ausführung vorgenommen worden wäre.
In Hellas jedoch ist von ähnlichen Versuchen nichts bekannt [1],
wenn man nicht den Luxus schwebender Promenaden, deren erste Sostratos von Knidos in seiner Vaterstadt gebaut haben soll [2],
für einen profanen Misbrauch religiöser Tendenzen ansieht. Denn
dass der Kaiser Tiberius schwebende Gurkenbeete hatte, um täglich dieses Gericht aus der ersten Hand haben zu können, welche auf Rädern entweder in die Sonne oder unter Treibhäuser
gerollt wurden [3], ist ohne Zweifel nur für eine gastronomische

---

[1] Martial de spect. 1, 5 nennt *aëre vacuo pendentia Mausolea*, worüber Gronovii Thes. 8. 2685 zu sehen ist. Ebend. 2650 werden dergleichen Werke
   z. B. aus Plinius H. N. 9, 79. 36, 24, 2 f. und 5 angeführt.   [2] Plinius
   H. N. 36, 18.   [3] Ebend. 19, 23.

Erfindung zu halten, da wo die Zweckmässigkeit in die Augen
leuchtet, überflüssig ist sublime Deutungen zu versuchen: und
bekanntlich beschränkte sich dieser Gebrauch nicht bloss auf
die Landgüter jenes Kaisers.

3. Die Ilias post Homerum.

> Modo Stoicum (Homerum) faciunt, virtutem solam
> probantem et voluptates refugientem et ab honesto ne
> immortalitatis quidem pretio recedentem, modo Epi-
> cureum laudantem statum quietae civitatis et inter con-
> vivia cantusque vitam exigentis, modo Peripateticum
> bonorum tria genera inducentem, modo Academicum
> incerta omnia dicentem: apparet nihil horum esse in
> illo, cui omnia insunt; ista enim inter se dissident.
>
> Seneca.

Der Einfluss Homers auf die ganze Entwickelung des hellenischen Volks ist zu bekannt [1], als dass ich hier denselben
darzustellen nöthig hätte. So behauptet der Homeriker Nikera-
tos von Herakleia bei Xenophon [2], dass Homer über alle menschlichen Verhältnisse gedichtet habe und Lehrer sein könne; Vitruv aber [3] macht ihn zum Vorfahren aller Dichter und zum
Vorkämpfer der gesammten Philologie; ja ein alter Mahler stellte
den Homer unter einem Dichterschwarme sich übergebend dar,
und liess die Brocken von den Dichterlingen gierig verschlingen [4].
Kurz und gut nicht bloss die alte Götterlehre, sondern die Wur-

---

[1] Vergl. Vind. Rhesi LXXVIII f.   [2] Conviv. 4, 6.   [3] De archit. 7
pr. 8 S. 175 Schn. poetarum parentem philologiaeque omnis ducem.
[4] Aelian V. H. 13, 22.

zeln aller Wissenschaften und Künste ohne Ausnahme wurden
auf diesen alten Barden zurückgeführt , so dass er lange Zeit
das Orakel des Alterthums war ; und an seiner unbedingten
Wahrhaftigkeit zweifeln war fast ebenso schlimm als Aufruhr
predigen. Doch auch diese Autorität musste der Zeit und dem
mit ihr verbundenen Fortschritte erliegen, wenn auch Aufopferung dazu gehörte sich der Opposition an die Spitze zu stellen.
Nach einer Anekdote [1] kam Zoïlos aus Makedonien nach Alexan-
drien, um vor dem Könige seine gegen Homers Ilias und Odyssee gerichteten Schriften vorzutragen , welche ihm den Namen
der Geissel Homers, Homeromastix , zuzogen. Aber vor einem
parteiischen Auditorium konnte er nicht durchdringen, und der
Fürst würdigte ihn nach der Vorlesung nicht einmal einer Ant-
wort ; später als Zoïlos ihn um Almosen ansprach , soll jener
erwiedert haben, dass Homeros obgleich er schon tausend Jahre
todt sei, doch fortwährend tausenden von Menschen Brod gebe:
wer auf Gaben des Geistes Anspruch mache , müsse nicht nur
sich sondern auch andre ernähren können [2]. Ja die Entrüstung
über die Angriffe der Kritik auf Homer soll so gross gewesen
sein, dass Philadelphos den Zoïlos kreuzigen liess, während nach
einer andren Sage die Chier ihn steinigten oder die Smyrnäer
lebend auf einen Scheiterhaufen stiessen und verbrannten. Indess
ist es hier gleichgültig den Thatbestand dieser Klatschereien [3]
festzustellen : auffallen aber muss es dass gerade Zoïlos der Mär-

---

[1] Vitruv ebend. [2] Und doch soll eben dieser Homeros um milde Gaben haben betteln müssen. [3] Vergl. die verschiednen Zeugnisse bei
Fabricius Bibl. gr. 1. 559 ff. Harl. Bernhardy griech. Litt. 2. 55.

tyrer seines Tadels und Uebermuths geworden sein soll, während namentlich die Philosophen z. B. Xenophanes und Platon ihre Lästerungen Homers nicht büssten ; und überhaupt zeugt die Nachricht bei Strabon [1], dass Zoïlos den Homeros wegen seiner Fabeleien (ὡς μυϑογράφον) getadelt habe, von ganz richtiger Einsicht. Denn es muss für ausgemacht gelten dass Homeros zwar ein grosses Dichtergenie aber keineswegs der Begründer der geographischen Kenntnisse ist, wie mit Hipparchos Strabon behauptet ; und wenn dieser auf die Polemik des Polybios gegen den trefflichen Eratosthenes gestützt fortwährend die Glaubwürdigkeit der Ilias und Odyssee zu erhärten bemüht ist, so kann das nur als ein ungeheurer Irthum und Rückschritt gelten, weil Homer und die Sage fast nur von idealen Lokalitäten sprechen. Wie es die schuldige Ehrfurcht gegen das älteste heimathliche Dichterwerk gebot, hatte Eratosthenes [2], der Vater der Philologie und Geographie, dem Homer und andren alten Dichtern nur die Bekanntschaft mit den entfernteren Gegenden abgesprochen, weil sie weite Reisen weder zu Wasser noch zu Lande unternommen hätten ; dagegen blieb diesen Poesien immer noch der Werth einer treuen und zuverlässigen Beschreibung der hellenischen Welt zugestanden. Diesem sehr gemässigten Tadel pflichtete auch der besonnene Apollodoros bei, während Strabon selbst für die Ferne eine grosse Treue der Erzählung in Anspruch nimmt [3], und den Grund des Eratosthenes [4] dass von unbekann-

---

1 6. 417 A. wenn er in seinem *Enkomion* auf die Tenedier seine Grundsätze verleugnete, so ist das wol zu entschuldigen, wenigstens erklärlich.
2 Bei Strabon 7. 457 B.—459 B. vergl. 1. 29 C ff.   3 1. 35 B.   4 1. 47 AB.

ten und entfernten Gegenden Uebertreibungen und andre Un-
wahrheiten wegen der Unmöglichkeit der Widerlegung annehmlich
und wahrscheinlich seien nicht gelten lässt, weil Homer in Hellas selbst viele Wunder setze ; wenn er auch zugestehen muss
dass die Geographie denn doch seit Homeros einige Fortschritte
gemacht habe [1]. Durch dergleichen Untersuchungen aber war
Eratosthenes [2] wie es zu gehn pflegt zuletzt soweit gekommen,
dass er die Irfahrten des Odysseus ganz bezweifelte, oder doch
wenigstens fragte *ob* überhaupt Odysseus herumgewandert sei,
und *wo?* ja er wagte es sogar das Schlagwort hinzuwerfen [3],
«erst dann liesse sich ermitteln wo Odysseus sich herumgetrie-
«ben habe, wann einer ermittelt habe, welcher Täschner den
Ranzen der Winde gearbeitet habe». Darauf wie es scheint fu-
ssend, schreibt auch der witzelnde Tzetzes [4] : «ich weiss nicht
«wo der Dichter den Pyriphlegethon setzt, wenn nicht etwa da
«wo *die Stadt der Träume und die Republik Platons* sich fin-
«det».

Es ist mir ein angenehmes Geschäft gewesen, hier den
Eratosthenes vor andern sonst achtungswerthen Gelehrten aus-
zuzeichnen : da er so weit über seiner Zeit steht, so ist es zu
bedauern dass wir nicht mehr von seinem geographischen Sy-
steme wissen ; ja wir würden fast gar nichts haben, hätte nicht
Strabons Polemik uns einige kostbare Brocken aufgehoben : so
kann der Tüchtige es oft nur durch Minderbegabte zu etwas
bringen, und diese müssen wider ihre Absicht zur Grösse des

---

[1] 7. 859 BC.   [2] Strabon 1. 47 C.   [3] Ebend. 1. 45 B. Eustath.
zu Od. 10. 1645, 65.   [4] Zu Lyk. 699 S. 78.

Andren dienen. Aber auch darin hat Strabon geirrt, dass er [1]
dem Eratosthenes vorwirft die homerischen mit den übrigen Gedichten in Einen Topf geworfen zu haben, ohne dem Dichter-
fürsten den Vorrang zu geben: denn gerade darüber kann heut-
zutage kein Zweifel mehr sein, dass alle alten Sänger ohne eigne
Fälschung was sie vorfanden wiedergaben und dass Homer es
nicht anders gemacht habe, so dass Ilias und Odyssee vor andren Poesien oder Lokalsagen wenigstens in dieser Hinsicht nichts
voraushatten. Wenn aber Eratosthenes[2] soweit ging die Dichtkunst mit Ammenmärchen und Weibergeklatsch zusammenzustellen, weil sie alles *erfinden* dürfe was zur Unterhaltung und zum
Zeitvertreib zweckmässig sei; wenn er ferner behauptete[3] die
Trefflichkeit eines Gedichts hange gar nicht von seiner *Wahrheit*
ab, am wenigsten von der Gelehrsamkeit oder gar von den geographischen Kenntnissen des Dichters; so lassen sich diese Sätze
nicht mehr in diesem Umfange und in solcher Allgemeinheit
vertheidigen, sintemal *alle* alten Dichter *nur* gesungen haben wie
ihnen der Schnabel gewachsen war d. h. was sie und was andre
für reine und heilige Wahrheit hielten und ohne ein X für ein
U zu machen; und sowenig *wir* auch der Belehrung wegen vorzugsweise Gedichte zu studiren pflegen, so hielten sich doch sowohl die Barden selbst in jenem kindlichen Zeitalter für die be-
rufenen Lehrer des Volks, als auch ist diese anspruchsvolle
Behauptung von Mit- und Nachwelt fast unbedingt anerkannt
worden. Indess ist dieser Irthum des Eratosthenes sehr verzeih-
lich und kann gerade als Beweis gelten wie hoch ihm Homer

---

[1] 1. 47 C.   [2] Strab. 1. 52 A.   [3] Ebend. 1. 50 B. 41 A.

(und zwar mit Recht) stand : denn da es seinem Scharfsinne und seiner ungemeinen Gelehrsamkeit nicht entgangen war, dass die jenem zugeschriebnen Gedichte wenig Reales enthielten, so wollte er lieber zur *licentia poetica* seine Zuflucht nehmen als dem Dichter seine Versehen zum besondren Vorwurfe machen. Anders aber würde er in der Gegenwart geurtheilt haben : denn da jetzt erkannt worden ist, dass die Lokalitäten der Sage nicht weniger als die Personen und Handlungen grösstentheils ideal sind, wenn auch die Dichter selbst keine Ahnung davon hatten; so bleibt dem heutigen Kritiker nur übrig, die auf spätere Oertlichkeiten mit Unrecht gedeuteten Fabeln auf ihren wirklichen Werth und ihren eigentlichen Gehalt zurückzuführen. Ist aber dies nur erst geschehen, dann hebt sich auch jeder Tadel, der auf Homer oder andre Gedichte fallen könnte, von selbst, da diese ja unverfälscht gaben was sie wussten und in jenem Zeitalter doch noch nicht alles wissen konnten : die Fälschung selbst aber liegt schon jenseits unsrer Quellen, und war *auch* keine absichtliche sondern eine unwillkürliche, welche jenem Zeitalter leicht nachgesehen werden darf, ja sogar unsre Bewunderung ansprechen mag, weil sie die hellenische Poesie, wie auf einem andren Gebiete den Thatendurst, weckte.

Nach diesen Vorbemerkungen mögen einige Beispiele von dem Sachbestand der fabelhaften Geographie folgen, die zugleich von der Macht der Sage und namentlich Homers in spätern Jahrhunderten zeugen können, welcher gleich einer fixen Idee die Geschichte und Wissenschaft durchdringt und in eine Bahn treibt, in die sie ohne solche wirksame Elemente schwerlich gerathen wäre. Ich schweige davon wie das Wirken und Weben der

grauen Vorzeit beschaffen gewesen sein möge, wie viele geschichtliche Oerter namentlich erst ihr Entstehen oder ihre Eigenthüm-
lichkeiten den uralten Sagen verdankt haben dürften : denn wenn
selbst in einem nüchternen Zeitalter, als die homerischen Poesien
längst stereotypirt waren, der Einfluss der Fabeln auf historische
Lokalitäten nachweisbar ist, wenn sie mit beispielloser Zähigkeit
fortwirken, dann kann man sich eine Idee von ihrer Jugendkraft
machen. So fanden sich bei Homer [1] die Worte Γόρτυνά τε
τειχιόεσσαν, und da die Alten an der Realität der fabelhaften
Krete und ihrer Beschreibung nicht den geringsten Zweifel heg-
ten, so verursachte der Umstand dass die geschichtliche kretische
Stadt Gortys ohne irgend eine Mauer in einer Ebene lag den
Verehrern und Kennern Homers viel Kopfzerbrechen ; ja Ptolemäos φιλοπάτωρ oder richtiger φιλόμηρος ging sogar soweit, die offne Stadt befestigen zu lassen, damit nur der alte
Barde wahr gesprochen habe! Der gute Strabon [2], dem wir besonders diese Nachricht verdanken und der uns zu seinem Nach-
theile die Waffen liefern muss, wundert sich allerdings ob dieses
Widerspruchs mit Homer, hilft sich aber so gut es gehn will.
«Die Stadt der Gortynier», sagt er, «liegt in einer Ebene, und
«war *wol* vormals befestigt wie auch Homeros schreibt, — —
«später jedoch hat sie ihre Mauer *von Grund aus* verloren. Pto-
«lemäos philopator aber der sie nach einem Anschlag auf achzig
«Stadien zu befestigen *anfing*, liess die Werke unvollendet; den-
«noch füllte der Ort einmal den bedeutenden Raum von circa

---

[1] Ilias 2, 646 mit Freytag 454 und Eustath. 312, 40. vergl. Nitzsch zu Od.
5, 295 ff. 199. [2] Geogr. 10. 752 C.

«fünfzig Stadien im Umfange». Est ist aber gerade dieses Beispiel vor andren gewählt worden, weil es besonders belehrend
ist. Hätten die Gortynier dem Homer zu Liebe schon · vor der
Zeit der Historiographie ihre Stadt ummauert, oder wäre noch
bei guter Zeit (wenn auch später als die Ilias) *aus irgend einem
andern Grunde* dieselbe in eine Festung verwandelt worden; dann
würde der Einfluss Homers oder des Zufalls übersehen worden
sein, und gewiss hätte man sich nicht nehmen lassen, dass Homer schon jene (kyklopischen oder pelasgischen) Kastelle gekannt
habe; während man jetzt weiss (wenn man nämlich luftige Einfälle übersieht) dass *zuerst* im alexandrinischen Zeitalter der
Versuch gemacht wurde die Sage mit der Wirklichkeit zu versöhnen. Homer muss also *willkürlich* jenes Beiwort gebraucht
haben (was nicht leicht eingeräumt werden möchte), oder dasselbe bezog sich ursprünglich auf ein Bild der *idealen* Krete,
wie die ganze Fabelgeschichte lehrt [1]. Aehnliche Beispiele aber
giebt es unzählige, und bei unsrer Interpretation kann es ganz
einerlei sein ob πολυδίψιον Ἄργος [2] der Wirklichkeit entsprach oder vielmehr (wie oben [3] erinnert wurde) in Betracht
dieser ein Fehler war. Ebenso können Mythologen in Philoktets
Fabel es ohne Nachtheil unentschieden lassen, wo Chryse gele-

---

[1] Wie viele Missverständnisse z. B. die Gesetzgebung des Minos u. a. schon
im Alterthume verursacht haben, weil man an die geschichtliche Insel
dachte, und wie noch heute in den Antiquitäten das Verhältniss der lakedämonischen und kretischen Verfassung wegen dieses Vorurtheils durch
tausend Fabeln getrübt wird, beabsichtige ich andern Orts zu zeigen.
[2] Hom. Il. 4, 471 mit Eust. 461, 2. Schon die hesiodischen · Gedichte
fr. 97. 274 Göttl. versuchten den Widerspruch zu lösen.   [3] S. 57. 4.

gen habe, das man *der Sage wegen* später theils bei Lemnos
zu lokalisiren suchte, theils vom Meere verschlungen sein liess [1];
nur um die Poesie mit den wirklichen Zuständen auszugleichen.
Auch der Brandgeruch des Eridanos nach dem Falle des halb-
verkohlten Phaëthon, von dem die Argonauten hatten leiden müssen und den doch auch *summus Aristoteles* [2] bezeugt, war zu
der Zeit verflogen als der schlimme Lucian [3] ohne den Schnup-
fen zu haben seine Gewässer befuhr und bei den Eingebornen
umsonst nach den Pappeln mit dem Bernsteine und nach den
Schwänen fragte; ja selbst das Wort Phaëthon war dort unbekannt! Aber freilich waren das Halbwilde und nur dumme
Leute, welche es für Thorheit hielten die Fabeln auf wirkliche
Oertlichkeiten zu beziehen, und dem Reisenden zürnten dass er
über ihrem Vaterlande einen solchen blauen Dunst verbreite. Ueberhaupt, wäre der Schriftsteller klüger gewesen, dann hätte er
nach Preussen gehen müssen, um am dortigen Eridanos bei einer
der verwandelten Schwestern des Sonnensohns ἐκπετάσας τὸ
προκόλπιον die Taschen sich füllen zu können.

Die weniger naseweisen Alten hielten mehr auf ihre Sagen,
und *zwängten* lieber einen Sinn hinein. Der Art ist eine andre
Stelle Homers [4], welche ohne überschwängliche Hingebung nicht
buchstäblich gefasst werden dürfte. Dort erzählt Odysseus von
seiner Reise:

> Drauf am siebenten Tage, da zeigte sich uns Lamos' Bergstadt,
> Klaffenden Thors Lästrygoniś, wo der Hirte den Hirten

---

[1] Pausan. 8, 33, 4. vergl. Buttm. zu Soph. Phil. S. 59 ff.   [2] De mir.
ausc. 81. 836, 32.   [3] De electro s. cycnis B. 7. 507 ff.   [4] Od. 10,
81 ff.   [4] Ich habe hier wie 25, 318 Lästrygonia als Nomen proprium

Grüsst wann er heimtreibt also dass jener es hört bei der Ausfahrt.
Dort mag doppelten Lohn schlaflos Ein Bursche verdienen,
Bald als Rindviehhirt, bald silberne Schafe behütend,
Weil in der Nähe gelegen die Pfade der Nacht und des Tages.

Es darf als bekannt [1] vorausgesetzt werden, was die Aus‐
leger zur Rettung einer natürlichen Auffassung versucht haben:
die Stelle gehört gewiss zu denen, wo einem der Verstand still‐
stehn könnte; denn es ist doch wol immer besser wenigstens
aufrichtiger das einzugestehen, als andren oder sich einbilden zu
wollen, dass die Schwierigkeiten der Interpretation leicht zu über‐
winden seien. Tag und Nacht laufen ja *immer* ineinander, wenn
dies der Sinn der Worte ἐγγὺς γὰρ νυκτός τε καὶ ἤματός
εἰσι κέλευθοι sein soll, und wenn Nitzsch [2] mit Krates hier
eine dunkle Kunde von den kurzen Nächten am Nordpol annimt,
so ist das erstens kein allgemeines Merkmal sondern gilt nur
für wenige Sommerwochen, und dann grenzt nicht sowohl Nacht
und Tag als Tag und Tag aneinander. Demnach hinkt dieses Bild
an allen Ecken und Enden, abgesehen davon dass schwerlich die
epischen Sänger (wenn auch nur halbwahre) Nachrichten vom
äussersten Norden haben konnten, da bei ihnen (wie auch in den
Scholien erinnert wird) die Kimmerier in ewige Nacht *gehüllt*
sind: denn was z. B. den Bernstein betrifft, so stammt dieser
weder aus Lappland noch ist irgend ein zwingender Grund unter
dem homerischen ἤλεκτρον diesen zu verstehen, zumal es nach
andren Analogien wahrscheinlich ist, dass ihn die Alten bei seiner

---

gefasst, und deute das Beiwort „weitthorig" auf die Mondsichel, nach der
Analogie von Eurypylos von dem unten gehandelt ist.

[1] Z. B. aus Nitzsch Erkl. Anm. 5. 100 ff.   [2] S. 195.

spätren Bekanntwerdung der Aehnlichkeit wegen mit einem Worte
benannten das früher *andre* Bedeutung gehabt hatte ; und erhielten ihn die hellenischen Kaufleute, wie man doch annehmen
muss, erst aus zweiter und dritter Hand, weswegen sollten sie
sich über das Klima der Ostsee den Kopf zerbrochen haben?
Doch um zu jener verzweifelten Stelle zurückzukehren, so übersetzt Nitzsch [1] «nahe bei einander laufen Nacht und Tag», setzt [2]
voraus «dass die Hirten abends eintreiben, morgens austreiben»,
sodann «dass die Rinder am frühsten ausgetrieben , die Schafe
«aber am spätesten eingetrieben werden [3]», und meint es ver-
schlage nichts [4] «dass in der heissesten Jahreszeit die Schafe wol
«auch ganz früh ausgetrieben würden», endlich verwahrt er [5]
seine Auslegung gegen Ungereimtheit [6] mit der Bemerkung «dass
«der Dichter bei seiner Aeusserung *Da hätte ein schlafloser Mann*
«u. s. w. nicht genau berechnet habe, ob auch weiter der Rinder-
«hirt schon heimtreibe , wann der Schafhirt austreiben müsse;
«ihm fiel nur bei, dass bei solchem Zusammentreffen der heim-
«treibende Schafhirt, wenn er nicht schlafen gehen wollte, auch
«gleich wieder der Austreibende sein könnte».

Um solchen Preis möchte ich nicht den Homer erklärt haben ; und wenn keine der früheren Auslegungen annehmbar war,
so hätte ich doch lieber zugegeben nicht zu verstehen, was der
Dichter selbst nicht verstanden haben mag. Uns berührt aber
hier zunächst das stille Schaffen der homerischen Gedichte in der

---

[1] S. 103. [2] S. 101. [3] Diese Behauptung scheint mir gegen alle
Erfahrung zu streiten. [4] Und doch könnte nur an die längsten Som-
mernächte gedacht werden, wenn eine so abgestandene Interpretation zulässig
wäre. [5] S. 103. [6] Diese klebt ihr unsers Erachtens überall an.

Folgezeit. Es war eine beglaubigte Annahme dass die Leontiner in Sizilien die alten Lästrygonen seien, und die griechischen Scholien wissen dass dort die Rinder nachts weideten, wegen der Menge Ochsenbremsen, welche das Rindvieh tags zu Tode gequält haben würden. Ich will nicht behaupten dass *Homer* hieran gedacht habe, sondern es sollte dies nur ein Beispiel sein dass man für die lokale Erklärung auch der verzweifeltsten Stellen Rath wusste: ' aber gewiss müsste man der nitzschischen Auslegung «die unglaubliche Trivialität» der Tag- und Nachtweide vorziehn, da sie viel weniger abgeschmackt ist, weil die Rinder auch wegen der Tagesarbeit nur nachts weiden mochten; wenn überhaupt der Dichter wirkliche Zustände schilderte oder nur wüsste was er spräche. Denn weil eben *nur* bei den Leontinern die Rinder nachts grasten, konnte es möglich sein dass ein schlafloser Knecht zugleich Schaf- und Rinderhirt war: ohne diesen Umstand war es nicht ausführbar. Allerdings ist auch dann noch der Zusatz «denn nahe bei einander liegen die Wege der Nacht und des Tags» anstössig, aber das ist er auch bei jeder buchstäblichen Erklärung. Das Unvernünftige mindert sich indess auch hier, wenn man mit den Scholien [1] und Eustathios [2] annimt, dass von den Tag- und Nachtweiden *als Lokal* die Rede sei, so dass eben ihre Nähe bei der Stadt sowohl den heimkehrenden und austreibenden Hirten Gelegenheit giebt sich zu begrüssen, als auch es möglich macht, dass Ein Kerl zugleich Schafe und Rinder hüten könnte, wenn er auf Schlaf verzichten wollte ; denn ohne die Nähe beider Oertlichkeiten würde dennoch weder das

---

[1] Zu Vs. 86. [2] S. 1648, 50. vergl. 1649, 25.

eine noch das andre ausführbar gewesen sein. Indess unpoetisch
bleibt die ganze Stelle auch so, und gewiss hat der Dichter eine
schon ihm unverständliche alte Vorstellung, eben weil er sie
nicht begriff, wie es zu gehn pflegt nur noch unverständlicher
gemacht. Offenbar hat auch Aratos [1] diese Verse nachgeahmt,
wie schon die alten Erklärer Homers [2] erinnern: er nimmt für
den Kopf des Polardrachen *die* Stelle in Anspruch wo der äus-
serste Westen und Osten zusammenfliessen; was jedoch für die
homerischen Worte ohne Bedeutung ist, wenn auch auf Erdglo-
ben es so scheinen mochte dass die Grade nach Norden zu immer schmäler werden, bis sie im Nordpole sich vereinigen. Hätte
aber Homer die Lästrygonen unter den Polarstern gesetzt und
dasselbe sagen wollen, so müsste man ihm auch die Kenntniss
der Kugelgestalt der Erde zutrauen, und würde doch für jene
Hirten nichts gewinnen. Wir leugnen also dass irgend eine buch-
stäbliche Interpretation fördern könne, und weisen die Forderung
ab, dass der Ausleger *alles* erklären müsse oder könne; indess
vermuthen wir dass ursprünglich die Phantasie auf das Neben-
einander des hellen und trüben Mondes ging, der als Tag und
Nacht gefasst wurde, weswegen bei den Indern der Mondgott
Dakscha Diti (Nacht) und Aditi (Helle) zu Kindern hat, was offenbar auf beide Hälften des Mondes geht. Wegen der Farbe
aber wurde der eine Theil als Gott im Schaafpelze, der andre

---

1   Phän. 61.   2 Schol. zu Vs. 86. Eust. 1649, 55. Krates lokalisirte die Lästrygonen *unter* dem Kopfe des Drachen in dem äussersten Norden, während
die Scholien die Lästrygonen *selbst* dort *an den Himmel* versetzen, was
ich herzlich dumm nennen würde wenn es nicht gar zu gescheut wäre.

mit der röthlichen Rinderhaut gefasst, und danach musste auch
die Herde der Sterne in zwei Theile getheilt werden.

Wenn es auch deutlich ist dass Homers Wirksamkeit bei
den Leontinern weniger erfolgreich gewesen sei als bei den Gor-
tyniern oder als die Sage von der Scholle in Bezug auf die Kyrenäer, so dürfte doch auch die Nachricht von den Nachtweiden der Leontiner für unser Thema nicht zu verachten sein: denn
wer etwa behaupten wollte, nur nach der Gründung dieser Stadt
und seitdem jener Gebrauch aufgekommen war, oder gar erst
nach der Zeit wo man in Ionien Nachrichten von Lappland haben konnte, seien jene homerischen Verse entstanden (etwa wie
man fast alle Fabeln von Kyrene für jünger als die Kolonie erklärt hat), der würde eine ganz unerweisbare und ungehörige
Interpolation annehmen. Nicht wegen der Nachtweiden der Leontiner sind jene Worte gedichtet, sondern wenn die Nachricht
überhaupt Glauben verdient, ist diese Sitte wol erst wegen der
homerischen Stelle in Aufnahme gekommen, und dem Einflusse
und der Nachahmung der Odyssee zuzuschreiben ; das *prius* ist
jeglichen Falls auf der Seite der Fabel. Ebenso aber steht es
meines Dafürhaltens mit einer andren Stelle Homers, die zugleich
als Beispiel dienen mag, wie die mit dem Jugendunterrichte aus
seinen Poesien eingesognen Vorstellungen bei bevorzugten Individuen zu Fleisch und Blut werden konnten. Hätte ein Mensch
ganz ohne Schlaf fortdauern können, oder wären nur wirklich
Rindvieh und Schafe bei den Leontinern auf so eigenthümliche
Weise unterscheidbar gewesen, so dürfte die Wirkung stärker
und dauernder ausgefallen sein ; aber die Ausführung des homerischen Vorschlags war geradezu eine Unmöglichkeit : dagegen

findet sich ein ähnlicher Fall, wo wirkliche Ungereimtheit (vom realistischen Standpunkte) den Scharfsinn des Syriers Pherekydes weckte und befruchtete, so dass Grübeln über unsinnigen Worten die Brücke zu einer weitberühmten Erfindung werden sollte. In demselben Werke nämlich erzählt der Sauhirt Eumäos [1]:

> Dortwärts heisst Syrié ein Eiland, wenn's je zu Ohren
> Kam dir, oberhalb Ortygié, *wo die Wenden der Sonne,*
> Freilich gar gross nicht überdiemassen, und dennoch gesegnet,
> Grasigen Bodens, an Herden und Wein reich, weizenerzeugend;
> Niemals drückte der Hunger das Volk, noch konnte je andre
> Krankheit Sorgen der Sterblichen armen Geschlechte bereiten,
> Sondern sobald sie gealtert, erscheint bei den Stämmen der Menschen
> Hier mit dem silbernen Bogen Apoll in der Stadt und die Schwester,
> Welcher mit sanften Geschossen bei se'nem Besuche den Tod giebt:
> Dort hat man zwei Städte und zwiefach scheidet sich alles,
> Beide indessen beherschte zugleich mein Vater als König,
> Ktesios Ormenos' Sohn den unsterblichen Göttern vergleichbar.

Der göttergleiche Ktesios darf uns zum Merkmale dienen, dass hier nicht an gewöhnliche Menschen gedacht werden könne; ebenso erinnern uns der ausserordentliche Wohlstand und die ewige Gesundheit so wie der ungewöhnliche Tod jener Insulaner eher an die fabelhaften Hyperboreer oder die Bewohner der glücklichen Inseln als an die geschichtlichen Besitzer der armseligen Insel Syros. Deswegen bemerkt auch Eustathios mit Recht [2] dass der Knecht sich nicht viel schlechter auf sinnreiche Lügen als sein Herr verstehe, und meint [3] dass dies Wohlleben dem gleiche was Hesiod vom goldnen Zeitalter unter Kronos berichte. Auch die Zweitheilung scheint von Belang, sowohl wegen des

---

[1] Od. 15, 405 ff.   [2] 1786 zu Ende.   [3] Ebend. zu Anf.

vorigen Beispiels, als auch wegen ähnlicher Fälle, welche unten
im Abschnitte vom gespaltenen Monde behandelt sind; und endlich die Verbindung mit der fabelhaften Ortygia verbietet an die
irdische Syros zu denken: es scheint nämlich dass die Sage beide
Theile des Monds als zwei Inseln fasste. Die grösste Schwierigkeit aber verursachen die Worte «wo die Wenden der Sonne
«sind» ($\ddot{o}\vartheta\iota$ $\tau\varrho o\pi\alpha\grave{\iota}$ $\mathring{\eta}\varepsilon\lambda\acute{\iota}o\iota o$), erstens weil man nicht weiss ob
diese Nachricht sich auf Ortygia oder aber auf Syria beziehe,
und dann weil die Worte selbst entweder «wo die Sonne sich
«wendet» bedeuten, oder auch eine der beiden Inseln als das Lokal einer Sonnenuhr bezeichnen können. Die erste Auslegung ist
bei buchstäblicher Auffassung reiner Unsinn, weil an keinem
Orte der Erde vorzugsweise der Wendepunkt der Sonne, $\mathring{\eta}\lambda\acute{\iota}o\upsilon$
$\tau\varrho o\pi\alpha\acute{\iota}$, vorhanden ist [1], ebenso wenig als ein Ort eigentlich
der Nabel der Erde heissen kann. Denken wir also an eine Son-
nenuhr, so hat es nichts auf sich wenn die Insel $\Sigma\mathring{\upsilon}\varrho o\varsigma$ bei
dem Dichter $\Sigma\upsilon\varrho\acute{\iota}\eta$ heisst: denn der Unterschied der Quantität
kann für uns nicht maasgebend sein [2], sowenig als Strabon [3]
daran Anstoss genommen, der jene Verse auf die bekannte
Insel beziehen möchte, ohne indess irgend eine Schwierigkeit
derselben aufzulösen. Bei dieser Annahme nun kommt uns auch
das Heliotropion auf Syros zu Hülfe, dessen Errichtung dem
Pherekydes zugeschrieben wird: $\sigma\acute{\omega}\zeta\varepsilon\tau\alpha\iota$ $\delta\grave{\varepsilon}$ $\varkappa\alpha\grave{\iota}$ $\mathring{\eta}\lambda\iota o\tau\varrho\acute{o}$-
$\pi\iota o\nu$ $\mathring{\varepsilon}\nu$ $\Sigma\acute{\upsilon}\varrho\alpha$ $\tau\tilde{\eta}$ $\nu\acute{\eta}\sigma\omega$ [4]. Aber, möchte man einwenden,

---

[1] Menage zu Diog. 1, 119 schreibt „non occasum potius quam *ortum*, multo
„etiam minus (quam) austrum et boream designant". [2] Lobeck zu
Soph. Ai. S. 184 N. [3] Geogr. 10. 746 A. [4] Diogenes 1, 119 im
Pherekydes.

Eumäos war doch kein Prophet, um die Erfindung des Pherekydes so lange vorauszusagen, und wegen dieses Einwurfes
schreibt Müller [1] : «Ich bin überzeugt dass die Stelle auf Syros
«im Archipelagos sich bezieht; ὅθι τροπαὶ ἠελίοιο geht un-
«verkennbar auf Pherekydes' von Syros Sonnenweiser, und scheint
«mir *Hinzudichtung eines Rhapsoden*, um das Eiland näher zu
«bezeichnen». Das ist aber eine verzweifelte Kritik [2], und wenn
kein andrer Grund als das Zeitalter Homers die Interpolation
beweisen kann, so müssen wir erinnern, dass Müller in seinen
gewöhnlichen Fehler verfallen sei, offenbar *spätere* Fakta als
das Ursprüngliche zu setzen. Menage [3] dagegen, auf die Worte
des Scholiasten [4] gestützt ἔνθα φασὶν εἶναι ἡλίου σπήλαιον,
δι' οὗ σημειοῦνται τὰς τοῦ ἡλίου τροπάς meint Pherekydes möge bloss der Wiederhersteller oder Verbesserer des
Heliotropion auf Syros gewesen sein; welche Vermuthung indess weder jenes Zeugniss noch ein ähnliches des Eustathios [5]
unterstützen. Dass es auf Syros zur Zeit des Pherekydes eine
Sonnenuhr gab, darüber kann kein Zweifel sein, aber dass in
jenem Verse diese gemeint sei, ist sowohl an und für sich unwahrscheinlich, als auch gegen die Zeitrechnung, wenn nicht
leichtsinnig eine Interpolation angenommen wird. Wie viel natürlicher und richtiger, nach den erörterten Analogien, ist es
nicht, zu glauben dass jener Ausdruck Homers (den der Jüngling auf seine Heimath bezog) dem Pherekydes keine Ruhe liess,

---

[1] Orch. 526. 6.   [2] Auch erwähnt er Vossens Einrede, jen. Litt.zeit.
1804. S. XI, der mir nicht zur Hand ist.   [3] A. a. O.   [4] Zu
Vs. 404.   [5] Od. 1787, 22.

bis endlich sein eindringendes und stätiges Grübeln die Frucht trug, dass er die Sonnenuhr erfand? Uebrigens scheint mir auch der Ausdruck ἡλιοτρόπιον für eine Sonnenuhr nicht sehr angemessen, und das kann wieder nur beweisen, dass Pherekydes das Instrument nur Homers wegen so benannte, welcher die τροπὰς ἡλίου nach Syros wie er glaubte versetzt hatte. Ist endlich jene Sonnenhöle auf Syros nicht bloss eine Erfindung der Scholiasten, so hat sie entweder auf die Sonnenuhr des Pherekydes Bezug, über deren Konstruktion wir nicht gehörig unterrichtet sind, oder auf Syros sind auch andre Versuche vorher oder nachher angestellt, der Insel die Sonnenwenden zu vindiziren: was ein neues Beispiel für eine Ilias oder Odyssee *post Homerum* wäre [1]. Denn nicht Lokalitäten pflegen Sagen zu er-

---

[1] Pherekydes ist eine mythische Figur, und nicht unmöglich dass selbst das Heliotropion nicht von ihm erfunden sondern ihm zu Ehren von den Pherekydeiern auf Syros errichtet war, wie seine Haut, von der Nitzsch ganz artig gehandelt hat, eine Sternenkarte zu sein scheint; denn die Phtheïriasis findet ihre Analogie in den Verheerungen welche Mäuse Heuschrecken Frösche und andre ideale Thiere angerichtet haben, wie der Ostrakismos des Theseus ein Bild des Sternenhimmels ist. Die älteste Schrift welche Hermes der Mondgott erfindet ist der Sternenhimmel, und mit der beschriebnen Haut des Pherekydes vergleiche ich die vierte Prüfung des Buddha, zu dem sein Lehrer sprach: ,,Meine Lehre muss in ewigem Andenken bleiben; ,,daher sollst du sie aufschreiben auf deine eigne Haut mit einem Griffel ,,aus deinen Gebeinen, und mit Tinte aus deinem eignen Blute". Denn auch hier ist die Flammenschrift des Firmaments zu verstehn, wie die Phäaken oder Sterne aus den Blutstropfen des verstümmelten Uranos entspringen. Jedenfalls setzt die Haut des Marsyas, Bähr zu Herodot 7, 26, 3. 484, ähnliche Vorstellungen voraus, und dass die Haut des Pherekydes Orakel enthält, folgt aus dem Wesen des Mondgotts.

zeugen, sondern weil Sagen vorhanden sind, werden sie mit passenden Oertern verknüpft, wie z. B. ein Erdschlund erst dann für das Thor in die Unterwelt gehalten werden konnte, als diese Vorstellung schon vorhanden war. Auch glaube ich nicht dass der höchste Gipfel des Himawàn Naubandhanam (Schiffsbindung), wo nach der indischen Fluth Satjavratas oder Manus sein Fahrzeug befestigte [1], die Sage von der Ueberschwemmung und was daran hangt veranlasst habe; vielmehr kann diese Stelle, wo ausser dem Mondschiffe selbst die verwegenste Phantasie kein Schiff setzen mochte, nur erst erkoren sein, nachdem man die Nacht oder den Aether als Fluth und die Mondsichel als Kahn zu betrachten gewohnt war; eigentlich aber erst dann als die ursprüngliche Bedeutung dieser Phantasie schon verloren gegangen war.

Eine Erklärung aber jedes Worts jener Verse scheint um so erlässlicher, als es ungewiss ist wieweit die epischen Sänger die ursprüngliche Phantasie entstellt oder verdorben haben : indess im vorliegenden Falle dürfte sie nicht unmöglich sein. Apollon und Artemis sind so gut Mondgötter als Hermes, welcher als Psychopompos und Argostödter bekannt ist ; und der silberne Bogen des Mondes machte theils Artemis, wie andre Mondgottheiten, zur Jägerin unter den als Wild gefassten Sternen, theils erklärt er das vorliegende Bild. Auch die Erzeugnisse der Mondinsel Syros kehren in analogen Phantasien wieder, wofern man nur den Mond und die Sterne als ein Ganzes nimt. Eine Au mit soviel Lämmern musste natürlich für grasig oder als trefflicher

---

[1] Grimm, deutsche Myth. 544.

Weideplatz gelten, und an einem Orte wo unzähliger Weizen ausgestreut war wie am Firmamente, konnte unmöglich Hungersnoth herschen: denn wie z. B. in der Fabel von Demeter und Triptolemos wurden die Sterne in einem andren Bilde als Same gedacht, als *fruges*, welches Wort auch auf das fabelhafte Volk der Phryger bei den Römern übergegangen ist; und da Dionysos ebenfalls Mondgott ist, so lag es nah den nächtlichen Himmel für einen Weinberg zu halten, zumal wenn die Sterne wie bei den Katasterismen zu Gruppen verdichtet wurden. Dann bleiben nur noch die Sonnenwenden übrig: aber *wann* wendet sich die Sonne für das einfache Naturkind deutlicher und fasslicher als bei dem stäten Wechsel zwischen Tag und Nacht? kann es also wol befremden, wenn an den Nachthimmel und namentlich auf der Mondinsel, der Hauptstadt desselben, die Sonnenwenden gesetzt wurden?

4. Der große Monddienst.

Horche mir, himmlische Frau, Lichtbringerin, hehre Selene!
Orpheus.

Auf Xerxes' Zuge gegen Hellas verliess die Sonne ihren Platz am Firmamente und verschwand, wiewohl der Himmel wolkenlos und ganz klar war; es wurde aber Nacht am Tage. Und der König der Perser, welcher solches sah und bemerkte, nahm es sich zu Herzen. Und er fragte die Mager, was soll dies Zeichen bedeuten? Sie aber meinten dass Gott den Hellenen Verödung

ihrer Städte anzeige, und sagten aus dass der Sonnengott der
Hellenen Mahner, der ihrige aber der Mond sei. Als Xerxes solches hörte, wurde er des sehr froh und setzte seine Reise fort.—
Dass ich diese Worte Herodots [1] bei einer Untersuchung benutze,
welche fast alle hellenischen Gottheiten auf Monddienst zurückführt, ist nur wegen der andren Hälfte des Ausspruchs geschehen. Denn für ihre eignen Kulte dürfen die hohen Priester als
gültige Zeugen aufgeführt werden, was aber das Wesen der hellenischen Götter sei, konnten sie nicht hinlänglich wissen. Freilich widerspricht auch der Schriftsteller jener Auslegung nicht,
als ob er mit derselben einverstanden wäre : indess hatten weder
Herodot noch andre seiner Zeitgenossen die richtigen Begriffe
über die Bedeutung ihrer Götter ; und ich glaube sicherlich dass
alle diejenigen, welche ihre Fabeln nicht buchstäblich fassten,
bei den männlichen Gottheiten sich lieber für die Sonne als den
Mond entschieden haben würden. Das darf aber nicht maasgebend sein, da nur bei den Barbaren die Dienste sich in der
ursprünglichen Reinheit oder vielmehr Grobheit erhalten hatten,
während bei der Beweglichkeit des hellenischen Charakters dieselben durch soviel Stadien gegangen waren, dass man fast nirgends noch die ursprünglichen Züge (wie bei den geleckten Bären) errathen konnte. Ist der Sonnenkult z. B. auf Rhodos und
in Korinth nicht in dem Grade anthropomorphisch geworden, dass
der Sonne ausser dem Namen fast gar nichts übrig geblieben ist?
Wo Helios oder Selene in der klassischen Fabellehre erscheinen [2], haben sie Kinder und Liebschaften so gut als die übrigen

---

[1] Mus. 7, 37.   [2] Ich erinnere an Aeetes und Kirke und die Ihrigen, sowie

Götter ; und ich vermuthe dass in Korinth und Rhodos der Sonnengott nicht sowohl durch spätere Personifizirung die ursprüngliche Verehrung des Sonnenballs als solchen verdrängt habe, sondern zu derselben Zeit wo das geschichtliche Korinth für die
alte Sonnenstadt der Fabel und die Insel Rhodos für das Besitzthum des Helios und der Heliaden genommen wurden, mögen
auch die Kulte der Gottheit an diesen Plätzen in Gang gekommen sein : gleichwie alle Vorstellungen von Libyen und Kyrene
lokalisirt wurden sobald man den Ort gefunden zu haben glaubte.
Wenn aber Sophokles [1] einen sagen lässt,

O Sonnengott, der thrak'schen Ritter höchster Hort,

so dachte sich sein verfeinertes Auditorium schwerlich das für
möglich was z. B. Maximus Tyrius [2] erzählt : «Die Päoner beten
«die Sonne an, die päonische Bildsäule der Sonne aber ist ein

---

an Pasiphaë und die ganze Sippschaft z. B. Idomeneus Pausan. 5, 25, 9;
auf Rhodos sind die Heliaden z. B. Thrinax Makareus Auges aus Nonnos
bekannt (vergl. zu Diodor 5, 56 f. und zu Pindar Ol. 7), und Augeias
herscht in Elis; die Korybanten heissen bei Strabon 10. 723 C mit Lobeck
Agl. 1148 Söhne des Helios von Athena, und Phaethon sowie seine Schwestern die Heliaden haben in der Fabelgeschichte eine traurige Berühmtheit
erlangt. Selene hat vom schlafenden Endymion funfzig Kinder, Musäos heisst
ihr Sohn in orphischen Gedichten Platon de rep. 2. 364 E. Lobeck Agl.
459 ff. Proklos in Tim. 34 E. 79 Schn. nach Alkman bei Plutarch fac.
lun. 25. 940 A. Fr. 52. 547 Bergk ist Herse ihre Tochter, und sie soll
gar den nemeischen Löwen (oder den kretischen Stier) und die Nemea geboren haben Meineke Anal. alex. 85 f. Müller Dor. 1. 442 f. ; auch Dionysos
wird als ihr Sohn oder Bruder genannt Lobeck Agl. 1135, und der fabelhafte Epimenides scheint sich für einen Sohn der Selene ausgegeben zu haben bei Aelian H. an. 12, 7.

1 Im Tereus.   2 Diss. 8. 8.

«kleiner Diskos auf einem langen Stecken». So unschöner Kult war in der Blüthenzeit der Hellenen längst abgekommen : die Ahnung dass die Gottheit etwas Lebendiges sei, verbunden mit einem plastischen Triebe der von dem Gefühle für das Schickliche veredelt wurde, hatte bald solche Dinge in Attribute verwandelt, wodurch was früher $\check{\epsilon}\rho\gamma o\nu$ gewesen war zum $\pi\acute{\alpha}\rho\epsilon\rho$-$\gamma o\nu$ herabsank. Bei den Barbaren dagegen findet sich die bekannte chinesische Starrheit, welche einen statarischen Kultus bis in die christliche Periode fortdauern liess, weswegen sie sich noch recht gut bewusst waren, dass sie nur siderische Potenzen oder die Elemente verehrten. Stillstand aber ist Rückschritt, und während die grosse Nation mittels eines poetischen Bilderdiensts zur Erkenntniss der absoluten Gottheit sich erhob, klebten ihre östlichen und nördlichen Nachbarn mit der grössten Zähheit fortwährend an dem gröbsten Kulte, den sie wie die Drachen das Gold bewachten. Nur im Gebrauche hat eine Sache Werth; jedes Gut ist beschwerlich *si non conceditur uti :* bei der Anwendung aber werden selbst Gold und Silber abgenutzt. Allerdings sind beim Fortschritte Verirrungen natürlich und unvermeidlich; aber kehrt man auch ·in Folge derselben zum früheren Standpunkte zurück, so geschieht es doch nur, um ihn recht bald wieder mit besserem Glücke zu verlassen. Das wenige Ewige das wir bei unsrer Reise mit uns führen, kann bei dieser Rührigkeit nur gewinnen : wer unter der Last unbrauchbaren Gepäcks seufzt, der wird nicht weit reisen, und wenn je so gilt hier das $\pi\lambda\acute{\epsilon}o\nu$ $\H{\eta}\mu\iota\sigma\upsilon$ $\pi\alpha\nu\tau\acute{o}\varsigma$. Die bildlose Gottesverehrung aber, wie sie für die ältesten Bewohner von Hellas und Italien vorausgesetzt wird, verräth nicht nur Mangel an Verstand wie an Phantasie und Kunstfertigkeit, sondern ist auch mehr als problematisch, weil sie nicht bessere Autorität hat als etwa das goldne Zeitalter, aus dem die Menschheit zurück in einen bestialischen Zustand gesunken sein soll: denn wie mochten diejenigen, welche uns von der anfänglichen Glückseligkeit und dem traurigen Falle der Menschheit vorerzählen, zur Kenntniss der Zustände verschwundener Jahrtausende gekommen sein? Aber selbst jene Pelasger und Aboriginer (denn warum sollte man diese fabelhaften Namen nicht für die vorhistorischen Bewohner von Hellas und Italien anwenden?) mögen, wenn sie Steine und Bäume heiligten, diese nur als *Bilder ihrer nicht gestaltlosen Gottheiten* in Ermangelung von Kunstwerken gefasst haben, bis dieselben durch schulgerechtere Monumente verdrängt wurden: die Klötze und Steine hatten, denke ich, eine gewisse Gestalt oder andre Merkmale und Kennzeichen, die sie verehrungswürdig erscheinen liessen und Anknüpfungspunkte an den Mondgott darboten. Denn wenn Grimm [1] fragt: «Wie lässt sich, alles Andre was «wir von der Sprache der Freiheit den Sitten und Tugenden der «Germanen wissen hinzugenommen, der Gedanke festhalten, sie «hätten in dumpfem Fetischismus versunken sich vor Klötzen «und Pfützen niedergeworfen und ihnen rohe Anbetung erwiesen»? so möchte ich gewiss mit demselben Rechte die gleiche Frage in Bezug auf die Hellenen stellen: denn wenn einige solche Verehrung für *gereinigtere* Vorstellungen von der Gottheit ausgeben und an die Unschuld des Paradieslebens denken, so entgegnen wir dass das Einfachere nicht immer das Reinere zu sein brauche, und berufen uns abermals auf Grimm [2] der mit Recht

---

[1] Deutsche Mythol. 92. [2] Ebend. 89.

von einem «*groben* götterlosen Naturdienste» spricht. Wenn also
die Barbaren, wie sich nicht bezweifeln lässt, erst dem Christen-
thume ihre ursprünglichen uud unveränderten Kulte zum Opfer
brachten, so ist das ein Zeichen von Stumpfsinn Kunstlosigkeit
und Stillstand ; und auch wo sich etwa bei ihnen Standbil-
der nachweisen lassen, sind dieselben in Vergleich mit den hellenischen unförmlich und es fehlt ihnen der Zauber welchen die
Poesie über hellenische Schöpfungen ausgegossen hat ; ihre Gottheiten nämlich haben keine Geschichte.

Was den Monddienst anbetrifft so muss derselbe in Hellas
soweit in Vergessenheit gerathen sein, dass Kleitomachos mit
Karneades ihn ganz in Abrede stellen konnte, und wegen seines
Nichtvorhandenseins in einer Schlusskette auch die Göttlichkeit
der Sonne ableugnete. «Wenn die Sonne Gott ist», sagte er [1],
«so wäre auch der Tag Gott (denn der Tag ist ja nichts andres
«als die Sonne über der Erde) ; wenn aber der Tag Gott ist so
«ist auch der *Monat* Gott (denn er ist eine Mehrheit von Tagen);
«wenn aber der Monat Gott ist, so wäre auch das Jahr Gott
«(denn das Jahr ist eine Mehrheit von Monaten) : das ist aber
«nicht der Fall, folglich auch nicht das Erste». Nichts desto weniger hat der Mond nicht bloss als Gestirn sondern auch als
Monat in Vorderasien seinen Kult gehabt. Ganz im Allgemeinen
vermuthet Platon [2], die ältesten Bewohner von Hellas möchten
diejenigen Gottheiten einzig und allein verehrt haben, welche zu

---

[1] Bei Sextus Emp. 9 in phys. 1, 184. 591 f. Fabr. Etwas anders hat Cicero
diesen Sorites Nat. D. 3, 20, 51 angewandt: ,,Quodsi (Sol deus et) *Luna* dea
,,est, ergo etiam Lucifer ceteraeque Errantes numerum deorum obtinebunt;
,,igitur etiam Inerrantes'' u. s w. [2] Kratyl. 397 CD vergl. Leg. 10 899 B.

seiner Zeit viele der Barbaren anbeteten, nämlich Sonne Mond
Erde Gestirne und den Himmel: da nun *alle* [1] diese in beständiger Bewegung seien und zu laufen (ϑεῖν) schienen, so seien
diese Götter ϑεοί genannt worden. Proklos [2] aber, der offenbar
gegen Kleitomachos streitet, giebt es für allgemeinen Glauben
aus dass die Horen Göttinnen und der Monat Gott sei, indem er
sich auf ihren Kult beruft, und an einer andern Stelle [3] theilt
er den Kult des Monats ausdrücklich den Hellenen zu, indem er
zugleich den phrygischen Monat Sabazios und die damit verknüpften Feste des Sabazios erwähnt. Endlich aber haben sich
zahlreiche Angaben über die Verehrung des Mondes oder auch
Monats bei andren Schriftstellern erhalten, die ich ungetrennt zusammengestellt habe, weil Σελήνη und Μήν sowie *Luna* und
Mensis ohne besondre Unterscheidung gebraucht werden.

Als Pompeius d. G. über die Piraten Asien und den Pontos triumphirte führte er unter andren geraubten Schätzen eine
schwere goldne Luna vor [4], wo nach meinem Gefühle keine
Statue sondern der Voll- oder Halbmond gemeint ist, wie der
Nabel im Tempel des Ammon [5] und der paphischen Aphrodite [6],
womit der vorhererwähnte Diskos der Päoner verglichen werden
kann. Was aber Herodot [7] von den libyschen Nomaden bezeugt,
dass sie einzig der Sonne und dem *Monde* opfern, das gilt nach

---

[1] Man könnte diese Stelle für die Kosmologie Platons benutzen, weil er
auch die *Erde* zu den Laufenden rechnet: diese ist jedoch von Uschold
Vorh. 1. 39 N. verdächtigt. [2] In Timaeum 248 D. 601 Schn.
[3] Ebend. 251 C. 607. [4] Plinius H. nat. 37, 6 Lunam auream pondo
XXX. [5] Curtius 4, 31, 23. 272 Mütz. [6] Tacitus Hist. 2, 3.
Servius Aen. 1, 720. Maximus tyr. Diss. 8, 8. [7] Mus. 4, 188.

Strabon [1] auch für die Albaner am kaspischen Meere. «Als Göt-
«ter ehren sie den Helios und Zeus und Selene, *verzugsweise*
«*aber Selene*», sagt dieser als Kappadoke und durch seine Vorfahren für diese Gegenden besonders zuverlässige Schriftsteller;
«der Tempel der Selene aber liegt an der Grenze Iberiens, und
«ihr Priester hat nach dem Könige das höchste Ansehn und re-
«giert den weiten und volkreichen heiligen Bezirk und seine Hie-
«rodulen, deren viele begeistert sind und weissagen; wer aber
«unter denselben in höhrem Grade vom Geiste ergriffen einsam
«in den Wäldern herumirrt, diesen ergreift und fesselt der Prie-
«ster mit der heiligen Kette, und nachdem er ein Jahr lang in
«allem Wohl'eben zugebracht hat, wird er zum Opferfeste der
«Göttin vorgeführt und mit andren Opferthieren gesalbt geopfert.
«Die Art der Opferung ist aber folgende: jemand mit der hei-
«ligen Lanze bewaffnet, welche für die Menschenopfer bestimmt
«ist, tritt aus der Menge heraus und stösst durch die Seite ins
«Herz, wohlerfahren in diesem Handwerke; wann aber das Opfer
«liegt so werden einige Weissagungen aus dem Falle gezogen
«und der Kommune mitgetheilt, und auf den Körper sobald er
«an einen bestimmten Ort gebracht ist treten alle wie auf ein
«Sühnopfer». Weiter unten wird Dionysos als Mondgottheit dargestellt werden; diesen lässt Ausonius [2] im Stil der orphischen
Ueberreste sagen $A i \gamma \acute{v} \pi \tau o v$ $\mu \grave{e} \nu$ $"O \delta \iota \varrho \iota \varsigma$ $\grave{e} \gamma \acute{\omega}$, $M v \delta \tilde{\omega} \nu$
(Scaliger $\mu v \delta \tau \tilde{\omega} \nu$) $\delta \grave{e}$ $\Phi a \nu \acute{a} \varkappa \eta \varsigma$: den Kult des Mond Pha-
nakes oder Pharnakes bezeugt aber Strabon [3] auch für den Pontos,

---

[1] Geogr. 11. 768 B. [2] Ep. 28 mit Lobeck Agl. 463. 1099. [3] Geogr.
12. 833 AB.

wo er von dem Flecken Kabeira spricht den Pompeius zur
Stadt erhob und Diospolis nannte, Pythodoris aber noch mehr
vergrösserte und den Namen der Stadt in Sebaste umänderte,
welche sie zu ihrer Hauptstadt und Residenz erkor. «Noch besitzt
sie» (Pythodoris), fährt er fort, «den nach dem *Monde* (des) Phar-
«nakes benannten heiligen Bezirk (τὸ ἱερὸν Μηνὸς Φαρνά-
«κου καλούμενον), die dorfartige Stadt Ameria, zu welcher
«viele Hierodulen und heiliges Gebiet gehört dessen Einkünfte
«der jedesmalige Priester zieht. In so hohem Grade aber ehrten
«die (pontischen) Könige dies Heiligthum, dass sie zum soge-
«nannten königlichen Schwure [1] *Das Glück des Königs und den*
«*Mond (des) Pharnakes* (Τύχην βασιλέως καὶ Μῆνα Φαρ-
«νάκου) erhoben. Auch dies ist ein Heiligthum der *Selene* wie
«das bei den Albanern und das in Phrygien, sowie das des Monds
«(Μηνός) in dem gleichnamigen Orte [2] und das des Askäos
«(Ἀσκαῖον oder Ἀρχαῖον [3]) bei Antiocheia in Pisidien und
«das in dem Bezirke der Antiocheer». Die letzten Worte finden
ihre Bestätigung bei demselben Schriftsteller, wo er vom pisidischen Antiocheia handelt [4]: «Dort war auch der Kult eines ge-
«wissen Mondes Arkäos (τινὸς Μηνὸς Ἀρχαῖου), reich an
«Hierodulen und heiligen Aeckern», und anderswo sagt er [5]: «Zwi-

---

[1] Das heisst doch wol die königliche Devise.   [2] Sollte die uralte Stadt
Umbriens Ameria gemeint sein?   [3] Vergl. 865 A.   [4] Geogr. 12.
864 C.   [5] Ebend. 869 C. Auch andrer Monde Kulte verbürgen Inschriften; in Lydien findet sich Men Aziottenos Corp. Inscr. gr. 3442.
3448 B. 2. 809 f. in Phrygien Men Asklenos eb. 3886 B. 3. 20. vergl.
die Nachträge S. 23. Zur ersten Stelle wird auch noch Men Askenos (wenn
es nicht derselbe Asklenos ist) und Kamareites nach Münzen dieser Gegen-

«schen Laodikeia und Karura ist das nach dem Monde Karos «genannte Heiligthum (ἱερὸν Μηνὸς Κάρου χαλούμενον), wel- «ches in hohen Ehren steht». Auch Lucian dem die asiatischen Dienste aus seiner Jugend bekannt sein mussten erwähnt [1], wo er die kostbaren und massivgoldnen Bilder der barbarischen Göt- zen den marmornen und ehernen der Hellenen entgegenstellt, nach Bendis Anubis Attis und Mithres auch den Mond (Μήν), und schreibt [2] namentlich von den Phrygern [3] dass sie dem Men oder der Mene (welche Variante ohne Bedeutung ist) opferten. Bemer- kenswerth ist auch die Nachricht bei Plutarch, dem Sulla sei die Göttin welche die Römer von den Kappadoken überkommen hätten, im Traume erschienen, welche für *Selene* oder Athena oder *Enyo* gelte [4]; dass aber dies die komanische Göttin sei lehrt Strabon. Zuerst schreibt er [5]: «Oberhalb Phanaröa liegt Ko- «mana (τὰ Κόμανα) im Pontos, der Stadt in Grosskappado- «kien gleichnamig, deren Pflanzstadt sie ist, und derselben Göt- «tin geweiht, welche fast dieselben Kulte und Zeremonien hat «und deren Priester besonders unter den frühern Königen hoch- «geehrt waren, sodass zweimal jährlich der Oberpriester bei den «sogenannten Auszügen der Göttin das Diadem trug und hinsichts «des Ansehens der erste nach dem Könige war». Dann erzählt er [6], Pompeius habe den heiligen Bezirk vergrössert, den Arche-

---

den angeführt. Uebrigens habe ich im Deutschen absichtlich Mond gesetzt, welches Wort ebenfalls zweideutig ist.

[1] Iup. trag. 8 B. 6. 252.   [2] Ebend. 42. 293.   [3] Zur letzteren Stelle führt Solanus auch ein Zeugniss des Clemens Cohort. 22 Pott. an, dass die Inder den Helios die Phryger aber die Selene anbeteten.   [4] Sull. 9. 457. [5] Geogr. 12. 535 BC.   [6] Ebend. 536 B.

laos zum Oberpriester gemacht, und ihm die Stadt untergeordnet
und namentlich die 6000 Hierodulen, über welche er unum-
schränkt gebot nur dass er sie nicht verkaufen durfte; die Stadt
sei volkreich [1] und treibe bedeutenden Handel mit Armenien, und
namentlich bei den Auszügen der Göttin kommen Männer und
Weiber aus Städten und Dörfern zum Feste, während auch sonst
andre wegen ihrer Gelübde sich dort aufhalten um zu opfern;
überall hersche Wohlleben, jeder besitze Weinberge, und eine
Unzahl gutwilliger Frauen, deren Mehrzahl zum Tempel gehöre,
sei dort anzutreffen, so dass die Stadt ein kleines Korinth sei.
Endlich aber berichtet er [2] vom Mutterkult in Grosskappadokien,
was besonders auf Plutarchs Zeugniss Bezug hat: «Im Antitau-
«ros sind tiefe und enge Schluchten, in welchen Komana und
«das Heiligthum der *Enyo* liegt, welches man dort Komana nennt.
«Die Stadt ist ansehnlich und besonders reich an Begeisterten
«und Hierodulen; die Einwohner, Kataonen, stehen unter dem
«Könige, gehorchen aber auch dem Oberpriester» u. s. w. Bei
Strabons Anwesenheit war die Zahl der männlichen und weiblichen Hierodulen über 6000.

Diese Zusammenstellungen sind freilich nicht alle von demselben Charakter, und namentlich ist wol nicht zu bezweifeln dass
die komanische Göttin ganz weiblich war; aber uns war es nur
darum zu thun einige Beispiele des asiatischen Monddiensts der
noch nicht die Kennzeichen seines Ursprungs verloren hatte anzuführen, und da selbst die Schriftsteller den Unterschied des
Geschlechts bei demselben Kulte zuweilen vernachlässigen, so hatte

---

[1] Ebend. 537 BC.   [2] Ebend. 809 B.

auch ich keinen Grund die weiblichen und männlichen Mondgottheiten zu trennen, zumal da ein späterer Abschnitt zu erhärten sucht, dass für die *Grundbedeutung* der Götzen das Geschlecht gleichgültig sei. Die männliche Mondgottheit aber war
allerdings für manche befremdend. Arnobius [1] behauptet dass in
den klassischen Denkmälern der Mondgötze weiblich sei und nur
Ein Gesicht habe, während doch der Mond täglich seine Gestalt
wechsle, als ob er nichts von einem Lunus wisse: Spartian [2]
dagegen wo er vom Besuch des Kaisers Caracalla zu Karrä in
Mesopotamien redet, ist wegen des Lunus so erstaunt, dass er
uns die Ansicht der Gelehrten und auch der Karrener selbst
mittheilt, wer den Mond weiblich nenne und fasse sei den Weibern unterworfen, dagegen wer ihn für männlich halte hersche
über seine Frau und sei vor den Ränken der Weiber sicher;
wenn also auch Hellenen und *Aegyptier* die weibliche Form vor-
zögen, so würde er nichtsdestoweniger von ihnen in der Ge-
heimlehre für männlich ausgegeben. Und doch hat Ammian [3]
in der Beschreibung des Feldzugs Iulians von derselben Gottheit
zu Karrä die weibliche Form vorgezogen, sowie auch Herodian [4]
gerade in Bezug auf den Besuch des Caracalla τὸν νεὼν τῆς
Σελήνης ἣν μάλιστα οἱ ἐπιχώριοι σέβουσιν erwähnt (wie
auch Strabon oben mit Men und Selene wechselte), während

---

[1] Adv. nat. 6, 10. [2] Carac. 248 Boxhorn. (cum) Carras dei Luni
gratia venisset. Auch Tertullian Apol. 15 (wie angeführt wird) perhorres-
zirt neben dem moechus Anubis den masculus Lunus. Nach Ammonios zu
Aristot. de interpr. bei Men. zu Diog. 8, 34 war Selene auch bei den
Aegyptiern männlich. [3] 23, 3 zu Anf. Lunae quae religiose per eos
colitur tractus ritu locorum fert sacra. [4] Hist. 4, 15.

Clemens [1] ʻΗλίου ἐν ᾿Ατραῖς καὶ Σελήνης ἐν Κάῤῥαις (τάφος δείχνυται) einander entgegenstellt. Ueberhaupt aber scheint ein erkennbarer Monddienst sich über das ganze den Alten bekannte Asien erstreckt zu haben, und noch in späten Inschriften und auf Münzen finden wir denselben vorherschend [2] ; so dass die christlichen Kaiser bei der Ausrottung des Heidenthums [3] besonders mit diesem zu schaffen hatten.

Dass aber dieser Monddienst ursprünglich auch in Hellas heimisch gewesen sei, verbürgt die Mehrzahl der Fabeln welche sich fast alle auf den Mond zurückführen lassen ; und dass die Gelehrten bei *männlichen* Gottheiten auf den Mond zu rathen Bedenken trugen, ist wie schon erinnert wurde nur eine Grille. Nach Kleomedes [4] wird der Mond wann er die Gestalt eines Sigma oder einer Sichel hat *Μὴν* genannt, und die augenscheinliche Verwandschaft mit Mann lässt schon an und für sich schliessen, dass diese Gottheit auch in männlicher Form verehrt worden sei. Dass jener Kult in Phrygien zu Hause war wurde schon vorher bemerkt, und damit stimmt die Glosse bei Hesychios [5] *Ναὶ Μὴν ναί, Φρύγες* : aber davon ist im Grunde die Partikel *μὴν* und das daraus geschwächte *μὲν* nicht ver-

---

[1]   Homil. 5, 23. 668 bei Lobeck Agl. 573.   2 Zeus Menitiamos und Menityrannos in Lydien sowie Attis Menotyrannus findet sich Corp. Inscr. gr. 3438. 3439 B. 2. 807 f. mit der Note; Helios und Selene ebend. 4380 t B. 3. 193 und sie scheinen auch die pisidischen Götter der beiden vorhergehenden Inschriften zu sein. Vergl. 4451 S. 213. 4483 S. 227. 4502 S. 233. Men. zu Diog. 8, 34. Schedius de diis german. 196 N. u. s. w. 3 Saint-Martin zu Lebeau Hist. du Bas empire B. 3. 61 u. 506 ff.
[4] Meteorol. 2, 5. 87, 27 Schmidt. Clemens Strom. 6, 16. 814 u. s. w.
[5]   S. 658 Schr.

schieden, so dass $ Na\grave{\iota}$ $\mu\acute{\eta}\nu$ $\check{o}\nu\tau\omega\varsigma$ $\delta\acute{\eta}$ wie derselbe kurz vorher schreibt gleichbedeutend ist, nur dass man wegen des phry-
gischen Kults dort sich des Ursprungs noch bewusst war, während derselbe in Hellas verloren gegangen war ; denn das ist der
Hauptvorzug des hellenischen Volks, dass alle Vorstellungen im
Laufe der Zeiten in neuen und jugendlichfrischen Formen erscheinen, und dadurch der Forschung allerdings Verlegenheiten
bereiten. Uebrigens ist der *Mond* auch in Hellas aus der Lehre
des Pythagoras bekannt. Nach Iamblichos [1] verbot dieser einem
weissen Hahne etwas zu Leide zu thun, denn er sei ein Schütz-
ling weil er dem *Monde* geweiht sei ($\iota\varepsilon\varrho\grave{o}\varsigma$ $\tau o\tilde{v}$ $M\eta\nu\acute{o}\varsigma$),
weswegen er auch die Stunden verkünde ; wofür später [2] an-
gegeben wird der Hahn sei der *Sonne* geweiht , und in der
17ten Vorschrift [3] heisst es : «Füttre den Hahn, aber opfre ihn
«nicht, denn er ist der *Mene* (wofür nicht nöthig ist $M\eta\nu\grave{\iota}$ zu
«schreiben) und dem *Helios* geheiligt». Demnach führt denn auch
Diogenes [4] als Verbot jenes Weisen an $\grave{a}\lambda\varepsilon\varkappa\tau\varrho\upsilon\acute{o}\nu o\varsigma$ $\mu\grave{\eta}$ $\check{a}\pi$-
$\tau\varepsilon\delta\vartheta a\iota$ $\lambda\varepsilon\upsilon\varkappa o\tilde{\upsilon}.$ $\check{o}\tau\iota$ $\iota\varepsilon\varrho\grave{o}\varsigma\tau o\tilde{\upsilon}$ $M\eta\nu\grave{o}\varsigma$ $\varkappa a\grave{\iota}$ $\grave{\iota}\varkappa\acute{\varepsilon}\tau\eta\varsigma\grave{}$ $\tau\grave{o}$ $\delta^{,}$
$\mathring{\eta}\nu$ $\tau\tilde{\omega}\nu$ $\grave{a}\gamma a\vartheta\tilde{\omega}\nu,$ $\tau\tilde{\omega}$ $\tau\varepsilon$ $M\eta\nu\grave{\iota}$ $\iota\varepsilon\varrho\acute{o}\varsigma\grave{}$ $\delta\eta\mu a\acute{\iota}\nu\varepsilon\iota$ $\gamma\grave{a}\varrho$ $\tau\grave{a}\varsigma$
$\mathring{\omega}\varrho a\varsigma\grave{.}$ welche Worte (wenn sie nämlich verderbt sein sollten)
ich nicht würde herstellen können [4]. Bei Aelian [6] findet sich nur

---

[1] V. Pyth. 1, 18. 87, 18 Arc.   [2] Ebend. 1, 28. 136, 16.   [3] Ebend.
2, 21. 132, 31. vergl. Expl. 18. 146 zu Anf.   [4] Pyth. 8, 34.   [5] In
der Vorschrift waren zwei Punkte hervorgehoben, die weisse Farbe und die
Verbindung des Hahns mit dem Monde ; auf den ersten bezieht sich die
erste Hälfte der Erklärung, die weisse sei eine gute Farbe, auf den andern
der Schluss ,,und dem Monde (ist) er geweiht ; denn er verkündigt die
Stunden". Wenigstens scheint mir jeder Grund zu fehlen, an dem Monde
zu meistern.   [6] V. H. 4, 17 zu Ende.

das Verbot einen weissen Hahn zu schlachten, aber bei Suidas unter *Πυϑαγόρα τὰ σύμβολα* [1] kehrt die Variante des Iamblichos wieder, der weisse Hahn sei dem *Helios* heilig und verkünde die Stunden. Ich will nicht in Abrede stellen, dass auch die Sonne Anknüpfungspunkte an den Haushahn bot (wenn auch Idomeneus nicht gerade als Sonnengott denselben auf seinem Schilde führt [2]); indess wenn das auch für die sublime Lehre des Pythagoras zugestanden werden mag, so möchte doch für alte Fabeln der Mond viel geeigneter sein, ja ich halte den Hahn selbst, wegen seines Schnabels und Kammes für einen alten Mondgötzen. Aelian [3] erzählt, dass der Hahn beim Aufgange des *Monds* ausser sich geräth und vor Freuden herumspringt, ebenso entgehe ihm niemals der Aufgang der *Sonne*, bei welchem er sich selbst im Krähen übertreffe; auch gehe eine Sage dass dieser Vogel ein Freund der *Leto* sei weil er ihr bei ihrer gesegneten Niederkunft mit Zwillingen Beistand leistete, weswegen auch noch später kreisende Frauen einen Hahn in der Nähe hielten um die Geburt zu erleichtern. Apollon und Artemis sind aber Mondgötter, und wenn der Hahn zu ihrer glücklichen Geburt behülflich war, so möchte man im Dogma des samischen Philosophen neben der Mene am liebsten den Apollon sehen: demnach dürfte jene Variante aus der bekannten Verwechslung von *ἥλιος* und *Ἀπόλλων* in den Handschriften [4] entstanden sein, oder vielmehr der alte Irthum welcher den Apollon als He-

---

[1] S. 555, 9.   [2] Pausan. 5, 25, 9 meint er sei der Sonne heilig, weil er ihren Aufgang durch sein Krähen verkündige ; vergl. Uschold Vorh. 2. 9. [3] H. an. 4, 29.   [4] Ad Rhesum S. 200 f. N.

lios auffasste, hat frühzeitig den Hahn statt des Mondgottes Apollon mit der Sonne in Verbindung gebracht.

Es ist bei der Flüssigkeit der hellenischen Fabeln uns nicht zu verargen, dass für einen ursprünglichen Naturdienst des Mondes in Hellas auch die leisesten Spuren verfolgt sind. Andre Merkmale können auch noch die Sprache und die Kulte darbieten, weil sich in diesen manches in der ältesten Form erhalten hat. Zum Schlusse also glaube ich kürzlich darauf aufmerksam machen zu müssen, dass auch die Menagyrten, wie sich auch ihre Bedeutung mit der Zeit verwandelt haben möge [1], auf einen hellenischen Monddienst zurückgeführt werden dürfen; und was die Pemmatologia sacra betrifft, so haben manche Arten von Backwerk mittels ihrer Horngestalt oder in andren Formen das Andenken an den Mondkult bis in späte Zeiten verewigt [2]. Denn dass die Nachkommen, wie *wir* bei ähnlichen Erscheinungen, ihre Kuchen ohne so erhabne und philosophische Gedanken verzehrt haben, was thut das zur Sache? werden nicht selbst die bedeutungsvollsten Zeremonien von manchen ganz gedankenlos vollzogen? Indess sind die meisten dieser Dinge von keiner höheren Beweiskraft als die übrigen Attribute und Symbole der Götter in der Poesie Malerei und Plastik, welche auf die verschiednen Gestalten des Mondes zurückgeführt werden müssen: dagegen haben die Gebäcke [3] $\sigma\varepsilon\lambda\dot{\eta}\nu\eta$ und $\beta o\tilde{v}\varsigma\ \pi\dot{\varepsilon}\mu\pi\tau o\varsigma$ und $\ddot{\varepsilon}\beta$-

---

[1] Lobeck Agl. 648 N. [2] Ebend. 1064 ,,Si quis cornicari velit, cornua ,,ista ad cultum deorum luminarium referat''. [3] Schol. Eur. Tro. 1067. Eur. Erechth. 15. 163 Matth. Toup ad Suid. B. 1. 36 ff. Lips. Lobeck Agl. 1064 — 69.

δομος (wegen des hinzugefügten Zahlworts) die Geschichte ihres
Ursprungs im Namen selbst uns aufbewahrt.

— ⋙ —

5. Phöbos Apollon.

Nicht für jeden erscheint ja Apollon, sondern dem Besten;
Wer ihn gesehn ist gross, und gering ist welcher ihn nicht sah.
Kallimachos.

Es ist gezeigt worden dass bei den Barbaren überall noch
der Naturdienst des Mondes bis in die christlichen Jahrhunderte
erkenntlich war, während in Hellas nur wenige deutliche Spuren auf einen solchen vormaligen Kult zurückleiteten. Nichtsdestoweniger wurzelt auch hier der Olymp mit allen seinen Göttern
und fast das ganze Heroenthum in der Anbetung des nächtlichen
grossen Gestirns, und die folgenden Abschnitte sind bestimmt
mehrere Götter und Heroen auf diese ihre ursprüngliche Bedeutung wieder zu reduziren. Schon an einem andren Orte [1] habe
ich behauptet dass namentlich *Apollon* und Dionysos Mondgötzen
seien, und ich meine damit die Einsicht in den Sinn der alten
Fabeln und ihre Erklärung bedeutend erleichtert zu haben; wenn
ich auch damals noch aus altem Vorurtheile und verzeihlicher
Befangenheit manches für solarisch genommen habe, was theils
im Verlaufe dieser Abhandlung theils anderswo als lunarisch dargestellt werden wird. Natürlich bei seinem grossen Scharfsinne
nebst aussergewöhnlicher Kombinationsgabe, musste auch Müller

[1] Das Verhältniss der Linguistik Mythologie und Archäologie. Kasan 1846.

darauf fallen, dass Apollon wol gar der Mond sein möchte, aber
in einer bösen Stunde schrieb er die Worte nieder [1] : «Auch
«sind die Feste des (apollonischen) Kultus gar nicht an bestimmte
«auffallende Epochen des Sonnenlaufs geknüpft ; *weitmehr an die*
«*Phasen des Mondes :* denn erstens ist der Neumond dem Apollon
«heilig und er hiess davon selbst νεομήνιος [2], dann wieder das
«erste Viertel oder der siebente Tag, endlich der Vollmond (δι−
«χομηνία), dieser namentlich in Zakynthos [3]. *Darum wird*
«*aber niemand behaupten wollen, Apollon sei ein Mondgott».* Wir
haben uns diese Freiheit genommen, theils weil jene Merkmale
nicht ganz verächtlich sind, theils auch aus andren Gründen, und
sicherlich würde Müller vermöge der Beweglichkeit seiner Phantasie diesen Einfall mehr ausgedacht haben, wäre seine Apol-
lonstheorie nicht schon fertig gewesen, die uns völlig verfehlt
scheint.

Was nun erstens den Neumond und das erste Viertel betrift, so ist das Zeugniss Herodots [4] älter, welcher als eins der
Vorrechte der lakedämonischen Könige erwähnt, dass beide an
jedem Neumonde und an jedem Siebenten auf Staatskosten je Ein
makelloses Opferthier erhielten zum Feste des Apollon, und ausserdem einen Medimnos Weizen und ein lakonisches Viertel Wein.
Ebenso erzählt der Scholiast des Aristophanes [5] dass der Neumond und Siebente dem Apollon geweiht waren, was aus dem
Buche des Philochoros über die Tage geschöpft sein möchte,

---

[1] Dor. 1. 287. [2] „Philochoros in den Schol. vulg. Od. 20, 155. vergl.
„zu 21, 258 (?)“. [3] „Plutarch Dion 25“ 967. [4] Mus. 6, 57, 2.
[5] Plut. 1126.

welcher in dieser Schrift lehrte [1] dass der Neumond dem *Helios* und Apollon, der Siebente aber dem Apollon geweiht war, weil er an diesem geboren sei, weswegen auch die Lyra sieben Saiten habe ; derselbe Antiquar [2] bezeugt auch den Beinamen Apolls νεομήνιος, und scheint überliefert zu haben dass die Alten den ersten Tag des Monats allen Göttern gewidmet hatten. Hierauf bezieht sich auch die mystische Etymologie des Worts Apollon, welches eine Negation der Mehrheit sein soll (ἀποφάσει τῶν πολλῶν [3] oder κατὰ στέρησιν τῶν πολλῶν [4]), und man behauptete [5] dass Apollon in mystischem Sinne der Eine (τὸν ἕνα διὰ τὸ ἄπωθεν εἶναι τῶν πολλῶν, τουτέστι μόνον) heisse, wie auch die Einheit der Zahl nach dem bekannten Beinamen Apolls in orphischen Gedichten [6] Ἀγυιεύς genannt wurde, in welchen [7] auch die apollonische Monas vorkommt. Ich bin weit entfernt diese etymologischen Spielereien und abstrusen Interpretationen zu vertreten , aber so geringschätzig auch darüber gedacht wird, so liegt doch immer auch ein historisches Moment zu Grunde, welches eben jene Verirrungen der Mystagogen herbeiführte, und jene *insipiens sapientia* muss doch wol eine Grundlage gehabt haben, welche achtbare Denker verhinderte unabhängig ihrem Scharfsinne eine vernünftigere Richtung zu geben. Dass also der Neumond dem Apoll geweiht war,

---

[1] Bei Proklos zu Hesiod Op. 772 S 225 Vollb. Fr. 181. 414 Did.
[2] Schol. Od. 20, 155 S. 524 Buttm. Fr. 178.   [3] Plotin Enn. 5, 5, 6 nach Pythagoreern, bei Lob. Agl. 88.   [4] Clemens Str. 1, 24. 419; ebend. 85.   [5] Ioann. Lydos de mens. 2, 11. 24 Bekk. vergl. 2, 3. 15. [6] Ders. 2, 5. 16 mit Lob. Agl. 716.   [7] Bei Proklos zum Alkib. S. 85, ebend. 553. vergl. Creuzer Symb. 4. 116 f.

selbst dass dieser als die Monas (des Monds) gefasst wurde, scheint unleugbar, wenn auch mit Recht jede *sublime* Deutung des Alterthums oder der Neuzeit abgewiesen wird. Dass aber bei der Monas besonders an die erste Gestalt des *Mondes* gedacht werde, fordert theils der Zusammenhang derselben mit der Festfeier, theils ist μονογενής in jeder Mythologie auf den Mondgott bezüglich, z. B. heisst Hekate μουνογενής bei Hesiod [1] und auch Kore wurde μουνογένεια in orphischen Gedichten [2] genannt (welche doch jetzt allgemein auf den Mond gedeutet werden); endlich aber ist nicht zu übersehn dass gerade auch der *Mond* (μὴν) bei Orpheus [3] als μονόκερως μόσχος gilt, wie ich meine weil die Form des neuen Mondes einem Horne und zwar dem eines jungen Thieres gleicht, wozu denn auch die Vorstellung von der kürzlichen Geburt des Gottes wirkte. Denn auch diese Nachricht scheint ganz unverwerflich und muss doch irgend einen Sinn haben, wenn wir auch die Auslegung, wenigstens des Proklos [4], der Mond sei als Arbeiter am Wachsthume Ochse genannt worden (ὡς γενέσεως ἐργάτης λέγεται βοῦς) u. s. w. als abgeschmackt und den kindlichen Begriffen der Urzeit unangemessen ohne Frage verwerfen. Ueberhaupt ist bei dem dreigestaltigen Mondgotte auch die monadische Auffassung sehr begreiflich; denn beide sind nur verschiedne Formen desselben Gegenstands, sodass derselbe Apollon auch wieder der personifizirte Dreifuss sein

---

[1] Theog. 426.   [2] Bei Proklos in Tim. 2. 159 B. 528 Schn. mit Lobeck Agl. 545. Hiermit ist auch noch die Artemis und Athena Munychia und andres zu vergleichen was ich Miscellan. crit. fasc. 1 zu Iuvenal 1, 11 beigebracht habe.   [3] Bei Proklos zu Hesiod Op. 771 S. 225. Eustath. Il. 1. 75, 36. Od. 1. 1418, 20 mit Lobeck Agl. 412.   [4] Ebend.

konnte. Aber ebenso verständlich ist es auch dass jede Trimurti, als ihre ursprüngliche Beziehung auf den Mond vergessen worden war, nur heillose Verwirrung anrichten konnte, und die Wurzel von sublimen Philosophemen werden musste, die nur fruchtloses Kopfzerbrechen zur Folge hatten. Doch genug über den Ochsen des Proklos, da mich ein äschyleischer $\beta o \tilde{v} \varsigma \ \mu \acute{\varepsilon}$-$\gamma \alpha \varsigma$ von dieser Abschweifung zurückstösst.

Was den siebenten Tag betrifft, so ist nachher von der Siebenzahl ausführlich gehandelt: indess möge hier noch erwähnt werden dass nicht bloss dem Apollon sondern auch der Artemis zu Antiocheia der siebente Tag des Monats Artemisios heilig war [1], was Lobeck [2] als etwas Eigenthümliches mit Recht hervorhebt. Derselbe erinnert [3] dass ausser dem funfzehnten (der bei den Zakynthiern dem Apollon, sonst aber auch der Mondgöttin Athena geweiht war), nach dem grossen Etymologikon auch der zwanzigste dem Apollon gehörte, aus welchem allem klar ist dass gerade die Hauptphasen des Monds mit Apollon in Verbindung gebracht worden waren. Demnach ist dieses Zusammentreffen wenn auch nicht entscheidend doch von guter Vorbedeutung für eine Erklärung des Apollon als Mondgott. Wird nun aber in einem spätren Abschnitte erwiesen, dass das Geschlecht (wie wir schon bei Lunus und Luna sahen) für die Grundbedeutung der Götter gleichgültig ist, so wird Apollon der meistentheils als $\Phi o \tilde{\iota} \beta o \varsigma \ ' A \pi \acute{o} \lambda \lambda \omega \nu$ auftritt schon durch seine Schwester $\Phi o \iota \beta \eta$ zum Mondgotte, da wol nicht leicht daran

---

[1] Liban. Decl. 5 Artemis B. 1. 236 R.   [2] Agl. 452 N. Da der ganze Monat der Artemis zukam, so ist der Anstoss wol geringer.   [3] Ebend. 433.

gezweifelt werden möchte, dass Artemis den Mond repräsentire,
was Plutarch [1] eine *alte* Meinung nennt (wenn auch seine sublime Auslegung uns nicht munden kann) ; und offenbar hat schon
Aeschylos [2] dem Helios die Artemis als Mond entgegengestellt,
wo von versteckten Gegenständen die Rede ist

> Die weder schaut der Strahlenglanz des Helios,
> Noch Sternenblicks der Tochter Leto's Augenlicht.

Doch bei anerkannten Deutungen kann ich nicht verweilen, zumal die Zeugnisse der Alten *allein* nicht maasgebend sein dürfen ; wie wir dieselben in Bezug auf Apollon verwerfen, den
nach demselben Plutarch [3] *fast alle* Hellenen für die Sonne ausgaben, was Herakleides [4] eine Lehre der Mysterien nennt. Damit
stimmt vollkommen Euripides [5], welcher zugleich ein unnachahm-
liches Wortspiel zwischen Ἀπόλλων und ἀπολλύναι bringt:

> *Wie* hast du *mich*, o goldumstrahlter Helios,
> Und *ihn* verderbt ! Apollon nennt mit Rechten dich
> Auf Erden wer geheime Götternamen kennt.

Den etymologischen Zusammenhang des Worts mit ἀπολλύναι
haben aber selbst die hartnäckigsten Gegner mythologischer Phantasien erkannt und eingeräumt ; und ist dies einmal zugestanden, so kann es nicht mehr zweifelhaft sein ob die Sonne oder
der Mond natürlicher als *Verderber* gefasst wird. Ueberhaupt
haben Alte und Neue die Elemente der hellenischen Mythologie
zu hoch taxirt ; wir halten es für ganz unwahrscheinlich, dass
ursprünglich die lähmende und versengende Sonnenglut in den

---

[1] De fac. lun. 25. 938 F.   [2] In den Xantrien bei Galen zu Hippokra-
tes' Epidem. 1, 29 B. 17, 1. 880 Kühn.   [3] Vom Ei 4. 386.
[4] Alleg. 6. 21 bei Lobeck Agl. 78 der über diese Meinung im Folgenden
ausführlich gehandelt hat.   [5] Im Phaethon.

heissesten Tagen höher als die unzähligen Wohlthaten des Son-
nenlichts angeschlagen worden sei, um dem alles belebenden und
befruchtenden Gestirn den Namen des Verderbers zuzuziehn. Denn
der halbnackte Naturmensch, der im Winter und schon in der
Nacht wie ein Schneider gefroren hatte, mochte nicht leicht die
steigende Sonne, welche ihm Lebenswärme wiedergab und auch
sonst die schauerliche Nacht verscheuchte, wegen ein paar schwüler
Sommermonde bloss von so böser Seite ansehen, zumal da in
den heissen Zonen nur Fremde leiden, während die Eingebornen
die Hitze wenig empfinden. Ein Höllenfeuer, sagt man, fürchten
die Parsen nicht; nur Finsterniss und Kälte, also Heulen und
Zähnklappern erwarten den Sünder im Duzak, wo er mit Fäulniss
gespeist wird. Und ist nicht schon die Furcht vor den Sonnen-
finsternissen [1], die allen unkultivirten Völkern gemein ist, hinreichend zu beweisen, wie sehr man die Wohlthaten des Sonnen-
lichts fühlte? oder wenn die Sonne als Verderber galt, würde
man so kindische Versuche angestellt haben, sie von der Finsterniss zu erlösen? würde ihr Aufgang durch lärmende Freu-
dentänze, ihr Untergang durch Klagelieder in verschiednen Kulten gefeiert worden sein? Nein, wenn Apollon der Verderber ist
so muss er der Mondgott sein, welcher für den Gebieter und
Fürsten der feindlichen Finsterniss angesehen wurde welche auf
die Herlichkeit des Tags folgt, und bei kindlichen Begriffen als
die Ursache erscheinen musste, dass die leuchtende und warme
Sonne verschwand. Aber wenn auch im Allgemeinen der Satz
primus in orbe deos fecit timor gilt, so mussten doch die Men-

---

[1] Grimm deutsche Myth. 668 ff.

schen in ganz dunklen Nächten bald einsehen, wie nützlich ihnen
auch dieses Gestirn sei, um sie vor den Ueberfällen der Nachbarn und wilden Thiere zu warnen ; und wenn z. B. selbst Af-
fen den abnehmenden Mond betrauern [1], so wird man menschlichen Geschöpfen selbst im Naturzustande wol zutrauen können,
dass sie begriffen wie viele gute Seiten auch der Mond habe [2].
Darum ist nicht zu verwundern dass dem zürnenden und schrecklichen Apollon bald auch einige gute Eigenschaften beigelegt
wurden : immer indess zeigt sich in den älteren Sagen und Kulten eine blinde und sklavische Furcht vor dem Erzgotte, mag
er Apollon Artemis Moloch Saturnus oder mit einem andren Namen genannt worden sein, und die grausamsten Sühnungen wurden dargebracht um ihn zu besänftigen und seinem Zorne vor-
zubeugen. Jedoch sollte nicht gerade behauptet werden dass der
Herscher der Finsterniss eigentlich als Zerstörer des Tageslichts
und seiner Freuden und Genüsse Apollon benamt sei (denn selbst
diese Deutung ist schon etwas gesucht und dürfte darum für
die einfachen Zustände der Urzeit vielleicht nicht ganz annehmlich sein): aber kann denn das Wort nicht noch äusserlicher
gefasst werden ? sprechen wir nicht noch heute vom *abnehmenden* Monde ? und verdrängt nicht immerwährend eine Hälfte die
andre, so dass in diesem Gestirn sowohl das Verderben thätig

---

[1] Plinius H. nat. 8, 80. Luna cava tristes esse (simias dicunt), quibus in eo
   genere cauda sit, novam exultatione adorare; nam defectum siderum et ce-
   terae pavent quadrupedes.   2 Ebend. 2, 7 (9). Sed omnium admiratio-
   nem vincit novissimum sidus *terrisque familiarissimum et in tenebrarum
   remedium ab natura repertum* Lunae. multiformi haec ambage torsit in-
   genia contemplantium u. s. w.

ist als es auch den leidenden Zustand vorstellt ? Ich dächte einen
zweckmässigeren Namen als Ἀπόλλων hätten die Hellenen für
den Mond nicht ausfindig machen können ;. denn ebenso schreibt
z. B. Platon [1] vom μήν: ὁ μὲν μεὶς ἀπὸ τοῦ μειοῦσθαι
εἴη ἂν μείης ὀρθῶς κεκλημένος, und ich muss mich schon
der Misbilligung der Fachgenossen aussetzen, wenn ich mit einigen Alten auch den pythischen Apollon von πύθειν in Fäulniss versetzen und πύθεσθαι faulen ableite : denn sowohl für
diesen als auch für Python, den Drachen und den idealen Ort,
ist das eine ganz vorzüglich passende Bezeichnung , wenn einmal zugegeben wird dass der Mond zu verstehen sei, dem bei
seinem Abnehmen ein Stück nach dem andern (in der lingua
rustica) abzufaulen schien. Demnach erkläre ich den .Vernichter
und Vernichteten, den Fäulenden und Verfaulten für den zu- und
abnehmenden Mond ; will aber nicht in Abrede stellen, dass nebenbei auch an die Königin der Nacht, welche den Segen des
Tags verdirbt, gedacht sein möge.

Leicht wäre es hier die übrigen Eigenschaften und Beiwör-
ter und Attribute Apolls auf den Mond zu deuten : da aber fast
jeder der folgenden Abschnitte unsre Theorie befestigt und es
auch nicht die Absicht dieser Schrift ist eine vollständige Abhandlung über Apollon zu liefern , so mag hier nur noch ein
Punkt, der in unsern Augen nicht ohne Gewicht ist erledigt werden. Schon oben [2] habe ich erwähnt, dass der Neumond der dem
Apoll heilig war «einhörniges Kalb» hiess, weil die Sichelgestalt
an gehörnte Thiere erinnerte, und es ist überflüssig aller Göt-

---

[1] Kratyl. 409 C.　　·[2] S. 89 (173).

·tinnen zu gedenken, die man jetzt wegen Vergleichung mit einer Kuh oder überhaupt wegen ihrer Hörner auf den Mond zu beziehen pflegt. Diese in meinen Augen ganz richtige Erklärung, habe ich anderswo dahin ausgedehnt, dass sämtliche gehörnte Gottheiten, auch die männlichen, Mondgötzen sind ; und da die folgenden Abschnitte die hauptsächlichsten derselben dem Monde vindiziren, so ist hier der Ort darauf aufmerksam zu machen, dass die Alten auch dem Apollon Hörner aufgesetzt haben, wenngleich sein eigentliches Attribut der Bogen oder die Lyra schon genügend die Mondsicheln vertritt. In dieser Beziehung schreibt Müller [1] von kretischen Münzen : «Auf denen von Tylissos ist der Jüngling mit dem Ziegenkopfe in der R. Bogen in der L. gewiss auch Apollon» : denn dass das auf den Mond sich bezieht zeigt die Vergleichung des indischen Mondgotts Dakscha, der nach einem Kampfe mit seinem Schwiegervater Schiwa für seinen verbrannten Kopf zum Ersatz einen Ziegenkopf erhielt [2]. Wichtiger ist der berühmte *Hörneralter* des Apollon auf Delos, den Martial [3] zu den Weltwundern rechnet. Wir haben oben [4] gesehen

---

[1] Dor. 1. 208, 4.   [2] Dass nämlich der Vollmond auch als Kopf gegolten habe, ist aus vielen Sagen deutlich ; ebenso hat man aus dem Mondhorn einen Kopf mit Hörnern gemacht : die Gottheit also welche den Mond repräsentirt, sobald sie vermenschlicht wurde, hatte bald einen gewöhnlichen runden, bald einen Ochsen- oder Ziegenkopf. Schiwa ist zwar auch Mondgott, aber es ist bekannt in wieviel Fabeln beide Mondhälften in Feindschaft erscheinen. Jene Dichtung liesse sich übrigens bis ins Einzelste analysiren ; indess ist es nicht räthlich ins Kleinliche zu verfallen.   [3] De Spectac. 1, 4 Dissimuletque deum cornibus ara frequens. Auch nach Plutarch de soll. anim. 35. 985 E gehörte er zu den sieben Wundern.   [4] S. 46 f. (136).

dass Theseus bei seiner Rückkehr aus Krete um diesen den la-
byrinthischen Tanz aufführte ; wie aber der Labyrinth als nächtlicher Himmel gefasst wurde, so musste auch die Szene auf dem
idealen Delos als ein andres Bild derselben Vorstellung genommen werden, und wenn der berühmte Altar eine Nachahmung
jener alten Phantasie ist, wie wir nicht zweifeln, so ist er ein
andrer Ausdruck für den gehörnten Minotauros, ja für Apollon
selbst. Letzteres wird wo wir vom Wesen des Opfers sprechen
seine Erledigung finden ; jedenfalls aber muss der Altar um den
Theseus tanzte der Mond sein, der auch schon an und für sich
hinlänglich einem Molochsofen gleicht, und wenn das ein Altar
des Apollon war, d. h. wenn Apollon für den Inhaber oder
Besitzer desselben galt, so wird auch dieser dadurch zum Mond-
gott. Plutarch [1] nennt diesen Hörneraltar $K\varepsilon\rho\alpha\tau\dot\omega\nu$, während
er sonst gewöhnlich $\dot o$ $\varkappa\varepsilon\rho\dot\alpha\tau\iota\nu o\varsigma$ $\beta\omega\mu\dot o\varsigma$ heisst [2]. Nach Kallimachos [3] legte Apollon in eigner Person als er vier Jahre alt
war zu demselben den Grund auf Ortygia bei dem runden Teiche;
während nämlich die Jägerin Artemis vom Berge Kynthos im-
merfort die Köpfe der erlegten Ziegen (oder Rehe) zutrug, ver-
strickte Apollon dieselben zu einem Altare ; es bestanden aber
sowohl die Fundamente aus Hörnern als auch der Altar selbst,
und auch die Seitenwände waren hörnern. Merkwürdig ist dass
Plutarch im Theseus behauptet der Altar sei nur aus *linken*
Hörnern zusammengefügt, während er an der andren Stelle schreibt

---

[1] Thes. 21. 9 wol nach Dikäarchos.   [2] Plutarch de soll. anim. 35.
965 F. Diogenes 8, 15. Certamen Hom. et Hes. 44, 15 West.   [3] In
Apoll. 58 ff.

dass derselbe ohne Mörtel oder ein andres Bindemittel nur mittels der *rechten* Hörner zusammenhalte und zusammengesetzt sei; da der Widerspruch sich nicht vermitteln lässt und es auch keinen Grund giebt die eine Angabe der andren vorzuziehn, so kann der Thatbestand nicht aufgeklärt werden; das aber glaube ich doch festhalten zu dürfen, dass zu diesem Werke nur die Hörner von der einen Seite der Thiere verwendet worden sind, was durch den symbolischen Namen Apolls «einhörniges Kalb» bestätigt wird. Dass aber Weihung von Hörnern zum Kulte des Apollon gehöre, bezeugt auch Alexandros [1] (von Kotyaeion), wenn er als Weihgeschenke auf Delos vom rothen Meere her das Horn eines Widders zwei Ellen und acht Zoll lang, und ein andres von einem Ziegenbocke zwei Ellen und eine Spanne lang erwähnt, deren jedes 20½ (oder 26) Minen (Pfund) wog. Ob freilich der Hörneraltar zu Ephesos, den Eustathios [2] anführt, dem Apollon gehörte, lässt sich nicht behaupten, aber dass eine attische Inschrift [3] in welcher ἱερὸν Ἀπόλλωνος ἑβδομείου vorkommt gerade zu Keratia gefunden sein muss, ist sicherlich nicht ohne Bedeutung. Bekannter sind verschiedne Monumente aus Hörnern erlegter Thiere in Asien, und auch Seleukos soll einen Hörneraltar erbaut haben [4], um von andern mit Hörnern gezierten Altären zu schweigen: aber dass der delische Altar dem Molochsdienste gewidmet war möchte man bezweifeln, weil er nur aus

---

[1] Schol. zur Il. 4, 109. Dasselbe überliefert Eustathios ebend. 450, 42 ohne indess seine Quelle zu nennen. [2] Zur Il. 8. 711, 51. Ich denke dass der ephesische Tempel der Artemis und ausserdem der Hörneraltar auf Delos gemeint sei. [3] Corp. Inscr. gr. 465 B. 1. 465. [4] Ernesti zu Kallim. S. 55.

Hörnern zusammengesetzt gewesen sein soll, welche zur Feuerung sich nicht gerade eignen. Deswegen möchte man an jenen Altar denken, auf dem unblutige Opfer gebracht wurden und auf welchem Pythagoras opferte (τὸν ἀναίμαχτον λεγόμενον καὶ τοῦ γενέτορος Ἀπόλλωνος βωμόν 'nennt ihn Iamblichos ¹), wenn nicht Aristoteles im Staate der Delier ² ausdrücklich lehrte dass dieser Altar, wo Weizen und Gerste und Gebäck ohne Feuerung ³ dargebracht wurde, hinter dem Hörneraltare gelegen habe, also von diesem verschieden war. Deswegen halte ich daran fest dass dieser wie alle gehörnten Altäre ursprünglich ein Molochsofen war, und dass die Hörner das Attribut der Mondgottheit waren.

Eben dahin weist das weitberühmte apollonische Fest der *Karneia*, über dessen Einsetzung ⁴ und Bedeutung⁵ nicht nöthig ist hier zu sprechen, welches zu Kyrene am Siebenten begangen wurde, woher der Philosoph Karneades seinen Namen erhielt ⁶. Da der siebente des Mondes Sichel- oder Horngestalt hat , so dürfen wir wol behaupten dass der Beiname Apolls Karneios und sein Fest etymologisch mit χέρας cornu Horn zusammenhange ⁷.

---

¹ Vit. Pyth. 5. 40 Arc.   ² Bei Diogenes 8, 13.   ³ Vergl. Dissen zu Pindar Ol. 7, 48 S. 99.   ⁴ Schol. Pind. Pyth. 5, 106. 384.
⁵ Müller Orch. 327 f.   ⁶ Plutarch Quaest. conv. 8, 1, 2. 717.
⁷ Lobeck Agl. 434 glaubt der Siebente sei für Apolls Geburtstag gehalten, weil die Thargelia Pyanepsia Karneia und andre Kulte auf diesen Tag fielen, welcher deswegen vor den übrigen Tagen durch Festlichkeiten sich auszeichnete. Warum aber wurden gerade auf den Siebenten diese Kulte gehäuft, wenn nicht wegen der Natur des Mondgotts, dem der Siebente überall heilig war ? s. den folgenden Abschnitt.

Ueberhaupt kann man nur an das Mondhorn denken, wie beim
$\beta o \tilde{v} \varsigma$ ${\varepsilon} \beta \delta o \mu o \varsigma$ [1], zumal da es noch eine merkwürdige Ueberlieferung giebt, Apollon sei der Sohn des Mondes gewesen. Frei-
lich wird das nicht mit klaren Worten gesagt, aber was kann
die Nachricht des Porphyrios [2], dass Pythagoras zu Delphö an
das Denkmal Apolls geschrieben habe «Apollon sei *der Sohn des*
«*Seilenos*, von Python getödtet, von Triopas beweint und endlich
«im Dreifusse beigesetzt worden», andres bedeuten ? Denn Seilenos ist der Mondgott männlich gefasst statt Selene, wie ich anderswo erinnert habe, und sowenig Euphemos von seinem Vater Poseidon verschieden ist, ebensowenig ist Apollon etwas andres als Seilenos selbst. Aber diese Genealogie wurde nicht bloss
dem Pythagoras zugeschrieben, sondern auch Aristoteles [3] hat
den vierten Apollon einen Arkader und Sohn des Seilenos genannt. Wenn nun Cicero [4] diesen arkadischen Apollon (gleichwie
Aristoteles) $v \acute{o} \mu \iota o \varsigma$ nennt, weil die Arkader von ihm ihre Gesetze erhalten hätten, so ist sowohl Minos der Mondgott Gesetz-
geber, als auch dürfte es erlaubt sein wirklich an einen Hirten
zu denken, als welcher der Mondgott der Sternenherde wegen galt.

6. Die heilige Siebenzahl.

Cui libet evagari quocunque quid dubium est viam invenit.
M. Terentius Varro.

«Die *Woche* ist», nach Ideler [5], «ohne Zweifel eine Unter-

[1] Oben S. 85 f. (175 f.).   [2] Vit. Pyth. 16 S. 18. Küst. bei Lobeck Agl.
1179. Creuzer Symbol. 4. 51.   [3] Bei Clemens Cohort. 2. 24 Pott.
[4] De N. D. 3, 23, 57.   [5] Handb. der Chronologie 1. 60.

«abtheilung des synodischen Monats ; denn statt 7⅓ Tage wel-
«che die Mondviertel im Durchschnitte halten, nahm man die am
«nächsten liegende ganze Zahl von sieben Tagen, und ob man
«gleich bald finden musste, dass dieser Zeitraum kein genaumes-
«sender Theil des Monats sei, so blieb man doch bei dieser Zahl,
«an die sich frühzeitig mystische Ideen geknüpft haben mögen».
Zur Etymologie des Worts hat Grimm [1] das lateinische (vix)
vicis, goth. vikô, ahd. wëchà und wëhsal, beide der Wurzel vei-
ka, váik, ahd. wìchu, weih gehörend, weil der Wechsel ein
Weichen (recedere) ist, zusammengestellt, und vermuthet dass
vikô den Gothen für die wechselnde Wiederkehr der Mondzeiten
galt, da das ahd. wëchà, wochà, ags. vuce, altn. vika, schwed.
vecka, dän. uge gerade nur auf den Begriff der septimana einge-
schränkt sind.

Was nun zuerst *die Zeiteintheilung in je sieben Tage* betrifft, so lässt sich nicht mehr ermitteln, ob dieselbe auch bei
den klassischen Völkern heimisch war oder erst seit der Bekanntschaft mit dem Oriente in Italien nach und nach aufkam.
Schon Tibull [2] schreibt bald nach der Schlacht bei Actium [3] dass
er seine Abreise wegen des heiligen Tags Saturns aufgeschoben
habe : indess beweist ja diese Stelle gar nichts, da der verliebte
Dichter wenn er schon Huth und Stock in der Hand hat, irgend
einen Grund sucht zurückzubleiben, und unter andrem Aberglauben

---

[1] Deutsche Myth. 115 N. vergl. Ideler ebend. 2. 185.   [2] Eleg. 1, 5, 18
Saturni sacrum me tenuisse diem.   [3] Nach Passow de ordine tempo-
rum quo primi libri elegias scripserit Tibullus, Breslau 1851 S. 8 fällt das
Gedicht exeunte aestate anni 724 d St. Grimm ebend. 111 setzt es fälschlich unter Iul. Caesar.

auch diesen Tag als ungeeignet zur Abreise anführt, was höcli-
stens bei seiner Gebieterin einer Verehrerin der Isis einigen Eindruck machen konnte ; dass mehr als Ironie oder Ostentation
dahinter stecke, oder gar dass bei den Römern eine solche Benennung der Wochentage üblich war, lässt sich nicht annehmen,
aber wenigstens bekannt musste ihnen der jüdische Feiertag schon
aus Ierusalems Eroberung durch Pompeius sein. Ganz ebenso
steht es aber mit den Stellen Ovids [1], wo der siebente Tag als
Fest- und Feiertag der palästinischen oder jüdischen Syrer zur
Besiegung der Weiber empfohlen wird. Auch gegen den Anfang
unsrer Zeitrechnung während des achtjährigen Exils des Tiberius fällt die Anekdote bei Suetonius [2], dass der Grammatiker
Diogenes zu Rhodos an den Sabbaten Vorträge zu halten pflegte,
und den Tiberius als er ausser der Zeit ihn besuchen wollte,
auf den siebenten Tag bestellte ; weswegen letzterer, der unterdess Kaiser geworden war, den Diogenes als er ihm in Rom
seine Aufwartung machte auf das siebente Jahr vertröstete ; aber
auch dieses Zeugniss ist ungültig, weil persönliche Gründe den
Diogenes bewogen haben mögen den Sabbat zu halten. Auch
wenn christliche Apologeten den Tag des Helios Hermes und
Aphrodite erwähnen [3], so scheint das mehr von ihrem Stand-

---

[1]   Art. am. 1, 76 cultaque iudaeo septima sacra Syro. 1, 416 culta palae-
stino septima festa Syro. Die Schrift ist nicht lange vor Chr. Geb. abge-
fasst.   [2] Tib. 32. vergl. die Ausleger B. 1. 534, die ich indess nicht
wieder nachsehen kann.   [3] Grimm ebend. 111. Lobeck Agl. 434 N.
Die von letzterem angeführte Stelle Augustins: tertia sabbati feria quem
diem Martis vocant,—quarta feria qui Mercurii dies dicitur *a paganis* et
a multis Christianorum, hätte allein keine Beweiskraft, weil auch die Mehr-

102

punkte als in Bezug auf die Ungläubigen geschehen zu sein, da
der alexandrinische Kalender gewiss ihren Lesern bekannt war.
Ueberhaupt haben frühzeitig christliche und jüdische Gemeinden
an allen Orten ihre Tagesordnung und Gebräuche eingeführt,
und so erkläre ich die Worte des Iosephos [1] welcher am Ende
des ersten Jahrhunderts schrieb : οὐ μὴν ἀλλὰ καὶ πλήθεσιν
ἤδη πολὺς ζῆλος γέγονεν ἐκ μακροῦ τῆς ἡμετέρας
εὐσεβείας, οὐδ᾽ ἔστιν οὐ πόλις οὐδ᾽ ἡτισοῦν οὐδὲ βάρ-
βαρος οὐδὲ ἓν ἔθνος, ἔνθα μὴ τὸ τῆς ἑβδομάδος ἦν
ἀργοῦμεν ἡμεῖς τὸ ἔθος οὐ διαπεφοίτηκεν, καὶ αἱ νη-
στεῖαι καὶ λύχνων ἀνακαύδεις καὶ πολλὰ τῶν εἰς βρῶσιν
ἡμῖν οὐ νενομισμένων παρατετήρηται : denn dass schon
seit langer Zeit jüdische Gewohnheiten und Zerimonien, namentlich die Heiligung des Siebenten, auf dem ganzen Erdreiche ver-
breitet waren, kann nur von jüdischen Filialen gelten : aber
diese waren auch hinreichend um die Bekanntschaft der Ungläubigen mit diesen Sitten zu erklären. Vielmehr muss man dem
Dio Cassius [2] Glauben schenken, dass die ägyptische Benennung
der Wochentage nach den Planeten erst kurz vor seiner Zeit d.
h. vor dem dritten Jahrhunderte n. Ch. sich über das ganze Rö-
merreich verbreitete.

zahl der Orientalen Heiden waren. Nach Philastrios de Haeres. 64 bei Lob.
Agl. 933 soll Hermes die Namen der Planeten auf die Wochentage übertragen haben, und in der Scala mithriaca ebend. 934 folgen die Planeten-
namen in umgekehrter Ordnung. Bei den Aegyptiern war schon zu Herodots Zeit 2, 82 jeder Monat und ebenfalls seine Tage nach einer Gottheit
benannt.

[1] In Apion. 2. 1081 B.   [2] Hist. 37, 18 B. 1. 502 St. mit den Ausl. B.
5. 186 ff.

Nach demselben Iosephos [1] bedeutet *Sabbat* den Ruhe- oder Rasttag: δηλοῖ ἀνάπαυσιν κατὰ τὴν Ἑβραίων διάλεκτον τὸ ὄνομα (σάββατα), und damit lässt sich einigermassen auch Tacitus [2] in der bittern Kritik jüdischen Treibens vergleichen : «septimo die *otium* placuisse ferunt, quia is finem laborum tulerit ; dein blandiente *inertia* septimum quoque annum «*ignaviae* datum», obwohl die jüdische Sabbatsfeier schon hinreichend die Worte des Römers erklärt. Allerdings musste ein jüdischer Gelehrter seine Sprache kennen, aber dennoch fürchte ich dass der gute Iosephos und seine Landsleute das Wort nicht mehr verstanden, weil in historischer Zeit, wegen sublimer Vorstellungen von den Kulten, die einfache Wurzel verkannt wurde. Im arabischen heisst *sabba* sieben und *sabt* der siebente Tag, und Sabbat ist nicht nur faktisch der Siebente, sondern auch etymologisch so nahe mit pers. *haft* ἑπτὰ *septem* sieben verwandt, dass an der Identität der Wurzeln nicht gezweifelt werden kann: die Juden haben also später für die Heptas, weil sie den Namen zu hoch taxirten, eine ihren Ansprüchen angemessnere Wurzel gefunden ; indess auch die Armenier bei denen sieben *joten* heisst, nennen die Woche oder Heptas (gleichwie den Sonnabend) *Schabbat*, als ob Sieben die Grundbedeutung des Ruhetags sei [3].

Die semitische Hauptgottheit wurde schon im Alterthume allgemein durch Kronos oder Saturnus wiedergegeben, und die Richtigkeit dieser Vergleichung hat auch die jüngste Forschung

---

[1] Antiqu. 1, 2 S. 4 G. [2] Hist. 5, 4. [3] Die orientalischen Benennungen habe ich von meiner Umgebung; ist darin etwas Falsches, so muss die Schuld mir beigemessen werden.

anerkannt. Dass aber *Apollon* mit dem Siebengotte (wenn auch in späterer Zeit nicht durch die Molochsopfer) nahe verwandt sei, lässt sich nicht in Abrede stellen. Der Siebente ist wie oben erinnert wurde der Geburtstag und das Hauptfest des hellenischen Götzen ; nach Plutarch [1] kann man nicht zu Ende kommen, wollte man alle Beziehungen der Siebenzahl zu Apollon auseinandersetzen, und es wird für eine allgemeine Annahme durch alle Zeiten erklärt dass die Sieben den Vorsitz im Kulte desselben habe. Nach einer andern Stelle [2] fallen nicht nur die Karneia und Thargelia auf den Siebenten, sondern in Bezug auf das Geburtsfest nennt auch die Priestersprache den Gott Hebdomagenes [3] ; und deshalb hält schon Hesiod [4] den Siebenten für einen heiligen Tag

Wo Leto ja geboren mit goldenem Säbel Apollon,

indem das Beiwort $\chi\rho\nu\delta\dot\alpha\omega\rho$ oder $\chi\rho\nu\delta\dot\alpha\rho\omega\varsigma$, das auch andre Mondgötter führen, gerade auf die Sichel- oder Säbelgestalt des siebenten Mondes geht. Diesen Siebenten aber liebt auch nach einem orphischen Fragmente [5] der ferntreffende König Apollon ; und wem wäre nicht aus den Versen des Aeschylos [6] $\dot o$ $\delta\epsilon\mu\nu\dot o\varsigma$ $\dot\epsilon\beta\delta o\mu\alpha\gamma\dot\epsilon\tau\eta\varsigma$ [7] $\dot\alpha\nu\alpha\xi$ $'A\pi\dot o\lambda\lambda\omega\nu$ bekannt ? Andres [8]

---

[1]   Vom Ei 17. 392 A.   [2] Quaest. conv. 8, 1, 2. 717. Apollodor bei Diogen. 5, 2.   [3] Vergl. Lobeck Agl. 451 N.   [4] Op. 775.   [5] Bei Io. Lyd. de mens. 2, 11. 24 mit Lob. Agl. 428 f.   [6] Sept. 801.   [7] So hiess Apollon nach Lob. Agl. 454 ,,quia sacris eius septem pueri totidemque puellae pompam duce-,,bant''. Mir scheint das nichts Zufälliges ; denn dass gerade sieben Knaben und sieben Mädchen den Festzug aufführten, wird wol seine Gründe gehabt haben. Auch der tetrágonos Hermes kann zeigen dass die Vierzahl in seinem Kulte nicht willkürlich war.   [8] Apuleius de hab. doctr. 1 zu Anf. von Platon, natus est die qua apud Delon Latona fertur Apollinem Dianamque peperisse. Schol. Aesch. a. a. O. bei Blomf. im Gloss. Von den mystischen

darf übergangen werden, z. B. dass Apollon ein siebenmonatliches Kind gewesen sein soll[1], und dass der Siebente bei den Semiten auch in grösseren Festkyklen und zwar mit um so heiligerem Charakter wiederkehrte[2], namentlich beim Sabbat Sabbaton (wo der griechische Genitiv auffällig ist): es soll nämlich noch von dem siebenten Wochentage gesprochen werden, der im Abendlande dem *Saturnus* beigelegt wurde, dessen Namen wie man aus Grimms[3] fleissigen Kollektaneen sehen kann, nach dem Sturze des römischen Kaiserthums in das Mittelalter und bis in unsre Zeiten übergegangen ist.

Die Benennungen reduziren sich auf *Sabbat, Samstag* (Sambaztag Samiztag) und *Saturnstag* (z. B. Saterstag Zaterdach Saeternesdäg Saturday); nur dass der Sonnabend (d. h. der Tag vor dem Sonntage, wie Weihnachtsabend) im Skandinavischen Laugardagr Löverdag oder *Badetag* heisst. Die drei ersten Formen lassen sich auf die Siebenzahl zurückführen, die letzte Bezeichnung geht auf den Kult des schrecklichen Siebengotts oder Saturnus, und zeigt also dass auch in Skandinavien der siebente Tag einer dem Molochsaturn ähnlichen Gottheit geweiht war. Denn um diesen Punkt zuerst zu erörtern, so lehren die Kulte aller Völker dass bei wachsender Aufklärung die grausamen Opfer gemildert sind, so dass statt der Menschenleben Geisselung Beschneidung u. s. w. Ersatz bieten mussten. Nach diesen Analogien

---

Auslegungen der Siebenzahl s. auch Lydos a. a. O. Proklos zu Timäos 3 200 CD. 479 Schn. zu Hesiod Op. 771. 225 Vollb. nach welchem die Sieben auch der Athena geweiht war.

[1] Schol. Kallim. in Del. 251.   [2] Redslob die alttestam. Namen 114.
[3] Deutsche Myth. 112 ff. 226 ff.

14

ist es wahrscheinlich dass im schrecklichen Molochsdienst bei den nordischen Völkern an ·die Stelle des Feuertodes ein Feuer- oder Schwitzbad getreten sei, wo Alt und Jung statt weniger Opfer zusammen sich am Tage des Mondgotts opferten, d. h. sich so- lange der Glut aussetzten und schmorten, als sie es nur ohne zu ersticken oder zu verbrennen aushalten konnten. Auf die Brandopfer des nordischen Saturn lässt sich der Ausdruck Zeter- schreien zurückführen, der entweder auf das Gekreisch der ge- quälten Saturnsopfer oder auf den fanatischen Lärm der Umste- henden, um die Klagen der von den Flammen Gepeinigten zu übertäuben, Bezug hat ; mit den religiösen Schwitzbädern aber und, mit den heiligen Mahlzeiten möchte ich, wegen der Wurzel- verwandtschaft der hochverehrten Heptas, $\H{\varepsilon}\psi\varepsilon\iota\nu$ zusammenstellen, sodass $o\acute{\iota}$ $\dot{\varepsilon}\varphi\vartheta\acute{\varepsilon}\nu\tau\varepsilon\varsigma$ oder $\dot{\varepsilon}\varphi\vartheta o\acute{\iota}$ die Septimirten wären, wie vielleicht auch Sieden [1] Heizen und Hetzen in dieser Beziehung zu $\dot{\varepsilon}\pi\tau\acute{\alpha}$ steht. Indess will ich nicht ins Blaue kombiniren (sonst könnte Baden als Verstümmelung von Sabbaten, Sabbatmachen erscheinen) : aber das ist wenigstens unverfänglich dass im nor- dischen Molochsdienste der Feuertod sich auf ein Schwitzbad re- duzirt hat, wie es auch jetzt noch gute alte Sitte ist am Sams- tage der Gesundheit wegen ein tüchtiges Schwitzbad zu nehmen, ohne dass man sich des Ursprungs dieser Gewohnheit bewusst wäre.

Die drei andren Formen für Sonnabend lassen sich ohne Schwierigkeit von $\dot{\varepsilon}\pi\tau\acute{\alpha}$ und seinen dialektischen Unterschieden ableiten. Denn dass Saturnus in seiner ersten Hälfte zu diesem

---

[1]   Vergl. Redslob ebend. 62 N.

Stamme gehöre, darf man theils aus der Aussprache des franz. *sept* vor einem Vokale und z. B. Saetresdäg für Sonnabend oder engl. *head* Haupt caput u. s. w. abnehmen, theils ist im Griechischen Zeta [1] der siebente Buchstabe und gilt als Zahlzeichen für Sieben, und auch die Gestalt erinnert an die Harpe des bösen Siebengotts Saturn; da aber dieser in den Mond gehört so dürfen wir auch die Mondgötter Zetes [2] und Zethos vergleichen, und überhaupt werden B-laute zuweilen euphonisch eingeschoben [3] wie bei sumptus u. s. w. Auch rechne ich zu dieser Wurzel des Monds *sidus* (weil das Siebengestirn vornehmlich auf diesen Namen Anspruch hat), *Zeit* (da der Mond die Grundlage der ältesten Zeitrechnungen war, so das auch das Abstraktum wie bei Kronos und χρόνος auf ihn zurückgeführt werden darf), und auch σῖτος (da der Siebengott, als Demeter, wegen der ihn um-

---

[1] Das wäre also wenigstens Ein Buchstabe, dessen Wurzel wirklich durch *septem* und andre Formen zu den indogermanischen Sprachen gehört. Allerdings soll Zeta erst später hinzugekommen sein; aber bei mir hat der orientalische Ursprung der Buchstaben von jeher wenig Glauben gefunden, da unsre orientalischen Monumente alle sehr jung sind; und dass keine hellenischen Wurzeln für die Namen der Buchstaben nachweisbar oder dass sie indeklinabel sind, haben sie z. B. mit den Kardinalzahlen und andren Wurzelwörtern gemein, und die orientalischen Etymologien sind nicht überdiemassen einleuchtend. Ebenso sind wir so gutmüthig unsre Ziffern arabische zu nennen, obwohl sie die Araber von den Hellenen haben. 4 ist Delta mit den verlängerten Katheten des Rechtecks, 5 ist ein kursives Epsilon, 6 Stigma, 7 Zeta, 8 das geschlossne grosse Eta in alter Form, 9 das geschwänzte Theta; auch 1 (wo der Winkel nothwendig ist) repräsentirt eine der Formen des Alpha, 2 ist sicherlich ein kursives Beta und 3 ein kursives Gamma. [2] Eine wunderliche Etymologie s. bei Lobeck Paral. 159.

[3] Sch. Pind. Pyth. 4, 249 S. 559. Lobeck Paral. 95.

gebenden Sterne Getreidespender war, wie auch Saturnus in dieser Beziehung dem goldnen Zeitalter vorsteht): aber es würde
zuweit abführen dies Thema zu erschöpfen ; genug dass nach
meiner Meinung Sitivrat Satjavrata Si-suthros Seth Sit Sothís
Xuthos durch die Siebenzahl mit Saturnus vermittelt werden, und
Xuthos wegen seiner Vaterschaft in Bezug auf Ion die beiden
Siebengötter Apollon und Saturnus verschmilzt. Ob auch Aete
(statt Vater) atta $\H{\alpha}\tau\tau\alpha$ отецъ at-avus $\H{o}\tau\alpha$-$\beta\acute{v}\varrho\iota o\varsigma$ $Z\varepsilon\acute{v}\varsigma$
$\tau\acute{\varepsilon}\tau\tau\alpha$ Täter $\tau\acute{\eta}\vartheta\eta$ (denn das Geschlecht ist ohne Bedeutung)
pater fadar potens u. s. w. nur wegen Verschiedenheit des Organs
aus der Siebenzahl sich abgeschliffen haben oder einer andren
Wurzel angehören will ich nicht entscheiden, da mir eine schulgerechte Durchführung nicht möglich ist ; aber dass der phrygische Attis (oder wie die Formen des Worts sonst heissen),
der doch gewiss zum letzten Stamme gehört, als Geliebter der
Kybele vom Gemahl der Göttermutter Saturnus [1] bei mythologischer Betrachtung nicht verschieden ist, das halte ich für ausgemacht, und wem das nicht genügt der möge daran denken dass
Attis freiwillig sich verschneidet, wie Saturnus es gegen seinen
Willen leidet oder an seinem Vater thut ; die Aktivität oder Passivität ist aber bei der Deutung gleichgültig, ebenso ob Gewalt
oder eigner Entschluss das Resultat hervorbringt : genug von
der Sichel und einer andren Form des Siebengotts sind alle diese Phantasien ausgegangen, doch bescheide ich mich diese Mysterien zu profaniren. Endlich werden auch beide Wurzeln durch

---

[1] Attis wird auch geradezu von den Alten mit Sabazios (oder Saturn) identifizirt, Lob. Agl. 1045.

τίτνϱος statt *ϭάτνϱος* zusammengebracht, wie Satan mit Titan.

Aber auch der *Samstag* lässt sich etymologisch mit der Siebenzahl, deren Stelle er einnimt, in Verbindung bringen. Nach Grimm [1] ist Sambaztag bare Neuerung, welche die Kirche durchsetzte oder gern annahm, um nämlich den heidnischen Gott Saturn zu beseitigen. Dann hätte ihr aber doch der unzüchtige Kult der Sabazien einfallen sollen, und gewiss ist der Sambaztag völlig heidnische Bezeichnung, wenn ich auch gerne zugebe dass Sabbat- und Sambaztag nur dialektisch verschieden sind; aber dennoch beziehn sich beide Namen auf sehr entgegengesetzte Kulte. Grimm [2] führt franz. *Samedi* auf sabdedi, sabbati dies zurück: indess bleibt dann Sambaztag oder Samiztag unvermittelt, das zusehr an den phrygischen Sambazios erinnert als dass man es für Sabbatstag nehmen dürfte. Dass die Wurzel beider wieder *septem* sei, ist gewiss, und den Siebengott verehren *ϭέβειν* oder *ϭέβεϭϑαι* (was mit *ἕψειν* sehr verwandt ist) und *ϭεμνός* *ϭεβαϭτός* (was im Titel des Kaisers Augustus die höchste Ehrfurcht ausdrücken sollte) und viele andre Wörter der tiefsten Verehrung und Unterwürfigkeit, gehören zu diesem Stamme; ja schon der Jude Philon [3] hat mit richtigem Takte *ἑπτάς* durch *ϭεπτάς* wegen der Heiligkeit der Siebenzahl gedeutet. Freilich hat sich der Kult der Heptas unter verschiednen Umständen verschieden gestaltet, aber darum darf es nicht scheinen, als ob ganz fleischliche Dienste mit achtbaren Kulten fälschlich zusam-

---

[1] Deutsche Myth. 226.   [2] Ebend. 112. 226.   [3] De opif. mundi 28
E bei Lob. Agl. 720 N.

mengemengt werden. Die Veranlassung war immer die Sieben,
und der Ursprung gewiss sehr einfach und äusserlich, aber später wussten einige Stämme ihre Religion zu veredeln und zu
vergeistigen, während andre im Pfuhle der Sinnlichkeit und zwar
mit Hülfe des Nationalgötzen versanken; gleichwie aus derselben Schule ganz unähnliche Subjekte hervorgegangen sind und
sich doch als frühere Schulkameraden betrachten müssen. Nach
Ioannes Lydos [1] heisst Dionysos in phönikischer Sprache Iao,
Sabaoth ($\Sigma\alpha\beta\alpha\omega\vartheta$) aber an vielen Orten d. h. der über den
sieben Himmeln thronende Schöpfer. Ganz recht hat Voss [2] mit
dieser Form Sabos und Sabazios verglichen; wir fügen Zebe-
däos und andre Umlaute für den thrakischen Dionysos [3] Sam-
bazios $\Sigma\varepsilon\beta\dot{\alpha}\zeta\iota o\varsigma$ Sebadius $\Sigma\varepsilon\beta\dot{\alpha}\nu\delta\iota o\varsigma$ $\Sigma\alpha\beta\dot{\alpha}\delta\iota o\varsigma$ Sabadius [4]
$\Sigma\alpha\beta\beta\dot{\alpha}\delta\iota o\varsigma$ [5] hinzu; auch der armenische Name Sempad, der
nach der durchgängigen Lautverwechslung bei den Byzantinern
$\Sigma v\mu\beta\dot{\alpha}\jmath\iota o\varsigma$ geschrieben wird, scheint zu dieser Wurzel zu
gehören: diese phrygische Gottheit aber steht mit der Kybele in
ähnlichem Verhältnisse [6] wie Attis und Saturnus, und demnach
wird wol auch etymologisch wenig Unterschied sein. Wo das
Zeta in Delta übergegangen ist, haben wir eigentlich die ganze
Wurzel $\dot{\varepsilon}\pi\tau\dot{\alpha}$ oder *septem*, und dann würde Sabbat und Sabazios völlig in der abgeschliffnen ersten Hälfte von Saturnus auf-
gehen; dagegen könnten aber auch jene beiden ersten Namen als

---

[1] De mens. 4, 58. 74 vergl. 98. 112.   [2] Bei Lobeck Agl. 461 N.
[3] Dafür hält den Sabazios auch Lydos 4, 58. 72 vielleicht nach dem les-
bischen Terpandros. Andre Stellen wo Hyes Dionysos Sabazios als gleich
gesetzt werden, s. bei Lob. Agl. 1046 f.   [4] Lob. Agl. 296 N. vergl.
505.   [5] Ebend. 627 f. N.   [6] Ebend. 642. 1048 ff.

zusammengesetzt gelten wegen der Nebenform $\Sigma \alpha \mu \beta \acute{\alpha} \zeta \iota o \varsigma$ (wie
der Sonnabend auch pers. und türk. Schamba heisst), so dass
Sabbat und Sambazios mit Iupiter Diespiter u. a. zu vergleichen
wären, da $\acute{\varepsilon} \pi \tau \acute{\alpha}$ *septem* z. B. russ. седмь семь lautet, und etwa durch Sieben- Gott oder Herr zu übersetzen sein würden.

Was das Wahre sei, möchte sich schwer entscheiden lassen ; aber das scheint erwiesen zu sein dass alle Bezeichnungen
des Sonnabends in dem Begriffe der Heptas aufgehen ; und da
in dieser Gestalt sowohl Apollon als Saturnus vorzugsweise auftreten, so sind sie nur verschiedne Formen derselben Vorstellung. Uebrigens bildet das Wort Sambazios auch den Uebergang
zu Sandon [1], gerade wie z. B. $\sigma \acute{\alpha} \mu \beta \alpha \lambda o \nu$ und $\sigma \acute{\alpha} \nu \delta \alpha \lambda o \nu$ wech-
selt [2], und von diesem wieder gelangt man zu Saturnus durch
das sardonische oder satanische Lächeln der Molochsopfer; wenn
aber v. Hammer [3] schreibt «der persische Herakles der $\Sigma \acute{\alpha} \nu \delta \eta \varsigma$ [4]
«des Berosos lebt als *Sam* noch heute fort, wie Saturnus aus
«dem ältesten Gottesdienste des Sadefeuers (unter Huscheng ein-
«geführt) hervorgegangen ist» ; so mag diese Mittheilung zwar
werthvoll für den behandelten Gegenstand sein, übrigens aber ist
der Standpunkt des gefeierten Verfassers von dem unsrigen ganz
verschieden , auch sahen wir dass der Samstag vom Tage des

---

[a] Auch lässt sich der lydische Herakles als Zusammensetzung aus Sam und
don oder dan betrachten, das Verstümmelung von Adonis dominus Don wäre, wie Redslob a. a. O: 88 die Daniten , Bne Dan, Kinder des Adonis
übersetzt, weil das Aleph nur prostheticum sei wie Dodona Dido u. s. w.
zeigt. [2] Pherekydes Fr. 42. 167 St. bei Sch. Pind. Pyth. 4, 138 S.
558 mit Böckh Expl. 270. [3] In Böttigers Amalth. 2 121. [4] Auch
Xanthos und Herakleioxanthias gehören hierher.

Saturn weder etymologisch noch der Bedeutung nach verschieden sein könne.

Es ist übrig auch an den Ausdruck *Woche* zu denken, von
dem oben [1] Grimms Etymologie beigebracht ist. Auch russ. вѣкъ
oder векъ bedeutet Zeitalter, welches Wort ohne Zweifel dieselben Elemente enthält und auf den Mondgott zurückzuführen ist,
etwa wie *annus* römische Gottheit ist (als Anna Perenna) und
auch wieder das Jahr bedeutet, oder wie russ. годъ das Jahr
heisst, während von den heidnischen Deutschen der *Herr* des
Mondes so genannt wurde: gewiss war auch der Bay-$a\tilde{\iota}o\varsigma$
$Z\varepsilon\acute{\upsilon}\varsigma$ der Phryger [2] Mondgott, und kann daher mit Woche als
einem durch den Mond bedingten Zeitabschnitte verglichen wer-
den. Am nächsten liegen *Bogen* (den die Mondgötzen führen) und
Bock der Woche, und sicherlich sind sie identisch. Sowohl das
Männchen z. B. in den Zusammensetzungen Ziegen- Reh- Schaf-
Schweinsbock, wird durch Bock bezeichnet [3], als auch ein ge-
wisses gehörntes Thier: in beiden Beziehungen war der Mondgott das Vorbild, und ein Kyklos von sieben Tagen konnte sehr
wohl Woche heissen, weil denselben der Mondgott zweimal im
Monat durch das Bockshorn begrenzt. Da sich aber unsre Leser wol schwerlich so schnell ins Bockshorn werden jagen lassen, so muss ich schon auch diese Mondwurzel durch einige
Beispiele erläutern. Offenbar hangt auch *vacca* damit zusammen,
für dessen Maskulinum ich anderswo *Bacchus* angenommen habe,

---

[1] S. 100 (190). [2] Hesych. s. v. [3] Vergl. Lobeck Patholog. 27. Dort
wird auch nach Grimm erinnert, Germanorum quosdam lingulam, quae
fibulae inseritur *Mannli* (Haft) vocare: aber *haft* heisst *septem* im Persi-
schen, und — —

was um so natürlicher ist als auch Ἴακχος zeigt dass der erste Buchstabe wandelbar sei ; dass aber Dionysos auch Stier war
hat theils Böttiger [1] erinnert, theils lassen es unzweideutige Zeugnisse annehmen, denn z. B. ταυροκέρωτι Διωνύσῳ schrieb
Euphorion [2] und in Elis sangen die Weiber in einem uralten
Hymnos, der Heros Dionysos möge mit dem Stierfusse in den
Tempel kommen (βοέῳ ποδί) und riefen zu ihm Ἄξιε ταῦρε,
wobei Plutarch [3] der diese Nachricht erhalten hat anmerkt dass
Dionysos auch sonst βουγενής bei den Argeiern und ταῦρος
heisse. Selbst *Ochse* liegt der Wurzel nahe genug, und *vox* φη-
γός *Βάκις* nebst *Βάκχις* ὁ τρίτος [4] werden hierhergezogen
werden dürfen, weil die Mondsichel einem zum Reden geöffne-
ten Munde gleicht und demnach alle Propheten in den Mond gehören [4] ; und dass sie als *fax* (für welche z. B. der neugeborne
Mondgott Paris zu halten ist) und als *focus* gefasst wurde ist
nur in der Ordnung : denn der Halbmond ist das Original aller
Molochsöfen und Altäre oder Herde, wie in Bezug auf den Dienst
des Kronos Talos u. s. w. unten erklärt ist. Ferner ist der Mond
gewissermassen der Ahnherr der Nachtwächter , weswegen ich
Wache wachen zu demselben Stamme rechne d. h. wie der Mond

---

[1] Ideen zur Archäol. d. Malerei 1. 184 ff. der manches Geeignete aus Schriftstellern und Bildwerken beibringt. Aber dass er den Stier als Abbild des
asiatischen Naturgotts der Sonne, der erzeugenden Kraft auf der Erde fasst,
ist mir nicht ausserlich genug, und dann behaupte ich dass Dionysos der
Mond sei. Uebrigens mag auch Welcker Nachtr. 190 N. verglichen werden.
[2] Fr. 14 bei Meineke Anal. alex. 48, mit Lobeck Agl. 1045. [3] Osir.
55. 564 f. Quaest. gr. 36. 299. [4] Herakleides Polit. 5. 11 Schn.
[4] Vergl. meine Abhandlung das Orakel des Memnon, in einem der letzten
Hefte des Archivs von Klotz.

schaflos sein [1] ; und *Bacher* und *Bache* (das wilde Schwein) ist als Mondgott aus der Adonisfabel hinlänglich bekannt : denn aus dem Hauer (dem die Mondsichel gleicht) ist Ares in der Gestalt eines Ebers entstanden, wie auch Dionysos als ῞Υης [2] verehrt wurde, was von υἱός im Grunde wenig verschieden ist, wenn der μονογενὴς μόσχος der Fabel als Neumond gefasst wird. Dann baccus [3] als Fähre im Latein des Mittelalters erinnert an den Mondkahn und dürfte Umstellung von σκάφος sein, wie Becher poculum σκύφος : denn die Mondsichel ist nicht weniger die älteste Trinkschale (man denke an den Becher des Helios) als das Vorbild aller Schiffe. Wie aber aus dem Hauer ein Eber oder Elephant wurde, so sind aus der Mondsichel als Schnabel gefasst manche Vögel z. B. der Specht entstanden. Demnach ist der fabelhafte *Picus* [4] (was dasselbe Wort ist) ein Sohn des Saturn [5] d. h. er ist Saturn selbst : letzterer ist z. B. durch die saturnischen Verse der alten römischen Orakelpoesie als Prophet gesichert ; der Wahrsager Picus aber oder der sabinische Specht auf der hölzernen Säule, der hellenische δρυοκολάπτης, ist ohne Zweifel der gespaltene Mond, wie das prophetische Holz an der Argo. Etymologisch aber ist Specht und *picus* gleich franz. *bec*, welches Wort schon Suetonius [6] als ein gallisches

---

[1] Wachen ist also gleich *monden*, wie man z. B. *tagen* sagt. [2] Vergl. Meineke a. a. O. [3] Diefenbach Celt. 1. 195. [4] Es scheint nicht zufällig dass Piek oder *pique* der Spielkarten in der Vulgärsprache *Schippen* gleich Sieben heisst. Auch das Grün der deutschen Karte leitet auf den Grünspecht. [5] Vergleiche auch die altböhmische Glosse bei Grimm deutsche Myth. 227 Picus Saturni filius : ztraceo sitivratow zin. [6] Vitell. 18 vergl. 9 (praedixerant Vitellio) venturum in alicuius *gallicani* ho-

kennt und durch Schnabel des Hahns erklärt; dasselbe · lautet ital. *becco*, span. *pico*, vergl. deutsch *picken* (mittelhd. *bicken*). Gleichwie anderswo Ausdrücke für Getreide (Fruges) und was dahin gehört mit einer verschiednen Mondwurzel verglichen worden sind, weil der Gott der Nacht wegen seiner Sichel- und Pfluggestalt und wegen seines Weilens in den Saatfeldern des Himmels auch als Spender des Getreides betrachtet wurde; so ist es nur in der Ordnung dass von jenem Stamme βέχχος βεχὸς oder βέχ bei den Phrygern oder Paphlagonern ἄρτος bedeutete [1], wofür namentlich die Worte des Hipponax [2] zum Zeugnisse dienen Κυπρίων βέχος φαγοῦσι χἀμαθουσίων πυρῶν, durch welche Stelle keineswegs diese Bezeichnung zu einer kyprischen Glosse wird, sondern der Weizen ist vielmehr von Kypros nach Ephesos eingeführt und der Ausdruck für Brot ist von den benachbarten Phrygern angenommen. Wunderlicherweise haben die Ausleger [3] skandinavische persische albanesische Wörter verglichen; weniger weit hergeholt für einen Deutschen wäre doch die Zusammenstellung mit unsrer (Weihnachtswecke), backen, Gebäck u. s. w. gewesen. Auch das Wort *Saat sata* erinnert an Saturn, und βεχχεσέληνε [4] deutet noch klar in seiner zweiten Hälfte auf den Mond, wie ja *Küchlein* [5] *Ku-*

---

minis potestatem, siquidem ab Antonio Primo adversarum partium duce oppressus est, cui Tolosae nato cognomen in pueritia *Becco* fuerat: id valet *gallinacei rostrum*, s. Diefenbach ebend. 1, 206.

1 Herodot 2, 2. Sch. Arist. Nub. 597. Hesychios s. v. Suidas S. 976 ff. Sch. Apoll. 4, 262. 2 Fr. 78. 526 Bergk bei Strabon 8. 524 B. Eust. Il. 2. 505, 55. 3 Bei Bähr 1. 478; wie gewöhnlich hat Lobeck verb. technolog. 299 N. das Richtige angedeutet. 4 Suidas s. v. a. a. O. Aristoph. ebend. Hesychios s. v. 5 Das Lalenbuch Kap. 10. 44 f.

chen (verwandt mit Kugel) vielleicht von der Mondkuh und *pa‐ nis* von einer andren Mondwurzel (die auch im Pan und in $\pi\alpha\acute{-}$ $\nu\acute{o}\varsigma$ erscheint) abgeleitet ist ; und wie auch zum Stamme Ar Par z. B. *far,* $\varphi\acute{\alpha}\varrho o\varsigma$ $\acute{\eta}$ $\breve{\alpha}\varrho o\delta\iota\varsigma$ [1], $\varphi\alpha\varrho\tilde{\omega}$ [2] gehört, oder wie $\mu\tilde{\alpha}\zeta\alpha$ durch die Amazonen, durch $Ma\zeta\varepsilon\acute{v}\varsigma$ [3] den phrygischen Zeus und Demeter $\mu\varepsilon\gamma\acute{\alpha}\lambda\alpha\varrho\tau o\varsigma$ oder $\mu\varepsilon\gamma\alpha\lambda\acute{o}\mu\alpha\zeta o\varsigma$ [4] u. s. w. nach dem Monde gebracht wird.

Wem bei diesen Etymologien schlimm geworden ist, der möge doch nicht vergessen dass der Ursprung und das früheste Schaffen der Sprache gar sehr im Dunkeln liegt, und dass nur wirklich gleichlautende Wörter vermöge unsrer Mondtheorie zu‐ sammengebracht sind. Indess bin ich weit entfernt durch diese Vergleichungen die Annahme eines Urpaars und einer Ursprache, sodass die Wörter durch Zerstreuung der Familienglieder andre Bedeutung angenommen hätten, unterstützen zu wollen. Ich habe unterdess auch Lükens allerdings verdienstvolle Arbeit [5] kennen gelernt und bin weit entfernt dieselbe geringschätzig zu behandeln: aber wenn z. B. ein männliches Schwein lat. *verres* westph. *Bär* (mit demselben Klange wie ursus) oder *Bern Barch Borck* engl. *boar* nebst lat. *porcus* deutsch *Ferkel* heisst [6], und doch wieder als Ochse der *Farre* weibl. *Ferse* $\pi\acute{o}\varrho\tau\alpha\xi$ $\pi\acute{o}\varrho\tau\iota\varsigma$, und dann der *Bär* in den verwandten Sprachen vorkommt, so vermag ich nicht den alten Wilden so schwache Sinne zuzutrauen, dass sie bei ihrer Zersplitterung einen Stier oder das Brummthier für ein

---

[1] Etym. M. 175, 55. [2] Ebend. 788, 24. [3] Hesychios s. v. [4] Mül‐ ler Orch. 489. [5] Die Einheit des Menschengeschlechts. [6] Vergl. auch Lobeck Paral. 74 N. Lüken ebend. 255, und über den Ochsen dens. 250.

Schwein angesehen haben. Bei einem Jägervolke ist das eine
starke Zumuthung, gerade als ob man von einem Landmanne
voraussetzte, er habe Weizen und Roggen oder Haber und Gerste nicht unterscheiden können : und doch finden sich auch unter den Getreidearten ähnliche Beispiele. Ein Mangel an Wörtern
lässt sich aber ebensowenig voraussetzen [1] (vielmehr vermuthe
ich dass die Einzelsprachen ehedem viel reicher waren), und
noch weniger möchte ich glauben dass die ältesten Wörter nur
allgemeine Bezeichnungen wie Thier Männchen und Weibchen
oder Eigenschaften, die für mehrere passten, ausdrückten : denn
im Naturzustande haben die ältesten Sprachbeflissenen schwerlich mit Abstrakten um sich geworfen durch die sie sich nicht
würden haben verständigen können, und wenn man auch nach
Eigenschaften und andren Merkmalen die Gegenstände benannte,
so flossen doch gewiss bald die Konkreta mit denselben untrenn-
bar zusammen, und konnten nicht füglich von derselben Fami-
lie auch auf andre Fälle angewandt werden. Woher kommt es
also dass eine Hirschkuh, indem sie Hindin heisst, zum Hunde-
geschlecht [2] geschlagen zu sein scheint? oder wie war es möglich, dass man Wolf und Fuchs, vulpes mit demselben Worte
benannte, wenn ich auch gern einräume dass die Sprachkünstler
lupus und λύκος oder vulpes und ἀλώπηξ vermittelt haben?

---

[1] In einer Erzählung der Schehersad, Nacht 938 B. 4. 748 wird ein muham-
medanischer Gelehrte Hund geschimpft, worauf er erwiedert „Derjenige ist
„ein Hund, der für den Hund nicht *fünfhundert* Namen weiss", worauf
er fünfhundert Wörter hersagt, welche einen Hund nach verschiednem Alter Geschlechte und Aussehen bezeichneten.   [2] Der Unterschied der
Rechtschreibung, Hündin, ist eine späte Aushülfe.

Wenn z. B. der Zahn des Elephanten, als die Sprache schon des
Zeugungsvermögens bar war, nach dem ähnlichen kleinern Zahn
des aper Eber *ebur* genannt wurde, so ist das nicht auffallend;
aber Eber Stiere Bären Wölfe Füchse u. s. w. hat es doch gewiss in uralten Zeiten in jeder Wildniss gegeben, so dass es für
die Nachkommen unmöglich war, die von der Urfamilie gegeb-
nen Namen zu vertauschen und zu verwechseln. Demnach bleibe
ich dabei, dass *die Natur* den Lauten einen gewissen Sinn gegeben hat, der uns schon längst entfremdet ist, so dass die frü-
hesten Menschen *unabhängig* von einander an tausend verschiednen Orten die Erscheinungen, die ihnen gerade begegneten, nach
einem gewissen Instinkt benannten, wobei natürlich das Organ
auch seine Rechte behauptete: bei dieser Voraussetzung erklärt
sich sowohl die Aehnlichkeit als der Unterschied der Benennungen hinreichend.

Endlich ist mir noch ein andrer Ausdruck für die Heptas
die *Pleias* übrig, die ursprünglich ganz verschieden von den
spätren Pleiaden war; denn für das älteste Siebengestirn muss
unstreitig der Mond gelten. Später bei der Einigung des hellenischen Volks, als die Einzelkulte der Familien und Stämme nicht
mehr alle im Monde untergebracht werden konnten, setzte man
sie wenigstens an den nächtlichen Himmel, woraus die Katasterismen und namentlich der Thierkreis entstanden. Auch hierbei
lässt sich die Wirkung der Tempelpoesie nicht verkennen: wie
wir oben [1] bei Gortys gesehen haben, so entsprachen die Pleiaden des geschichtlichen Zeitalters nicht völlig der hergebrachten

[1] S. 87 ff (147).

Vorstellung, welche die Siebenzahl (was z. B. aus dem Kanon
der Tragiker [1] ersichtlich ist) mit ihnen verknüpfte [2], denn statt
sieben waren nur sechs sichtbar [3], obgleich die sieben Namen
bekannt waren ; das kann aber nur beweisen dass die Pleiaden
ursprünglich einen andren Platz einnahmen, dem die Siebenzahl
angemessen war, gleichwie auch andre Mondbilder, als sie später unter den Sternen fixirt wurden, nicht recht passen wollten,
z. B. die Argo. Mit dem Monde aber lässt sich sowohl der andre Name πελειάδες (was ich nicht für eine blosse Spielerei
halte), als auch die eigentliche Form ohne alle Schwierigkeit
vereinigen, da der Mond in vielen Sagen als Schiff gefasst wurde,
sodass an πλεῖν zu denken wäre [4]; auch ist es unverfänglich
πίμπλημι oder πολὺς mit seinen Graden und dialektischen
Eigenheiten zu vergleichen, weil der *zunehmende* Mond gar leicht
mit dieser Wurzel in Verbindung gesetzt werden konnte. Dass
aber diese Heptas ebenso in den Mond zu verweisen sei, bestätigt auch die Nachricht [5] dass Pythagoras τὴν Πλειάδα Μουσῶν

---

[1] Die Siebenzahl der Tragiker (wie der Weisen) ist nichts willkürliches und
beruht auch nicht auf wirklichen Vorzügen von gerade sieben Dichtern,
sondern ist (wie bei den zehn Rednern) ein mitgebrachter Begriff, welcher
gerade sieben Subjekte auswählen liess. Indess ist die Wichtigkeit der Sieben in der Tragödie bisher nur von Lachmann für die tragische Metrik
ausgebeutet worden. [2] Vind. Rhesi 5, 12. CXLVIII. Ich glaube jetzt
dass Lachmann chor. syst. 117 N. mit Recht die Idee von *sieben* Pleiaden
für eine alte hält. [3] Aratos Phän. 257 ff. mit den Sch. [4] Nach
dem Glauben der Aegyptier fuhr Selene in einem Schiffe, Plutarch Osir.
34. 364. [5] Aristoteles oder Aristokles bei Porphyrios V. Pyth. 41, bei
Lobeck Agl. 888 der hinzusetzt : „Pliadis cum heptachordo Musarum com-
„paratio ad intelligendum est expeditissima". s. ebend. 944. 1059 N.

λύραν genannt habe: denn das Original der siebensaitigen Lyra ist ebensogut der Mondgott. Endlich bietet uns eine Glosse bei Hesychios Σάτιλλα· Πλειάς τό ἄστρον gerade den Stamm *septem* zu dem Saturnus selbst gehört ; und wenn Lobeck [1] vermuthet dass vielleicht die Septem Triones [2] oder das Bärengestirn gemeint sei, weil σατίνη durch ἄμαξα erklärt werde, so sehe ich dazu keinen hinreichenden Grund, oder wenn wirklich jener Himmelswagen zu verstehen wäre, dem ebenfalls sieben Sterne zugeschrieben werden, so gehört derselbe nach meinen Grundsätzen auch nur in den Mond und zu derselben Wurzel.

7. Das Geschlecht der Götzen.

Iupiter et mas est estque idem nympha perennis.
Orpheus bei Apuleius.

Wir haben gesehen dass der Mondgötze in Asien theils männlich theils weiblich gefasst wurde, und es ist behauptet worden dass auch zwischen Phöbos und Phöbe kein Grundunterschied gewesen sei. Diese Annahme bedarf allerdings noch der Begründung, und es ist zu bedauern dass die Schrift des Stageiriten Hipparchos [3] eines Verwandten des Aristoteles verloren ging, deren Titel τί τό ἄῤῥεν καὶ θῆλυ παρὰ θεοῖς καὶ τίς ὁ γάμος; für unsren Gegenstand viel verspricht, da sie, wenn

---

[1] Patholog. 120. [2] Man bemerke die Verschmelzung der Trias und Heptas. [3] Suidas s. v. 1, 2, 1046.

sie auch allegorische Erklärungen gegeben haben mag [1], gewiss manche antiquarische Beiträge brachte. Ohne Zweifel mussten Gottheiten, deren Geschlecht durch Kulte oder Sprache noch nicht befestigt war, die Alten zuweilen in Verlegenheit setzen, wie man z. B. in Rom bei Erderschütterungen SI DEO SI DEAE opferte [2]. Sollte nun aber die Kunst in solchen Fällen das unbekannte Wesen menschlich darstellen, dann konnte sie nur Zwitterbilder liefern, wie schon den Alten die halb männlich halb weiblich gebildeten Götzen der Inder auffielen [3]. Lactantius [4] macht sich darüber lustig dass Fortuna von den Philosophen für männlich, nicht aber wie von der Menge für weiblich ausgegeben werde: aber im Grunde gab es auch für die übrigen Gottheiten keine Unterscheidungszeichen [5], wenn man nicht annimt, dass ursprünglich die dem vielgestaltigen Monde entnommenen Attribute die Phantasie leiteten [6]. Da aber auch bewaffnete Jungfrauen wie Pallas und weibische Männer vorkommen, so darf es nicht auffallen dass oft dieselben Namen in beiden Formen uns vorliegen; nur möchte ich nicht glauben dass hellenische Künstler ein Wesen

---

[1] Lobeck Agl. 608. [2] Quoniam et qua vi et per quem deorum dearumve terra tremeret incertum esset, M. Varro bei Gellius N. att. 2, 28. 248. [3] Porphyrius de styge bei Stobäos Ecl. phys. et eth. der mir nicht zur Hand ist. Ueber den Gegenstand selbst vergl. Nork popul. Mythol. 2. 22 ff. „Die Gottheit als Mannweib", und von andrem Standpunkte Lobeck Agl. 178 ff. [4] Div. inst. 8, 29, 2. 418. [5] Arnobius adv. nat. 7, 19 differentiam generum nullam in diis esse neque ullis sexibus eos esse discretos. [6] Lactantius Div. inst. 4, 8, 4. 447: Deum Orpheus putavit et marem esse et feminam, quod aliter generare nequiverit nisi haberet vim sexus utriusque: vergl. auch Cuper apoth. Hom. 227 f. Indess scheint das eine zu sublime Idee für die Urzeit zu sein.

122

als Mannweib gestaltet hätten, weil das ebenso unschön war wie
die aus verschiednen Thieren zusammengesetzten Gestalten (die
nicht mehr ganz verdrängt werden konnten), sondern wenn auch
einige Spuren auf zwiefache Formen desselben Bildes leiten, so
ist doch früh gleichsam Gras darüber gewachsen, und längst sind
dieselben wie die aristophanischen Doppelgänger gespalten worden. Was aber jezt manche Gelehrte glauben dass die weibliche
Gottheit in der Mythologie das feuchte Prinzip vertritt [1], mag
seinen Grund darin haben dass sie den *Mond* weiblich fassten
der demnach der nächtlichen Feuchte entspricht [2], denn auch nach
Aristoteles [3] behaupteten einige Klügler dass der Mond weiblicher
Natur sei ; dagegen hat ihm schon Aristophanes bei Platon [4] das
Doppelgeschlecht zuerkannt ἡ σελήνη ἀμφοτέρων μετέχει,
indem der Sonne das männliche und der Erde das weibliche Prinzip überlassen wird, so wie Selene in einem orphischem Gedichte [5] θῆλύς τε καὶ ἄρσην heisst, und Plutarch [6] dieselbe für
die Mutter der Welt erklärt und ihr φύσιν ἀρσενόθηλυν
zuertheilt. Das scheint aber eine alte unverständliche Erinnerung
an den gespaltenen Mond zu sein (der übrigens auch durch *männliche* Zwillinge dargestellt worden ist) ; und es liegt uns nun ob
(mit Uebergehung der abstrusen Auslegungen mancher Theoso-
phen) durch Beispiele nachzuweisen , dass auch in den Kulten
häufig dasselbe Wesen mit verschiednem Geschlecht vorkommt.

[1] Vergl. Plutarch Osir. 41. 367. Quintil. de mus. 3. 158 bei Lob. Agl. 932
N.   [2] Deswegen scheint Ptolemäos Tetrab. 1. 9 ebend. 929 das weibliche und nächtliche Prinzip zu verbinden, und dem männlichen Tage ge-
genüberzustellen.   [3] Hist. anim. 7, 2. 582, 35.   [4] Conviv. 190 B.
[5] Hymn. 8, 4.   [6] Osir. 43. 368.

Daraus wird sich dann ergeben, dass bei der Deutung der Fabeln der Geschlechtsunterschied gleichgültig sei, und zugleich werden manche männliche Namen durch ihre weibliche Hälfte deutlicher werden, weil man bei den Göttinnen weniger bedenklich gewesen ist, sie nach dem Monde zu verweisen.

Hesychios [1] unter Ἀφρόδιτος giebt an, dass Theophrastos den Hermaphroditos verstehe, während Päon [2] in der Schrift über Amathus bezeuge dass die Göttin auf Kypros männlich (εἰς τὸν ἄνδρα) gestaltet sei. Diese Angabe bestätigen auch Servius [3] und Macrobius [4], und Ioannes Lydos [5] sagt aus dass Aphrodite weil sie männlicher und weiblicher Natur sei bei den Theologen ἀρρενόθηλυς heisse, weswegen auch Catull [6] von der duplex Amathusia sprechen konnte. Ganz ähnlich ist ein andrer Fall:

---

[1] S. 171 Schr.   [2] So habe ich nach Plutarch Thes. 20 geändert, *post alios* wie ich aus Bergk Aristoph. Fr. 1207 ersehe : unwahrscheinlich ist der Einfall des Meursius Cypr. 23.   [3] Aen. 2, 652 *Ac ducente deo:* secundum eos qui dicunt utriusque sexus participationem habere numina; Calvus sage Pollentemque *deum* Venerem, und Virgil wiederum 7, 498 von Iuno oder Alecto Nec dextrae erranti deus abfuit. Auch sei auf Kypros die Statue einer bärtigen Venus unter dem Namen Aphroditos, corpore et veste muliebri cum sceptro et natura virili, wo die Männer in Weiberkleidern und umgekehrt die Weiber in Mannskleidern opferten.   [4] Sat. 3, 8. 432, der ähnliches schreibt und lehrt dass bei Calvus Acterianus *deum* für *deam* vertheidigte, sowie für Aphroditos das Zeugniss des Aristophanes Fr. 137 Bergk angeführt wird. Laevinus etiam sic ait „Venerem igitur almum ado-„rans, sive femina sive mas est, ita uti alma Noctiluca est“. Philochorus quoque in Atthide (Fr. 15. 386 Did.) *eandem affirmat esse lunam*, et ei sacrificium facere viros cum veste muliebri, mulieres cum virili : quod eadem et mas aestimatur et femina.   [5] De mens. 2, 10. 25.   [6] Carm. 68. 51.

Herodot [1] berichtet dass die Araber *nur zwei* Gottheiten verehren, den Dionysos unter dem Namen Ὀροτάλ und die *Urania*
als Ἀλιλάτ, und an einer andren Stelle [2] behauptet er dass
auch die Perser von den Assyriern und Arabern gelernt haben
der Urania zu opfern ; diese Aphrodite aber nennen Ἀσσύριοι
Μύλιττα. Ἀράβιοι δὲ Ἀλιττα, Πέρσαι δὲ Μίτραν; endlich auch bezeugt Euthymios Zigabenos [3], dass die Sarakenen bis
zu den Zeiten des Kaisers Herakleios d. h. bis Muhammed den
Heosphoros oder Morgenstern und die Aphrodite welche sie in
ihrer arabischen Sprache Χαβάρ (var. lect. Γαβάρ [4]) d. h.
τὴν μεγάλην nannten verehrten, was auch in der Catechesis
Saracenorum [5] wiederkehrt sowie auch in der Historia Muham-
medis [6], wo die Form Κουβάρ erscheint und für σελήνη oder
Aphrodite ausgegeben wird. Es darf kein Zweifel sein dass dieselben Götzen gemeint seien ; und doch schreibt Arrian [7] dass
die Araber *nur zwei* Götzen haben den *Uranos* und Dionysos,
und Aristobulos [8] nennt diese beiden *einzigen* Wesen gar *Zeus*
und Dionysos : woraus man sieht dass jene Aphrodite Urania
oder Selene Kennzeichen gehabt haben muss vermöge derer sie
auch männlich gedacht werden konnte. Ferner hat Theodoretos [9]
die Nachricht erhalten dass der Διονύσῳ τῷ γύννιδι zu Emesa
geweihte heidnische Tempel καταγέλαστον καὶ ἀνδρόγυνον
den Gott darstellte : soll man also wol zweifeln dass der zwi-

---

[1]   3, 8, 4.   [2] 1, 131, 3.   [3] Sylburgs Saracenica S. 1. 8.   [4] Ebend.
Index S. 147.   [5] Ebend. S. 85. 21.   [6] Ebend. S. 70.   [7] Exped.
Alex. 7, 20 zu Anf.   [8] Bei Strabon 16. 1076 C. Fr. 41. 111 Did.
[9] Hist. eccl. 3, 7. vergl. Therap. 3. 389 d. hall. Ausg. das Buch ist mir
indess jetzt nicht mehr zur Hand.

schen männlichen und weiblichen Attributen in der Mitte gehal-
tene Dionysos bei Aeschylos in den Edonen [1] oder bei Aristophanes in den Fröschen wirklich Nachahmungen alter androgyni-
scher Kulte waren? Ist es nicht deutlich dass die Feste eines
solchen Zwitterwesens von Maskeraden begleitet sein mussten,
die der Anfang des alten Drama waren, und auch die Weiber-
rollen der männlichen Schauspieler erklären? Wie es einen Aphroditos oder eine Venus armata gab, so kann die Weichlichkeit
des durch seine Kriegsthaten gefeierten Dionysos nicht anders
erklärt werden als wenn auch eine weibliche Auffassung [2] für
dasselbe Wesen angenommen wird, und er ist z. B. mit Herakles bei Omphale oder Sardanapallos in seinem Harem zu
vergleichen, die auch doppelter Gestalt gewesen sein müssen,
gleichwie der junge Achilleus in Weiberkleidern. Denn um von
diesen echt hellenischen Fabeln zu sprechen, so ist bekannt dass
Achill im Weiberrocke unter den Töchtern des Lykomedes erzogen wurde und so gut wie diese spinnen konnte [3], bis er von
Odysseus für den troianischen Krieg gewonnen wurde. Als Mädchen führte er den Namen Pyrrha (denn ich zweifle nicht dass
bei Hygin [4] das Feminum nothwendig sei weil die Angaben darin
übereinstimmen dass Achilleus ausser von seiner Geliebten Dei-

---

[1] Bei Aristoph. Thesm. 134 mit Fritzsche 42 ff.   [2] Eine röm. Münze
aus der Zeit des Philippus bei Cuper apoth. Hom. 226 hat einen Bacchus
habitu plane et vultu femineo, in Lydien bei den makedonischen Hyrka-
nern. vergl. Descr. numm. vet. Lips. 1796 S. 423.   [3] Sophokles in
den Skyrierinnen bei Plutarch de aud. poet. 13. 54. de adulat. 35. 72.
[4] Fab. 96. 151 Munck. (Lycomedes Achillem) inter virgines filias habitu
femineo servabat nomine mutato; nam virgines Pyrrham nominarunt quoniam capillis flavis fuit.

dameia für eine Jungfrau gehalten wurde [1]): als Pseudopyrrha aber erzeugte er mit dieser Tochter des Lykomedes den Pyrrhos der sonst noch Neoptolemos hiess [2], und nach einer andern Nachricht [3] soll die Mutter des letztern nicht Deidameia sondern auch Pyrrha gewesen sein. Pyrrha ist also sowohl Vater als Mutter des Pyrrhos, und wer einige Uebung in der Betrachtung der Fabeln hat muss zugeben, dass auch der Sohn eigentlich mit Vater und Mutter identisch ist, wodurch eben Pyrrhos der Eroberer Troias und Pyrrha als wirkliches oder scheinbares Frauenzimmer auf Skyros nur als männliche und weibliche Form desselben Wesens erscheinen. Wie der beste der Hellenen hier scheinbar ein Weichling ist, so dürfte die Dienstbarkeit des stärksten und männlichsten aller Halbgötter bei der lydischen Omphale, wo er in Ueppigkeit zerfloss und in allen Genüssen schwelgte, alle seine Grossthaten beflecken und verdunkeln, wenn nicht ebenso Achill der Deidameia, Paris der Helene u. s. w. unterwürfig wäre: zum Ueberflusse aber hören wir auch von einem Priester des Herakles im Weiberrocke auf Kos d. h. vom weiblichen Herakles selbst [4]. Auch den Widersacher des Dionysos Pentheus (die im Grunde von gleicher Bedeutung sind) lässt Euripides [5] sagen

Nicht ziemte mir es anzuziehn den Weiberrock;

---

1   Das Feminum steht Bion Id. 15, 28. Die Verkleidung haben ausdrücklich Schol. Hom. Il. 9, 668. 19, 326. Virginis ora novae Statius Achill. 1, 375. Lykophr. 277 mit Tzetz. 276 u. s. w.   2 Apollod. Bibl. 3, 13, 8 u. s. w.   3 Heliodor in Anthol. palat. 9, 485 bei Lobeck Ai. S. 469. 4 Plutarch Quaest. gr. 58. 304. vergl. Küster de Co insula Halle 1833. 33 f.   5 Bacch. 854 mit Elmsley 106 Lips. vergl. auch die Anspielung auf diesen Vers bei Philostratos Imag. 1, 2. 766 Ol. 381 Kays.

aber nichtsdestoweniger wird er zu einer solchen Maskerade über-
redet und theilt nun das Schicksal des Zagreus Orpheus u. a.
was bedeutet dies aber sonst als dass der barsche Pentheus auch
in weiblicher Gestalt verehrt wurde? Endlich aber, um viele
andre Beispiele zu übergehen, war Medeia [1] (die schon in ihrem
Sohne Medos oder Medeios in männlicher Gestalt erscheint) nach
ihrer Flucht aus Athen Erfinderin der medischen Tracht, in welcher sie an Iasons Stelle ausging ; und die assyrische Mondgöttin Semiramis erfand einen Anzug [2] welcher es unmöglich machte Mann und Frau zu unterscheiden, oder auch sie erschlich von
ihrem Gatten Ninos die Erlaubniss ein oder fünf Tage auf dem
Throne statt seiner im königlichen Ornate und mit dem Szep-
ter geschmückt zu herschen [3] : was heisst das aber wieder sonst,
als dass beide auch männliche Mondgötzen waren ?

Besonders lehrreich für die Ergründung der Fabeln sind *die
Verwandlungen* , und dieselben enthalten noch unerschöpflichen
Stoff zur Einsicht in das Wesen der Mythologie. Hier kann indess nur auf einige verwandte Dichtungen Rücksicht genommen
werden. Einen ganzen Sack von Metamorphosen bringt Antoninus Liberalis [4], namentlich eine Geschichte zu welcher ein Kult
im kretischen Phästos gehörte. Lampros des Pandion Sohn hatte
seiner Gattin Galateia der Tochter des Eurytios eines Sohns von
Sparton befohlen, wenn sie ein Mädchen gebären würde das Kind
bei Seite zu schaffen ; indess wurde Lampros getäuscht und die

---

[1] Strabon 11. 798 A.   [2] Diodor 2, 6. 119, 50.   [3] Athenäos ebend.
2, 20. 154, 86. vergl. Plutarch Amat. 9. 753. Deinon bei Aelian V. hist.
7, 1 B. 1. 561.   [4] Metam. 17, nach den Heteröumenen des Nikandros.

Tochter unter dem Namen Leukippos auferzogen, und als die Zeit
der Mannbarkeit eintrat erweichte Galateia durch inbrünstige Ge-
bete die Leto dass der falsche Leukippos wirklich in einen Jüngling verwandelt wurde. Deswegen opferten die Phästier der Leto
Phytia [1], welche der Jungfrau männliche Gestalt verliehen hatte
($\H{\varepsilon}\varphi\upsilon\sigma\varepsilon \; \mu\acute\eta\delta\varepsilon\alpha$), und das Fest hiess Ekdysia weil das Mädchen
ihr Weiberkleid ausgezogen hatte, und bei Hochzeiten war es
Sitte zuerst bei der Statue des Leukippos sich niederzuwerfen.
Eine ganz ähnliche kretische Sage von Iphis der Tochter des Lyg-
dos und Telethusa hat Ovid [2], welche gleichfalls durch die Gnade
der Isis bei ihrer Hochzeit mit einem andren Mädchen Ianthe
durch Verwandlung in Stand gesetzt wurde das Beilager zu feiern [3].
Ferner aber bezeugt Antoninus dass der Prophet der Thebäer
Teiresias aus einem Manne in ein Weib und später wieder zurück in einen Mann verwandelt wurde [4], dass der Kreter Siprötas
weil er die badende Artemis belauscht hatte umgestaltet wurde,

---

[1] Vergl. Lobeck zu Ai. S. 113 N.   [2] Metam. 9, 665 ff.   [3] Historische Beispiele von Verwandlungen in einen Jüngling, der Herais in Dio-
phantos und der Kallo in Kallon hat der Pragmatiker Diodor B. 32 bei
Photios Cod. 244. 377 Bekk. erzählt (vergl. die Ausl. B. 2. 520, 24) und
auch Gierig bemerkt zu Vs. 794 : ,,Ceterum non incredibilis haec fabula
,,videtur Safftio; monet enim fieri posse ut e puella fiat puer, quandoqui-
,,dem natura partes viriles absconditas ab initio sero interdum proferat, du-
,,bitans quasi aliquamdiu utrum sexum tribuat‘‘. Nun denn, wer eine so
saftlose Auslegung verschlucken kann, der möge auch ermitteln wie die Natur aus Männern wieder Weiber gemacht habe ! wobei die Geschicklichkeit
des Mnesilochos in den Thesmophoriazusen des Aristophanes und der Versuch des Nero an einem seiner Lotterbuben in Erwägung zu ziehen wären.
[4] Zum verderbten Text vergl. Unger Parad. theb. 417 der mir indess nicht
genügt, s. Tz. zu Lyk. 683 S. 76 f. und Marckscheffel Hesiod. 361 f.

endlich dass der Lapithe Käneus durch Vermittlung des Poseidon aus Känis der Tochter des Atrax in seine männliche Form übergegangen war, und dass auch eine gewisse Hypermnestra die Tochter des Aethon gleichfalls in einen Mann umgeschaffen wurde. Unter allen diesen Fällen ist die Geschichte des Teiresias die bekannteste und auch die deutlichste : denn er ist theils schon als Wahrsager Mondgott, theils deutet die Etymologie des Worts [1] $\pi\alpha\varrho\grave{\alpha}\ \tau\grave{\alpha}\ \tau\varepsilon\acute{\iota}\varrho\varepsilon\alpha$ (wie die Sterne vorzugsweise genannt werden [2]) seinen Aufenthalt am nächtlichen Firmamente unter den Himmelsthieren an ; endlich ist seine doppelte Verwandlung dem Mondgotte völlig angemessen [3].

Eine andre Klasse von *zeitweiligen* Verwandlungen bilden die Göttergeschichten, in welchen das Geschlecht zwar nicht gerade veränderlich ist (wenn auch z. B. Athena in der Odyssee gewöhnlich männliche Gestalt annimt), indess lehrt die Vergleichung der proteusartigen Wesen, dass das Genus eigentlich gar keinen Unterschied macht. Wer z. B. die Künste erwägt, vermöge derer sowohl bei Ovid [4] Thetis der Umarmung des Peleus

---

[1] Eust. zur Od. 5. 1552, 15. 10. 1665, 41. Lobeck Patholog. 426. 492. Nur möchte ich nicht behaupten dass er als *portentorum interpres* so heisse. [2] Diese Thiere des Himmels befanden sich auch auf dem Schilde des Achilleus Hom. Il. 18, 485, welcher Vers in einem der orphischen Gedichte bei Lobeck Agl. 521 wiederkehrt. Vergl. Nork pop. Mythol. 5. 106 N. [3] Beim Neumonde zeigt sich das männliche Prinzip, das nach und nach in das weibliche übergeht, bis es zuletzt wieder im männlichen sich verliert. Es lassen sich die Mören und ihre drei Theile oder Formen vergleichen, da der Neumond einem Faden ähnlich ist, der sich im Vollmonde zum Knäul verdichtet, bis er wieder gleichsam abgewickelt und zuletzt abgeschnitten wird. [4] Met. 11, 240 ff.

zu entgehen sucht bis Proteus das Mittel verräth sie zu fesseln,
als auch Proteus selbst bei Homer [1] dem Menelaos oder bei Virgil [2] dem Aristäos entwischt wäre, hätte jener nicht Eidothea
die Tochter des Proteus dieser aber seine Mutter die Okeanide
Kyrene für sich gehabt : der wird eingestehen müssen dass Proteus und Thetis dasselbe Wesen mit verschiednem Geschlechte
waren. Hierzu kommt nun aber offenbar noch eine unleugbare
Namensgleichheit, da bei Euripides [3] Thetis $N\eta\varrho\eta\grave{\iota}\varsigma$ $\pi\varrho\acute{\omega}\tau\eta$
heisst, wodurch Proteus und Prote nur zu andren Formen der-
selben Idee werden. Indess möchte ich nicht geradezu mit Nitzsch [4]
behaupten, dass die Gabe allerlei Gestalten anzunehmen die Götter des *Wassers* charakterisire (denn wer kennte nicht die vielen Gestalten in denen z. B. Zeus herniederstieg?), sondern sie
ist den Mondgottheiten eigenthümlich und beruht auf den viel-
fältigen Phasen des Mondes : denn dass auch alle Meergötter mit
Poseidon an der Spitze ursprünglich Mondgötzen [5] waren wird
unten klar werden. Ebenso ist der Kyklop Arges [6] eine der drei
Gestalten des Monds, so wie weiblich Arge eine von den drei
Hyperboreerinnen [7] ebenfalls auf den Mond zurückführt ; und

---

[1]   Od. 4, 417 ff.   [2] Georg. 4, 405 ff.   [3] Iph. aul. 1078.   [4] Erkl.
Anm. zur Od. B. 1. 274.   [5] Deswegen heisst es bei Virgil Ge. 4, 344
et tandem positis velox Arethusa sagittis, was Heynen anstössig war, von
Voss aber nach andren Grundsätzen (S. 286) erklärt wird.   [6] Hesiod
Theog. 140. Er heisst auch Argos.   [7] Herodot 4, 35. Arge heisst sonst.
Hekaerge, und Herodot hat wie andre nur *zwei :* aber ausser Opis oder
Upis (welche später zum Schimpfnamen herabsank, de Xenoph. Conv. dis-
quis. S. 71 N. 147) und Hekaerge oder Arge findet sich auch noch Loxo:
welche drei Namen ganz deutlich in den Mond gehören, weswegen gerade
dies Beispiel gewählt worden ist. Ueber den Gegenstand selbst vergl. die

nehmen wir dazu noch alle Argos und Argo nebst ähnlichen Formen, so ergiebt sich dass es ganz einerlei für den Grundbegriff ist ob ein Wort männlich oder weiblich oder gar als Sache erscheint. Demnach wird auch die Amazone Hippolyte (Artemis) vom Sohne des Theseus Hippolytos oder auch vom gleichnamigen Giganten ' u. s. w. in Bezug auf ihre Grundbedeutung nicht getrennt werden dürfen ; und gleichfalls Pallas die Mondgöttin erscheint nur in männlicher Form ohne wesentlichen Unterschied als Bruder des Aegeus oder als Sohn des Krios und der Eurybia : denn von letzterem (einem der Titanen) sagt Apollodor [2] sehr naiv, die Göttin habe ihm die Haut abgezogen und damit in der Schlacht *ihren eignen Körper* gedeckt! Auch in appellativem Sinne, wenn vom Genus abgesehen wird, sind beide Formen identisch : $\pi \acute{\alpha} \lambda \lambda \alpha \nu \tau \varepsilon \varsigma$ οἱ νέοι, $\pi \alpha \lambda \lambda \acute{\alpha} \delta \varepsilon \varsigma$ αἱ μείρακες sagt Philistides [3].

Sind diese Behauptungen gegründet, dann dürfen wir schlüsslich durch Vermittlung der Kore (einer anerkannten Mondgöttin) auch Koros Kyros Kuros erklären. Denn im entgegengesetzten Sinne haben einige Alte überliefert dass diese Wurzel bei den Persern die Sonne bedeute, z. B. Hesychios[4] unter Κύρος: τὸν ἥλιον οἱ Πέρβαι κύρον λέγουβιν, oder Oros ' Κόρος ὁ βαβιλεὺς τῶν Περβῶν ὁ παλαιός· ἡλίου γὰρ ἔχει τὸ ὄνομα· κοῦρον γὰρ καλεῖν εἰώθαβιν οἱ Πέρβαι τὸν ἥλιον.

Sammlungen bei Spanh. zu Kallim. in Del. 292 B. 2. 571 ff. Schol. Kall. in Dian. 204 B. 1. 152 und Spanh. B. 2. 315 ff.

1 Apollod. Bibl. 1, 6, 2.   2 Bibl. 1, 6, 2. vergl. 1, 2, 2.   3 Bei Lobeck Pathol. 40.   4 S. 574 Schr.   5 Im Etymol. M. 550, 8.

Jetzt heisst in Persien die Sonne Schams [1] ; dass man sie früher *Κόρος* genannt habe, will ich nicht bestreiten, indess wenigstens bei den Hellenen gehört dieser Stamm in den Mond, und ich glaube dass mit wachsender Einsicht die Sonne den Mond verdrängt haben möge: wie man z. B. Apollon später für den Helios (sogar in der Abbreviatur) nahm, wie Seirios [2] (serus ξηρός serenus) der ursprünglich auf den ausdörrenden Moloch ging nachher nicht nur auf den Hundstern sondern auch auf die Sonne gedeutet wurde, und wie selbst Schams wegen Sambazios auf den Mond weist. Am sprechendsten möchte eine Stelle Plutarchs [3] sein, die auf uralten delphischen Kultusgebräuchen beruht, nach welchen drei Viertel des Jahrs dem Päan Apollon und nur drei Monate dem Dionysos gehörten: ἐπεὶ δ' οὐκ ἴσος ὁ τῶν περιόδων ἐν ταῖς μεταβολαῖς χρόνος, ἀλλὰ μείζων ὁ τῆς ἑτέρας ἦν Κόρον καλοῦσιν, ὁ δὲ τῆς Χρησμοσύνης ἐλάττων, τὸ κατὰ λόγον τηροῦντες ἐνταῦθα, τὸν ἄλλον ἐνιαυτὸν παιᾶνι χρῶνται περὶ τὰς θυσίας, ἀρχομένου δὲ χειμῶνος ἐπεγείραντες τὸν διθύραμβον τὸν δὲ παιᾶνα καταπαύσαντες τρεῖς μῆνας ἀντ' ἐκείνου τοῦτον κατακαλοῦνται τὸν θεόν· ὅπερ τρία πρὸς ἕν, τοῦτο τὴν διακόσμησιν οἰόμενοι χρόνῳ πρὸς τὴν ἐκπύρωσιν εἶναι; denn zieht man alles Abstruse ab, so ist es klar dass die drei Viertel des Mondgotts Apollon ursprünglich die drei Wochen des *leuchtenden* Monds waren,

---

[1] Corp. Inscr. gr. 4481 B. 5. 326.   [2] Sirius heisst ein König im ägyptischen Theben, was Synkellos Chron. B. 1. 190 Dind. durch Sohn der Kore oder Jungfrau erklärt.   [3] Vom Ei 9. 389.

während die Eine Woche das letzte Viertel bezeichnet (was später fälschlich [1] auf den Winter bezogen wurde), und wenn die apollonische Periode Koros hiess so versteht es sich von selbst dass auch diese Wurzel nach dem Monde gehöre. Aber auch Dionysos ist ganz deutlich Mondgott, und darum ist ihm wie dem Apollon die Hebdomas eigenthümlich ; ihn brachten ja die Titanen um, *ἑπτὰ δὲ πάντα μέλη Κούρου διεμοιρήσαντο* sagt ein orphisches Fragment [2], und er heisst ausdrücklich Kuros nach mystischen Lehren. An den Mond erinnern ferner die Glossen des Hesychios [3] *Κορώνιος· μηνοειδῆ ἔχων κέρατα βοῦς* oder *Κόρωνος· ὀρθόκερως ταῦρος*, und *Κορίαννον—χρόνος* [4] scheint das Mondjahr zu sein, sowie *Κουρίδιον* [5]—— *Λάκωνες δὲ κουρίδιον καλοῦσι παρὰ (δὲ) αὐτοῖς τετράχειρον Ἀπόλλωνα* sowohl wegen des Apollon als auch wegen der vier Hände welche die vier Wochen des Monats bezeichnen deutlich sind ; endlich *Κουρήτων στόμα· ἐδόκουν εἶναι μάντεις· οἷον θεσπιῳδὸν στόμα* [6] weist theils aus andren Gründen theils weil alle Wahrsager Mondgötter sind, wie bald gezeigt werden wird, auf den Mond. Wie der König Kyros ausgesehn habe, konnte niemand wissen ; nichts desto weniger wurde ihm eine Adlernase zugetheilt [7], was man der gebognen

---

[1] Ich halte auch das für ein Beispiel von der Vertauschung des Monds mit der Sonne; denn die spätere Deutung passt nicht zu den Abweichungen der Ekliptik.   [2] Proklos in Tim. s. 200 C (479 Schn.), vergl. 184 E (434) und Lob. Agl. 557.   [3] S. 552 Schr.   [4] Ebend. 549. vergl. Schow Suppl. Lips. 457.   [5] Ebend. 555.   [6] Ebend. 555. Zenobios Cent. 5, 61. 101. Diogenian 5, 60. 263. Suidas 2, 1. 364. Lobeck Agl. 1118.   [7] Creuzer Symb. 1. 221 N. Es giebt noch tausend andre Gründe den Kyros der Fabel für einen Mondgott zu halten ; einiges habe ich in der Ab-

Mondsichel entnommen haben mag : auch die Dioskuren sind die beiden Mondhälften, und *Κύρις* erklärt Hesychios [1] durch Adonis, der ja Mondgötze ist, so wie *κύριος* von dem obersten aller Herrn der heidnischen Völker entnommen ist. Nimt man hierzu z. B. *quiris* (gleich *δόρυ* oder *sarissa* nach einer andren Mondwurzel) so leuchtet ein dass der Mondgott als Lanze verehrt wurde ; oder erinnert man sich etwa an *securis* (*πέλεκυς* Beil was an Bel denken lässt und nach der bekannten Analogie auch auf Feldfrüchte übertragen wurde [2]) wie besonders den Amazonen (also Mondgöttinnen) zukam [3], griech. *σάγαρις* [4] (auch durch *φαρέτρα* *ἄροτρον* erklärt), so muss die Gestalt welche einen oder zwei Halbmonde an einer Handhabe darstellte die Ursache der Benennung gewesen sein : und es ist nicht weiter nöthig auf Cures [5] Quirinus Quirites zu verweisen (deren Bedeutung zwar klar ist aber eine umständliche Betrachtung verdient), um unsre Vermittelung von Kore und Koros zu erhärten. Denn tausend Fälle zeigen dass auch dieser Stamm ohne Unterschied des Geschlechts dem Monde angehöre, wie noch *κάρα* (weil derselbe als Kopf galt) nebst Zeus *κάριος* (oder vielmehr *καραῖος* [6]) und den fabelhaften Karern, *κέρας* cornu, *καρδία* cor (wol auch

---

handlung über das Orakel des Memnon beigebracht, und andres muss für eine geeignetere Stelle verspart werden.

[1] S 574. [2] Bergk zu Aristoph. Fr. 1207. [3] Horaz Od. 4, 4, 20. Ovid e Ponto 3, 1, 95. Virgil Aen. 11, 651. Suetonius Ner. 44. Bei Plinius H. n. 7, 57 pilum Penthesileam Amazonem, securim Pisaeum (invenisse ferunt) scheint eine Umstellung nothwendig. [4] Hesychios 821. Strabon 11. 769 C. 781 A. Bähr zu Herodot 1, 215, 1. 472. [5] Lobeck Agl. 1061 N. [6] Z. B. Meineke Com. gr. B. 2. 85. Plutarch Perikl. 3. 155. An einen Kult der Karer ist nicht zu denken.

nach der Figur), χορδή chorda (weil jede der sieben ersten
Mondphasen einem Darm oder einer Saite die mit Saturn verwandt ist gleicht), cortina corona u. s. w. bestätigen können.
Deswegen heisst auch der Mondgötze der alten Kurden in Gor-
dyene Gordias oder Gordios, dessen Stammbaum mit dem Mondesel Midas verflochten ist [1], und es darf vermuthet werden dass
auch Kronos und der ihm gleiche Krodo [2] der Germanen auf
diese Wurzel zurückzuführen sei.

[1] Nach Iul. Capitolinus Gord. iun. 452 wurde der Kaiser Gordianus wegen
seiner vielen Weiber und Kinder Priamos von den Soldaten genannt, quem
vulgo iocantes quod esset natura propensior Priapum non Priamum saepe
vocitarunt. Das erinnert aber an den Eselssohn Gordias und an das Symbol des Esels (Lucian Asin. 56 B. 6. 219), und jener Gordian dürfte wol
eher wegen dieses Gedankenzusammenhangs den Spottnamen erhalten haben,
da beide Formen desselben nur dialektisch verschieden sind. [2] Grimm
deutsche Myth. 187 N. 228. 728. Uebrigens sehe ich keinen Grund warum
man die Kröten der Märchen von Krodo oder die Padden von der oben
erörterten Wurzel *potens* u. s. w. sowie von dem Fürsten Kyrenes Battos
(S. 21 f. oder 111 f.) trennen soll. Die Schildkröte oder Schildpadde ist
nicht nur in Indien weitberühmt, sondern auch unter den Mohikanern und
Delawaren (die wol schwerlich wie man meint von der Südsee an den atlantischen Ozean gewandert waren, wo sie zur Zeit der Kolonisation sassen).
Bei Cooper (der letzte Mohikan, Stuttg. 1841. 424) spricht Unkas der letzte
seines Stammes (auf dessen Brust eine Schildkröte eingeätzt war) zu den
Delawaren: ,,Männer der Lenni Lenapen! Mein Geschlecht trägt die Erde!
,,Euer schwacher Stamm steht auf meiner Schale''! Die Schildkröte ist
von Atlas der den Himmel oder die Erde trägt nicht verschieden. Der gespaltne Mond glich einer Padde die ihr schillerndes Haus trägt, und da der
Mond auch als Erde gefasst wurde, so hat dieses Thier an manchen Orten
eine solche Bedeutung gewonnen. Auch als Lyra (*testudo*, mit dem Mond-
kopfe verwandt) gehört die Schildkröte der hellenischen Mythologie an, und
ihr Zusammenhang mit dem Monde ist ganz deutlich.

136

8. Die Propheten.

Excedere communem omnium vel plurium cognitionem
pulcherrimum est, si modo non insanis.

M. Ter. Varro.

Bei der Erklärung der alten Fabeln möchte wol kein Buch
so unbrauchbar sein, um nicht einige gute Einfälle zu wecken [1]:
so sind auch die Worte der Schehersad [2] «Könnte man nicht
«aus den Veränderungen des Mondes wahrsagen, so würde kein
«Beobachter stets zu ihm hinaufsehen» keineswegs zu verachten,
wenngleich der ursprüngliche Standpunkt schon verrückt sein
dürfte, so dass nur noch die Erinnerung blieb, der Mond sei der
himmlische Wahrsager. Auch Apollon war wie dargethan wor-
den ist Mondgott; er galt als $\mu\acute{\alpha}\nu\tau\iota\varsigma$ $\dot{\alpha}\psi\varepsilon\upsilon\delta\acute{\varepsilon}\acute{\sigma}\tau\alpha\tau o\varsigma$, und
sein pythisches Orakel war zur Zeit der hellenischen Freiheit
ohne Widerrede bei weitem das berühmteste. Nach Einem Falle
indess lässt sich noch nicht behaupten dass alle weissagenden
Götter so wie ihre fabelhaften Vertreter ohne alle Ausnahme
Mondgötzen waren, wie nunmehr dargethan werden soll. Denn
ist diese Auslegung richtig, dann muss z. B. auch der Vater der
Götter und Menschen schon wegen des libyschen Ammonion und
vermöge des dodonischen Orakels dem Monde zugewiesen werden, und gleichfalls der thrakische Prophet Dionysos. Was den
ersteren anlangt, so ist schon sein Haupt aus dem Athena her-
vorging sprechend, da die Dichtung offenbar auf den gespaltenen

---

[1] Müller Prol. 82 f. [2] Nacht 78 B. 1. 500.

Mond Bezug hat; ja die Geburt des Zeus selbst und seine Verwechslung mit einem Steine möchte allein schon als hinreichen-
der Beweis gelten, weil der Iupiter lapis der höchste Gott in per-
sona ist der in dem Mondmunde des Kronos zuerst wahrgenom-
men wurde. Hierzu kommt dass er als Ammon Widderhörner
hat, sowie der Gemahl der stiergestaltigen Here auch selbst Stier
sein muss, z. B. beim Raube der Europe, oder als Agamemnon
der nach Homer [1] wie ein Stier an der Krippe erschlagen wurde,
und nach Orpheus [2] welcher ihm zwei goldne Stierhörner an beiden Seiten zuerkennt, wenn auch die Deutung derselben als Mor-
gen und Abend für die alte Einfachheit zu gesucht ist. Ferner
bedenke man dass schon Sophokles [3] Zeus unter die Sterne setzt
(was nur auf den Mond gehen kann), dass der Vater des kretischen Minos Asterios *oder* Zeus heisst [4], und dass auch wieder
bei Orpheus [5] geradezu Selene und Zeus als gleichbedeutend genommen wird. Endlich hat der dodonische Zeus in Hellopien nach
Hesiod [6] sein gefeiertes Orakel und seine Wohnung in einem
hohlen Eichbaume [7], was von seinem Aufenthalte im Rachen des
Kronos nicht verschieden ist und ohne Zweifel als die eine Hälfte
des Mondes welche in der andern zu stecken oder zu hausen
scheint gefasst werden muss.

---

[1] Od. 4, 854. 11, 411. [2] Lobeck Agl. 524. [3] Tr. 1106. vergl.
Achäos Fr. 2. 58 Did. bei Schol. Eur. Or. 385, mit Lobeck zum Ai S.
405 N. Uschold Vorh. 1. 525 N. 571 f. [4] Meursius Cret. 124 f. Diodor. 4, 60 mit Wess. 504, 27. Lykophr. Kas. 1301 mit Tzetz. S. 152.
Apollodor 5, 1, 2 mit Heyne. [5] Lobeck Agl. 413. [6] Bei dem
Schol. zu Soph. Tr. 1169 Fr. 80. 270 Göttl. [7] Vergl. Müller Handb.
d. Arch. § 52, 2 S. 54. Paus. 8, 15, 2. Dionysios Per. 828.

Leicht liessen sich mehr Beweise zusammenbringen, wenn es nöthig schiene eine Behauptung die hinlänglich begründet ist weiter zu erhärten ; dafür dürfte es zweckmässiger sein, der Gründe zu gedenken, warum man gerade den Mond zum Propheten erkoren hat. Allerdings genügt schon der allgemein verbreitete Monddienst, auch in den Wahrsagern Mondgötter zu vermuthen ; aber ein besondrer Umstand dass wie oben [1] bemerkt ist die Mondsichel als offner Mund angesehen wurde, war die eigentliche Ursache den Götzen als redend zu fassen. Im Deutschen sind *Mond* und *Mund* offenbar dasselbè Wort, mit dem auch *mundus* verwandt ist ; weil der Grossgott aller Stämme zu gewissen Zeiten einem Sprechenden glich, musste natürlich diese Gottheit (wie z. B. als Hermes) der Rede vorstehen, und wenn Apollon gerade als Prophet $\Lambda o\xi i\alpha\varsigma$ hiess, so darf die klare Verwandtschaft mit *loqui* $\lambda o\gamma o\varsigma$ $\lambda\varepsilon\gamma\varepsilon\iota\nu$ *lecken* nicht in Abrede gestellt werden [2]. Und ist nicht in *oraculum* oder in $\delta\delta\delta\alpha$ (welche ursprünglich nicht mehr als *os oris* und *ossis* verschieden waren) ausdrücklich der Mondmund erkennbar ? oder mag nicht der Aufgang der Sonne später *oriens* genannt sein, weil der Neumond einem Munde ähnelte ? Indess wird noch weiter unten Gelegenheit sein von diesem *Loche* oder *locus* des Mondes zu reden, weil dadurch $\lambda\varepsilon\chi o\varsigma$ $\lambda o\chi\varepsilon\acute{v}\varepsilon\iota\nu$ *Lucina lux Locke* [3] u. s. w. vermittelt

---

[1] S. 115 (205).   [2] Hermann Op. 7. 507 leitet den Namen ab obliquis oraculis her, was sehr gesucht ist, zumal da derselbe die Artemis Loxo als non plenam *lunam* sed veluti ex obliquo tuentem erklärt. Wie alle Bedeutungen dieser Wurzel durch die Figur des Monds vermittelt werden, ist theils an sich klar theils wird es später erörtert werden.   [3] Dies kommt natürlich von der Sichelform her.

wird; aber wenn wir richtig eine Mondwurzel angenommen haben, zu der *Bacchus vacca* u. s. w. gehören, so ist es ganz in der Ordnung dass auch *Ochse vox* und *vocare* [1] oder βοῦς und βοᾷν denselben Gedankenzusammenhang kundgeben, und selbst *Stimme* dürfte zu *septem* und Saturnus gehören. Darauf beziehen sich denn auch die Phantasien παραφρονοῦντος ἀνδρός, dass im Anfange ein Mund gewesen sei, welcher als Licht in der Finsterniss leuchtet und der Finsterniss widersteht. Demnach scheint es ganz unverfänglich dass die ältesten Menschen den Mondmund, welchem sie göttliche Ehre erwiesen als Wahrsager nahmen, und uns als dem jüngern Geschlechte kommt es zu alle Propheten des Alterthums auf das grosse Gestirn der Nacht zurückzuführen, weil kein andrer Umstand vorhanden ist, der sogut die prophetische Gabe einiger Götter und Heroen erklären könnte.

Wir haben gesehen dass Apollon Mondgötze war, und es gab kein berühmteres Orakel als das pythische: deswegen muss nun auch das εἶ *delphicum* berücksichtigt werden, welches den Klüglern des Alterthums viel Kopfzerbrechens verursacht hat und ein trauriges Beispiel übel angewandten Scharfsinns abgeben kann. Namentlich fehlt Plutarchs bekanntem Schriftchen über diesen Gegenstand die Stimmung welche der Einfalt des grauen Alterthums angemessen wäre, sodass über künstlichen und sublimen Deutungen der einfache Thatbestand und das Wesentliche übersehen werden musste; indess sind wir ihm wenigstens für seine antiquarischen Mittheilungen zum Danke verpflichtet. Zu seiner Zeit besass der delphische Tempel drei Ei [2], unter denen das goldne

---

[1] Von dieser Wurzel ist *Bauch*, das mit Loch leicht kombinirt werden kann.

[2] Plutarch vom Ei 3. 386 A.

von Livia der Gattin des Augustus , das eherne aber von den Athenäern geweiht sein sollte, während das älteste und hölzerne «den Weisen» zugeschrieben wurde und zwar nicht Einem derselben, sondern als ein gemeinsames Weihgeschenk aller galt. Ferner ist ersichtlich dass der Gegenstand weiter nichts als ein E d. h. der fünfte Buchstabe des Alphabets war, welcher nach der alten Schreibweise für ε η oder $\varepsilon\iota$ genommen werden durfte, und von einem der Gelehrten daselbst für das Zahlzeichen Fünf erklärt wurde. Auch wird mit Recht behauptet [1] dass dieser Buchstabe nicht zufällig vor allen übrigen ausgezeichnet worden sei, sondern dass man ihm eine besondre Kraft zugeschrieben haben müsse oder dass er als Symbol irgend eines erhabnen Gedankens diente ; weswegen man entweder die Figur oder den Laut oder endlich die Benennung jenes Buchstaben für das Wesentliche hielt [2]. Freilich hat Plutarch leider versäumt die Gestalt des Ei zu beschreiben , weswegen die Wahl zwischen dem eckigen und runden Epsilon bleibt ; und wenn wir uns für letzteres entscheiden, so giebt es wenigstens keinen hinreichenden Grund diese Vermuthung zu verwerfen. Denn dass die runde Form erst zur Zeit Alexanders d. Gr. aufgekommen sei [3], ist in dieser Ausdehnung nicht annehmlich ; ausserdem aber ist es gar nicht wahrscheinlich dass man ursprünglich jenen Buchstaben gemeint habe, da wol erst diejenigen vom delphischen Ei sprachen, welche die runde Form desselben kannten. Die älteste Erwähnung des

---

[1] Ebend. 1. 383 A. [2] Ebend. 4. 386. [3] Franz Elem. epigr. gr. 231. Euripides im Theseus beschreibt die eckige Form ; von Agathon im Telephos und von Theodektes wird das Epsilon mit einem schrägen Dreizack verglichen, wo die Gestalt zweifelhaft bleibt.

εἶ *delphicum* ist meines Wissens in der grammatischen Tragödie des Kallias kurz vor dem peloponnesischen Kriege [1], wo die Buchstaben nach der Reihe aufgezählt werden, ἔστ᾽ ἄλφα, βῆτα, γάμμα, δέλτα, θεοῦ πάρ᾽ (oder γὰρ) εἶ [2] u. s. w. es ist also sicher dass schon damals das delphische Symbol und der hellenische Buchstabe zusammengestellt wurden. Ich glaube nun dass jener türkische Halbmond ursprünglich den Orakelmund des Apollon bezeichnen sollte, dem der Deutlichkeit wegen eine Zunge beigegeben wurde [3] (wie in unsren Kalendern die Mondsichel mit einer Nase versehn wird); aber jedenfalls hat auch die eckige Form als Dreizack oder Dreifuss einzig und allein ihre Beziehung auf den Mond, und ist eine plastische Darstellung der Trias die so vielfach in den Mondkulten wiederkehrt. Damit lässt sich auch das Zeugniss ὁ τῆς σελήνης κύκλος τὸν διὰ τοῦ E ἀφίησι φθόγγον [4] vergleichen, welches auf einem Misverständnisse alter Traditionen zu beruhen scheint.

In den delphischen Legenden ist *Dionysos* vielfältig mit Apollon verflochten, und es kann kein Zweifel sein dass auch er

---

[1] Ich habe Grund zu glauben dass in den Nachrichten über die Einführung des ionischen Alphabets an den Archon von Ol. 85, 2 Eukleides oder Eukles zu denken sei, wovon ich anderswo handeln werde. Unabhängig davon ist aber die Frage über die Zeit der Tragödie des Kallias, welche *soviel wir wissen können* älter als die Medea des Euripides Ol. 87, 1 war. [2] Athen. 10. 453 C. Hermann Op. 1. 157. Weniger glücklich hat Welcker diese Verse Op. 1. 372 behandelt, wo jetzt zwar im vierten Verse ein metrischer Fehler beseitigt wird, dafür aber das Phi ausserhalb jedes grammatischen Zusammenhangs steht. [3] Sonst würde die runde Form des Sigma geeigneter gewesen sein; aber auch das griechische San erinnert an den Mondgott Saturn der Wurzel wegen, und das semitische Sin und Schin haben auch die Zunge. [4] Quintilian de mus. 3. 155 bei Lobeck Agl. 932 N.

einer der Mondgötzen war ; dass er aber in Hellas in historischer Zeit nicht gerade Orakel ertheilte hat nichts auf sich, weil
nicht alle Mondgottheiten von dieser Seite aufgefasst wurden,
aber Beachtung verdient es wenigstens dass er sowohl vormals
im delphischen Heiligthume geweissagt haben soll, als auch später noch bei den Thrakern als Prophet galt. Natürlich lag es
nah, weil der Weingenuss beredt macht, die Weissagungen des
spätern Weingotts von der bakchantischen Wuth und der Gewalt des Getränks abzuleiten : aber wenn z. B. Euripides [1] dies
geradezu ausspricht, so darf es doch nicht als masgebend gelten weil die Alten stets in ihren Kulten etwas Sublimes such-
ten und weil die Wirkungen des Rebensafts der Erfahrung nach
ganz verschiedner Art sind ; vielmehr war Dionysos schon längst
wie andre als Mondgott Prophet , bevor man diese Erscheinung
mit der Trunkenheit kombinirte. Dass er aber vorzugsweise bei
den Thrakern in diesem Geruche stand, sagt derselbe Euripides
aus [2], und deswegen heisst auch der thrakische Lykurgos $Bάx$-
$χου$ $προφήτης$ [3], welcher vom Dionysos nicht wesentlich verschieden ist, aber als er nach den Gesetzen des Pragmatismus
zu einem thrakischen Könige wurde gleichwie Pentheus sogar
als Widersacher desselben auftreten konnte [4]. Ferner hat Hero-

---

[1] Bacch. 298 auf welche Stelle auch die Schol. Eur. Hec. 1267 Bezug nehmen;
    übrigens vergl. man noch die Citate aus Plutarch bei Elmsley.   [2] Hec.
    1267.   [3] Rhes. 957.   [4] Im Grunde ist Lykurg dem Apollon ly-
    keios gleich d. h. beide waren Wolfsgötzen, weil man zwischen dem Wolfe
    und Mondlichte Beziehungen fand. Da nun Apollon als Mondgott jenen
    Beinamen hatte, so steht nichts im Wege dass auch Dionysos als solcher
    mit Lykurgos in Verbindung gebracht wurde, zumal da bei den Thrakern
    für Apollon wenige Anknüpfungspunkte waren.

dot [1] überliefert dass das Orakel des Dionysos im Gebiete der thrakischen Völkerschaft Σάτραι [2] lag und dass ein Stamm derselben die Βησσοί (welcher Name an Dionysos Bassareus und an die Bassariden erinnert) den Vorstand des Tempels hatten und die Wahrsagungen beaufsichtigten: wozu sehr wohl das Zeugniss des Philosophen Herakleitos [3] passt, dass das Heiligthum des Dionysos auf dem Gebirge Hämos lag und zugleich einen Kult des Orpheus [4] hatte. Endlich kennen ein thrakisches Orakel des Dionysos auch Pausanias [5] und Dio Cassius, welcher sowohl vom heiligen Bezirk des Dionysos redet den Crassus den Bessen nahm und den Odrysen zuertheilte [6], als 'auch einen bessischen Thraker Vologäsos erwähnt der Priester des dortigen Dionysos zur Zeit des Augustus war und mit Hülfe seiner schwärmerischen Genossen eine Zeit lang siegreich auftrat [7]: demnach ist es ganz natürlich dass eine Landsmännin des Gladiator Spartakos (der selbst einer der nomadischen Thraker war) als Prophetin und eingeweiht in die wilden Mysterien des Dionysos erscheint [8]. Dass sich nun der Kult des Mondgottes bei den schwärmerischen und

---

[1] 7, 111.　　[2] Sie erinnern an Saturnus der dem Dionysos verwandt ist. [3] Schol. Eurip. Alc. 983 Cobet, den ich nicht im Originale nachsehen kann. Macrobius Sat. 1, 18. 509 nach Aristoteles: apud Ligyreos in Thracia esse adytum Libero consecratum, ex quo redduntur oracula; sed in hoc adyto vaticinaturi plurimo mero sumto—effantur oracula. Nach Alexandros ebend. 511 ist dem Dionysos Sebadios bei den Thrakern in colle *Zilmisso* aedes dicata specie rotunda.　　[4] Auch Orpheus ist wenig von Dionysos verschieden, und er ist auch Wahrsager: vergl. z. B. Lucian de salt. 51. Phanokles bei Stobäos Flor. 64, 14. 599 f. Plutarch de flum. 3, 4 B. 6. 414 Tauchn.　　[5] Per. 9, 30, 9.　　[6] Hist. rom. 51, 25 B. 3. 64, [7] Ebend. 54, 34. 520.　　[8] Plutarch Crass 8. 547. vergl. Lobeck Agl. 289. 296.

weinliebenden Thrakern so gestaltete darf nicht auffallen, im Gegentheile würde man sich wundern müssen wenn in diesen Gegenden der Dienst des göttlichen Propheten sich in andrer Form zeigte: aber auch bei den nüchternen Hellenen lebte Dionysos als Prophet unter dem Namen Bakis (indem er nach bekannten Analogien zu einem sterblichen Wahrsager herabsank), und wem noch nicht genügte was Macrobius [1] in seiner Art ganz vortrefflich über die Identität des Dionysos und Apollon beibringt, oder wer die Worte des kundigen Plutarch [2] «dass am delphischen Heilig-«thume nicht weniger Dionysos als Apollon Antheil hat» gering schätzte, der müsste doch schon ausser vielem andren dadurch bekehrt werden, dass die Sieger an den dionysischen Festen einen Dreifuss erhielten und dass der Dreifuss (das eigentliche Symbol der Prophetie) ausser Apollon besonders mit Dionysos verschwistert ist [3].

Dass der Priamide Paris sich mit Weissagungen befasst habe ist meines Wissens nicht überliefert, aber wäre es bezeugt so könnte es nicht den geringsten Anstoss erregen, weil Paris Mondgott und namentlich bei Homer [4] dem Apollon völlig gleich ist; zudem ist sein andrer Name Alexandros und seine Schwester Alexandra oder Kasandra, die weltberühmte Seherin. Da nun nach den früheren Beweisen das Geschlecht der Gottheiten gleichgültig ist, so wird Alexandra durch ihren Bruder zur Mondgöttin,

---

[1] Sat. 1, 18. 508 ff. indess kann ich nicht das ganze lange Kapitel ausziehn, das manchen brauchbaren Wink enthält. [2] Vom Ei 9. 388. vergl. Aristoph. Nub. 603 ff. mit den Scholien. [3] Athenäos 2. 37 E f. mit Schweigh. Animadv. B. 1. 271 ff. [4] S. besonders Il. 22, 359, wo die Verbindung des Paris mit Phöbos Apollon offenbar für die Identität beider Wesen zeugt.

und dieser könnte ob seiner Schwester ein Wahrsager sein; und vielleicht hat Alexandros ὁ ψευδόμαντις bei Lucian in seinem Namen seinen Beruf zur Prophetie gefunden. Noch deutlicher ist das Beispiel eines andren Priamiden des Helenos, der zur berüchtigten Helene in ähnlichem Verhältnisse steht; denn letztere ist anerkanntermassen Mondgöttin und von σελήνη selbst wohl nur dialektisch verschieden. Macht nun aber das Geschlecht keinen Unterschied, so muss auch Helenos männliche Mondgottheit sein, und da er ein gepriesner Wahrsager ist, so haben wir an ihm einen neuen Fall für die Behauptung dass die Propheten Mondgötter sind, und zwar ist dieses Beispiel um so überzeugender, weil der Name des Helenos schon an und für sich den Mond bezeichnet, so wie auch Seilenos von Helenos nur dialektisch verschieden sein dürfte. Denn da es keinem Zweifel unterworfen ist dass auch Seilenos anfänglich Mondgötze war, wenn man seine Verbindung und augenfällige Identität mit Dionysos erwägt, so wird es auch nur wenig Ueberwindung kosten im Namen selbst eine andre Form für σελήνη zu erblicken, und denkt man an die Seilenosmasken von denen Platon [1] eine so überraschende und herliche Anwendung macht, so wird man nicht länger bezweifeln können dass jener Eselsreiter den Mondgott repräsentire: denn nach den unten zusammengestellten Beispielen steckt das eigentliche Bild in einem Gehäuse gleichwie Zeus in einer Eiche wohnt, weil man die beiden Hälften des gespaltenen Mondes figürlich darzustellen bemüht war. Dass aber der Mondgott Seilenos auch Prophet war, darf als ausgemacht gelten: denn dies

---

[1] Conv. 215 AB. 221 DE.

beweist seine Brüderschaft mit dem Esel, ja er ist mit dem Lang-
ohr so verwachsen, dass er wie Midas selbst für einen Esel
(welches Wort mit Aete Attila Etzel zusammenhangt) genommen
werden darf. Wenn nämlich Midas Eselsohren hat, so bedeutet
das weiter nichts als dass Midas ein Esel ist, und dieser Midas
hält sich in einem Rosengarten auf d. h. er ist der Mondesel
unter den Gestirnen: denn er ist theils als Sohn des Gordias
(den wir als Mondgott erkannt haben) Mondgötze, theils kann sich
die Fabel dass er alles in Gold verwandelte nur auf den zunehmenden Mond und die ihn umgebenden Gestirne beziehen: von
Midas ist aber Seilenos nicht wesentlich verschieden, denn er
weilt bei ihm in der Gefangenschaft (d. h. er ist Midas selbst)
und hier offenbart er sich als Prophet [1].

Von den Seherinnen ist es beinahe unnöthig zu sprechen,
weil man wie gesagt nach einer wunderlichen Grille nur die weiblichen Gottheiten ohne Bedenken im Monde untergebracht hat,
ohne daran Anstoss zu nehmen dass alle jene Heroinen während
der ganzen Nacht männlicher Gesellschaft entbehren mussten, was
ihnen sicherlich wenig behagen mochte. Nichtsdestoweniger ist
es vorgekommen dass man die enge Verknüpfung des Mondes mit

---

[1] Seilenos ist Prophet bei Virgil Ecl. 6 (wie Phöbos nach Vs. 82), und besonders in jener Sage welche ihn von Midas gefesselt werden lässt. Letztere
war schon dem Herodot bekannt, aber besonders ist sie von Theopomp
Philipp. 8 Fr. 76. 289 f. Did. d. h. in eo libro qui Thaumasia appella-
tur, Serv. zu Virg. Ecl. 6, 13 und 26. Fragm. hist. graec. S. LXX Did.
ausgeschmückt worden, und auch Aristoteles im Eudemos bei Plutarch cons.
ad Apoll. 27. 115 hat nicht versäumt sie auszubeuten. vergl. die Ausl. zu
Aelian V. hist. 3, 18. Krüger zu Dionys. Ep. ad Pomp. 6, 11. 57. Bähr
zu Herod. 8, 138, 5. 193 f.

der Prophetie auch da verkannt hat, wie z. B. Böttiger [1] es als einen grossen Fehler rügt dass bei Euripides (und Neophron) Medeia wahrsagt: aber warum hatte er Pindars [2] vergessen, welcher ehrwürdige Dichter bekanntlich jene Kolcherin in derselben Eigenschaft auftreten lässt? Auch Phöbe hatte den Vorstand des pythischen Orakels früher als Apollon nach Aeschylos [3], um von der schon berücksichtigten Kasandra zu schweigen und von Eido oder Eidothea [4] der Tochter des Proteus, welche an die römischen *idus* und an die εἴδη Platons erinnert und gewiss ebenfalls Mondgöttin ist: wenigstens ist ihr Name bei Euripides [5] Theonoe von Platon [6] mit der Mondgöttin Athena identifizirt, welche man ὡς τὰ θεῖα νοούσης αὐτῆς διαφερόντως τῶν ἄλλων Θεονόην nannte. Doch um dies und andres zu übergehn, so darf bei den meisten Lesern vorausgesetzt werden dass auch die lydische Omphale Mondgöttin war; demnach wird auch in Folge unsrer Erörterungen über das Geschlecht der Gottheiten der delphische Omphalos in den Mond gebracht werden können. Zwar fällt mir kein Heros Omphalos ein, indess haben wir gesehn dass auch unbelebte Gegenstände für die Deutung der Fabeln ohne Gefahr gebraucht werden dürfen, und sonach ist es für unsre Annahme von entschiedner Bedeutung dass Pytho der Sitz des apollonischen Orakels als ὀμφαλὸς γῆς betrachtet wurde, nach der bekannten Sage [7] dass zwei Adler oder Schwäne

[1] Prolus. de Medea bei Matthiä zu Eurip. trag. B. 6. 428. Veneficam Medeam norunt ii quoque qui nondum aere lavantur, sed quis unquam fando accepit vaticinatam esse Medeam et fatidicam mulierem futura praedixisse? [2] Pyth. 4. [3] Eum. 7. [4] Ueber das Verhältniss beider Formen s. Lobeck Technolog. 317. [5] Helene. [6] Kratyl. 407 B. [7] Z B.

von den Enden der Erde ausgeflogen und zu Pytho beim sogenannten Omphalos als dem Mittelpunkte der Erde zusammengesto-
ssen seien. Dieser Omphalos im Tempel des Letoiden galt als
Grabmal des Dionysos ¹, und man sieht sehr wohl ein dass der
gespaltne Mond als Sarg mit Dionysos angesehen werden konnte,
sogut wie Zeus in der Eiche oder wie wieder Dionysos selbst
in der Hüfte seines Vaters haust: aber wenn auch in jener Fabel die Erde für eine Fläche genommen wurde (die allerdings
einen Mittelpunkt haben konnte wenn sie nicht gar zu unregel-
mässig war), so möchte es doch nicht leicht zu erklären sein,
wie *Naturmenschen* darauf kamen irgend einen Ort des ihnen
bekannten Landes vorzugsweise für den Mittelpunkt der Erde zu
halten; und selbst wenn man ein so merkwürdiges Gelüst voraussetzt, so hätte man doch gewiss in Hellas einen geeigneto-
ren Platz finden können als gerade Pytho, das in keiner Rücksicht bei buchstäblicher Auffassung genügte. Da aber dergleichen
Sagen immer einen Sinn haben, so wird das Original des in
Pytho lokalisirten Omphalos wol anderswo zu suchen sein; und
wenn Omphale unbestritten der Mond ist, so muss auch der delphische Omphalos eine endliche Verkörperung jenes Himmelsnabels
sein, als welcher der Mond sehr wohl gelten konnte. Denn dass
der Omphalos die Mitte der Erde sei, scheint erst eine spätere
Zuthat zu sein, als man mit dem Namen die Wahrnehmung kombinirte, dass der Nabel am menschlichen Körper die mittelste
Stelle einnehme ². Da nun aber gerade der Omphalos Sitz der

---

bei Plutarch def. orac. 1. 409 f. Sch. Pind. Pyth. 4, 6. 343. Scaliger zu
Varro s. 177 Bip.
¹ Tatian c. Gr. s. 251 bei Lobeck Agl. 575.   ² Das erläutert Vitruvius

Wahrsagung war, wie Euripides [1] ausdrücklich $\gamma \tilde{\eta} \varsigma \; \vartheta \varepsilon \acute{o} \pi \iota \varrho \delta^{\prime} \acute{o} \nu$ $\acute{o} \mu \varphi \alpha \lambda \acute{o} \nu$ erwähnt und wie das Wort $\acute{o} \mu \varphi \acute{\eta}$ andeutet, so haben wir hier so recht eigentlich eine Verknüpfung des Monds und der Prophetie; und es wird sich später zeigen dass auch der Name $\varDelta \varepsilon \lambda \varphi o \acute{\iota}$ vermöge der Delphine (was die einzig wahre Ableitung ist) nach dem Monde gehöre. Jedenfalls aber verdient erwähnt zu werden, dass auch beim Orakel des Zeus Ammon ein Nabel das Bild des Götzen war [2].

Diese Beispiele mögen vor der Hand genügen, da es nicht in unserem Plane liegt ein vollständiges Register aller Propheten zu liefern, deren einige zu unbekannt sind um sie zu deuten, andre aber nach den gebotenen Fällen leicht erkannt werden können. Allerdings würde auch von der orakelgebenden Bildsäule des Memnon gesprochen sein, wenn ich nicht kürzlich in einem besondren Aufsatze über dieselbe den Memnon als Mondgötzen erklärt hätte; und es verdient auch angeführt zu werden dass der redende Stein Ophites bei Orpheus [3] innerhalb des Zeitraums von 21 Tagen gezeitigt wurde, was offenbar auf die

---

de arch. 3, 1, 3. 162 Schn. Vergeblich sträubt sich Varro de l. lat. 6. 84 Bip. mit den Ausl. 175 dagegen. vergl. Lobeck Agl. 925 f. 1002 ff.

[1] Med. 668. [2] Curt. Hist. 4, 31, 23. id quod pro deo colitur non eandem effigiem habet, quam vulgo diis artifices accommodaverunt: *umbilico* maxime similis est habitus, smaragdo et gemmis coagmentatus, wo Mützell 272 die Aphrodite zu Paphos bei Tacitus Hist. 2, 3 vergleicht, simulacrum deae non effigie humana, *continuus orbis* latiore initio tenuem in ambitum metae modo exurgens (s. oben S. 76 = 166): jedenfalls lag es näher den delphischen Omphalos anzuführen, zumal da Curtius fortfährt, hunc cum *responsum* petitur navigio aurato (einem Abbilde des Mondschiffs) gestant sacerdotes. [3] De lapid. 11; 22.

21 vom Monde erleuchteten Nächte Bezug hat. Denn auch der in-
dische Wischnu hat 21 Verwandlungen durchgemacht, von denen 9 die wichtigsten sind, und Schiwas Gattin Kali stirbt 21
Mal, sowie man auch an 21 Welten glaubte: wenn aber nicht
schon die Figur des Fisches der Schildkröte des Ebers an den
Mond erinnerte, so würden die Verwandlungen selbst den Wischnu zum Mondgotte machen, weil die Sonne immer eine und
dieselbe bleibt, während die Vielseitigkeit des Mondes jene indi-
sche Verwandlungsphantasie sehr begünstigte und beinahe hervorbringen musste. Ferner haben wir oben [1] gesehen dass der
Monddienst der asiatischen Barbaren grösstentheils mit Prophetie verbunden war; und nur die wahrsagenden Meergötter [2] wie
Nereus Glaukos von Anthedon Proteus Triton u. s. w. könnten
Anstoss erregen, da es bis jetzt noch niemandem eingefallen ist,
auch die Beherscher der Gewässer für Mondgottheiten auszugeben. Indess werden wir bald Gelegenheit finden auch Poseidon
und seine ganze Sippschaft im Monde unterzubringen, und es
darf zum Voraus das Resultat erwähnt werden, dass alle diese
Wassergeister sogut wie die spätre Erdmutter Demeter ursprünglich in den Mond gehörten und erst verhältnissmässig spät vom
Himmel heruntergestiegen sind. Auch ist es unverfänglich dass
z. B. Kronos (der ein unverkennbarer Mondgötze ist) nach Plutarch [3] prophetische Gaben besitzt, ὅσα γὰρ ὁ Ζεὺς προδια-
νοεῖται, ταῦτ᾽ ὀνειροπολεῖν τὸν Κρόνον. Kronos zeugt

---

[1] S. 77 (167) ff.   [2] Pflugk zu Eurip. Hel. 15.   [3] De fac. lun. 26.
942 A. vergl. 50 zu Anf. 944 D. Auct. de or. gent. rom. 4, 4. 31 post
Picum in Italia regnavit Faunus, quem a fando dictum volunt, quod is so-
let futura praecinere versibus quos saturnios dicimus: quod genus metri in

als Hengst den Propheten Cheiron (den wir bald als Mondgott sehen werden), und wird selbst als Moloch mit Menschenfleisch gefüttert wie die Pferde des Diomedes; demnach kann auch Xanthos das göttliche Pferd des Achilleus weissagen [1]. Endlich müsste hier von der wahrsagenden Argo gesprochen werden, wenn es nicht eine bessere Stelle gäbe; und die Schlangenprophetie wie sie z. B. aus Lucian hinlänglich bekannt ist, beruht auf der Schlangenform der Mondsichel, weswegen der Orakelgott Python recht leicht als Schlange gefasst werden konnte; und überhaupt steht ja die Mondgöttin (namentlich als Hekate) allem Zauber vor.

---

9. Triton und die Dreiheit.

— Qui sese affines esse ad causandum volunt,
De virtute his ego cernendi do potestatem, omnibus.
Pacuvius.

Je weniger ich die meisten Deutungen Böttigers theilen mag, um so erfreulicher ist es für mich seine Behauptung [2] mutatis mutandis annehmen zu können, dass Ares nur ein in Menschenge-

---

vaticinatione *Saturniae* primum proditum est. Wäre Saturn nicht Prophet gewesen, so wäre schwerlich der Vers *saturnius* genannt worden, dessen sich auch nach Ennius die Wahrsager und Faunen bedienten.

[1] Homer Il. 19, 404 ff. vergl. Phot. cod. 190. 150, 7 Bekk.   [2] Amalth, 2. 502. Das Mangelhafte seines Systems ist, dass er nicht zu zeigen vermag, wie jene Gegenstände (die doch nicht an und für sich gar zu ehrwürdig aussahen) vergöttert wurden; dies ersetzt meine Theorie, weil der mächtige Mondgott selbst in diesen Formen erscheint.

stalt erscheinender *Zusatz* zu dem weit früher verehrten und
göttlich gehaltenen Speere, Hermes der dem Friedensstabe zu-
gesellte Herold, Asklepios nur die Priesterfigur zum Schlangen-
stabe, endlich Poseidon eine nachherige Zugabe zu dem ehemals
allein vergötterten Dreizacke gewesen sei; ja ich trage kein Bedenken zu versichern, auch zum Dreifusse oder Bogen sei Apollon verhältnissmässig erst spät hinzugekommen, und überhaupt
bin ich der Meinung *dass alle. Attribute der Götter älter als die
beigegebnen Personen und ursprünglich das Einzige gewesen sind.*
Der ihnen inwohnende Schönheitssinn vermochte die Hellenen
ihren Göttern die möglichst vollkommenste Gestalt zu geben, und
auf diesem Wege mussten die ursprünglichen Thiere und sonstigen Figuren zu Attributen herabsinken oder mit der Zeit auch
ganz verschwinden, wenn sie sich nicht noch stellenweise im
Kultus erhielten. Nach diesem Geständnisse wird Lucians [1] Zeugniss im gehörigen Lichte erscheinen, dass die Skythen dem Sä-
bel ($\overset{\backprime}{\alpha}\varkappa\iota\nu\overset{\prime}{\alpha}\varkappa\eta\varsigma$) und die Thraker dem Zamolxis opferten, die
Phryger aber der Mene, die Aethioper der Hemera, die Kyllenier
dem Phales, die Assyrier der Taube ($\pi\varepsilon\varrho\iota\overset{\circ}{\delta}\tau\varepsilon\varrho\overset{\prime}{\alpha}$), dem Feuer die
Perser und *alle* Aegyptier dem Wasser, bei welchen letzteren in-
dess noch besondre Gottheiten waren, wie der Stier bei den Mem-
phiten, bei den Pelusioten die Zwiebel ($\varkappa\varrho\overset{\prime}{o}\mu\nu o\nu$), bei andren
der Ibis oder der Krokodil oder ein Kater ($\alpha\overset{\backprime}{\iota}\lambda o\nu\varrho o\varsigma$) oder der
Affe; endlich in den verschiednen Gauen auderswo die rechte
Schulter und jenseits des Flusses die linke, wieder bei andren
die Hälfte ($\overset{\prime}{\eta}\mu\iota\tau o\mu o\nu$) eines Kopfs, oder ein irdner Krug (πo-

---

[1] Jup. trag. 42. B. 6. 295 mit den Ausl. 604 f.

τήριον) oder eine Schüssel (*τρύβλιον*). So roh sind die Vorstellungen von der Gottheit anfangs überall gewesen [1], bis übelangewandter Scharfsinn eines höheren Bildungsgrades auch so ekelhaften Gegenständen eine tiefere Bedeutung zu entlocken wusste, etwa wie jener Skythe nach demselben Lucian [2] bei dem Luftzuge und beim Säbel schwört, mit der weithergeholten Erklärung *τὸν μὲν Ἄνεμον ζωῆς αἴτιον ὄντα, τὸν Ἀκινάκην δὲ ὅτι ἀποθνήσκειν ποιεῖ.* Dergleichen Rettungsversuche eines abgelebten Glaubens dürfen nach meinem Dafürhalten unberücksichtigt bleiben, und ich will lieber die corpora delicti selbst betrachten als was man auf einem viel späteren Standpunkte sich allenfalls auch noch nebenbei denken konnte. Dass Ares bei den Skythen als Säbel verehrt wurde ist schon aus Herodot [3] bekannt, wie auch das Schwert der Iphigeneia in beiden Komana gezeigt wurde [4]; von der Lanze aber weiss auch Iustin [5] dass sie ehemals die Stelle der unsterblichen Götter eingenommen habe, und sicherlich ist auch der Schwur bei Homer [6] *ναὶ μὰ*

---

[1] Man vergl. z. B. noch Arnobius adv. nat. 6, 11. Ridetis temporibus priscis Persas fluvios coluisse, memoralia ut indicant scripta, informem Arabas lapidem, acinacem Scythiae nationes, ramum pro Cinxia Thespios, lignum Icarios pro Diana indolatum, Pessinuntios silicem pro Deum matre, pro Marte Romanos hastam Varronis ut indicant Musae, atque ut Aethlius memorat ante usum disciplinamque fictorum pluteum Samios pro Iunone. Ebenso hat Clemens Cohort. 4. 40 Pott. fast dieselben Beispiele, wo die Ausl. nachzusehen sind, und Maximus tyr. Diss. 8, 8.   [2] Tox. 28 B. 6. 107, mit den Noten 490.   [3] 4, 62, 4 mit Bähr 405 f.   [4] Dio Cass. 35, 11 B. 1. 196.   [5] Hist. 43, 3 ab origine rerum pro diis immortalibus veteres hastas coluere, ob cuius religionis memoriam adhuc deorum simulacris hastae adduntur.   [6] Il. 1, 204 mit ähnlichen Beispielen bei Freytag

τόδε σκῆπτρον auf uralte Kulte gegründet. Demnach ist es durchaus keine gesslersche Tyrannei, welcher die steifen Nacken der Schweizer vor dem leeren Hute beugen wollte, wenn der Lapithe Käneus seinen Lanzenschaft mitten auf dem Markte aufgepflanzt und für ihn göttliche Verehrung in Anspruch genommen haben soll; und ich kann nicht begreifen wie Müller [1] schreiben mochte: «in tollem Uebermuthe (wird gesagt) opferte Käneus keinen andren Göttern als seinem Lanzenschafte, und befahl ihn öffentlich als Gott zu ehren», indem dies ein Beispiel der heldenkräftigen Vorzeit Thessaliens sein soll: vielmehr wie man das göttliche Zepter Agamemnons d. h. den Agamemnon selbst als Lanze zu Chäroneia verehrte [2], so ist die Lanze des Käneus nur Käneus selbst [3], und es ist lächerlich wie schon Alte [4] bei ethischer Auffassung den Tod des Käneus als Strafe für diese unverzeihliche Gottlosigkeit genommen haben! musste doch der Untergang des Unverletzlichen in einem moralisirenden Zeitalter als Folge des in einer andren Sage überlieferten sogenannten Hochmuths erscheinen! Auch die erblichen Maale [5] z. B. der Pelopiden oder Sparten sind aus demselben Gesichtspunkte zu betrachten und bei weitem bedeutsamer als man bisher eingeräumt hat. Gleichwie in der Sage von Abaris [6] der Pfeil (des Apollon) die Hauptsache sein möchte, zu welchem jener soge-

---

103. Mit Recht hat Eustath. 1. 92, 12 und 10. 809, 15 auch an Eurip. Phön. 1677 erinnert.

[1] Orch. 196.   [2] Pausan. 9, 40, 11.   [3] Ich erinnre mich gelesen zu haben dass Kain im Semitischen der Spiess heisse.   [4] Schol. Il. 1, 264. Schol. Apoll. 1, 57. Eust. zur Il. 1. 101, 14.   [5] Dissen zu Pindar Ol. 1 S. 15.   [6] Lykurgos geg. Menesächmos mit Lobeck Agl. 314 N.

nannte Gaukler nur Zugabe ist; ebenso muss ich auch Nachrichten wie von der *ἰησόνιος αἰχμή* bei den Bebrykern [1], oder von Dionysos kadmeios [2] (der ein mit Erz überzognes Stück Holz war, das beim Feuertode der Semele vom Himmel gefallen war) und die Glosse des Hesychios [3] *Κάδμος· δόρυ λόφος ἀσπίς, Κρῆτες* für Ueberbleibsel uralter Vorstellungen halten. Demnach sehe ich nicht den geringsten Grund ein altes Zeugniss [4] zu verdächtigen, in welchem der Vater des Ion oder Ianus (denn beide sind gleich) d. h. der Apollon-Xuthos geradezu Xipheus heisst; vielmehr muss der Chrysaoros verglichen werden, weil Apollon in einem der Bilder vorzugsweise als Säbel gefasst worden ist, sowie auch *quiris* als hasta und die sabinische Stadt Cures und was damit zusammenhangt [5] auf einen alten Lanzenkult deutet.

Was Herodot [6] vom ithyphallischen Hermes berichtet ist ein hinreichendes Zeugniss dass derselbe, wie sein Doppelgänger Kadmos, auch bloss als hasta genommen wurde, und ich halte den Hermesstab für eine Vereinigung verschiedner Phantasien über dieses Wesen. Wie schon bemerkt wurde gebe ich gern zu dass die menschliche Figur eine späte Zugabe zum Heroldsstabe war, ohne indess mit dem gelehrten Böttiger [7] in letzterem nur einen künstlich geschlungenen Knoten, ehe man Schlösser hatte Kisten und Säcke zu verwahren, ähnlich den kaufmännischen Sig-

---

[1] Ptolemäos Heph. bei Photios cod. 190 150, 22. indess ist die Lesart von Müller Orch. 267. 2 beanstandet.　　[2] Pausan. 9, 12, 4.　　[3] S. 479. Müller Orch. 217 N. vergl. Konon Narr. 37 bei Phot. Cod. 186. 137 f.　　[4] Auct. de orig. gent. rom. 2, 1. 15 Schröt.　　[5] Ebend. 23, 10 mit Schröter 189 und oben S. 134 (224). Auch Mer-curius dürfte vielleicht hierher gehören.　　[6] 2, 51 mit Bähr 604 ff.　　[7] Amalth. 1. 104 ff.

naturen der Neuzeit, erblicken zu können. Denn wenn auch Geiz-
hälsen das älteste Nestelknüpfen zur Aufbewahrung und Scho-
nung ihrer Truhen und ledernen Säcke und Schläuche als eine
göttliche Erfindung gegen lange Finger erscheinen mochte, so wäre
doch dies Attribut für den Schutzherrn der Diebe sehr unbequem
gewesen, welchen gerade jener himmlische Knoten ihre Gaunerei
verleiden musste. Wenigstens würde die Vergötterung einer solchen Schlinge nur bei den wenigen Besitzenden Anklang gefunden haben, und überhaupt ist das nicht die Art wie Götter entstanden, sondern der Gott war schon da bevor er in eine bestimmte Form gebracht wurde, so äusserlich diese auch sein
mochte. Vielleicht führen folgende Zusammenstellungen zu einem
Resultate. Es ist leicht glaublich dass die Schlangenstäbe des
Hermes und Asklepios ihren Ursprung ähnlichen Vorstellungen
verdanken [1] ; nun bezeugt aber Philon von Byblos [2] dass der phönikische Sydyk sieben Söhne die Kabeiren und ihren *achten* Bruder Asklepios gezeugt habe, und es dürfte mehr als Zufall sein
dass auch unser Zahlzeichen Acht zwei sich kreuzenden Schlangen gleicht [3]. Zu dieser Deutung aber berechtigt eine ganz unzweideutige Stelle, die ebenfalls auf phönikische Kulte sich gründet : Damaskios [4] hat überliefert dass der Asklepios zu Berytos
nicht der hellenische oder ägyptische sondern ein eingeborner
Phönike sei ; Sadykos [4] habe sieben Söhne gehabt, die man durch

---

[1] Beide fallen im ägyptischen Chemmis zusammen: Creuzer Symb. 4. 60.
[2] Bei Eusebios Praep. evang. 1. 25 Rob. Steph.   [3] Vergl. oben 107
(197) N. Wegen des Folgenden bemerke ich dass auch wir *achten Ach-
tung* gebrauchen, um einen gewissen Grad von Verehrung auszudrücken.
[4] Vit. Isidori bei Photios Cod. 242. 352, 11.   [4] Sadykos oder Sydyk

Dioskuren und Kabeïren wiedergebe, und zu diesen sei ein *achter*
gekommen, der als Asklepios gelte; in diesen habe sich Astro-
noe eine phönikische Gottheit, die Mutter der Götter, wegen seiner Schönheit verliebt, er aber habe sich um ihren Nachstel-
lungen zu entgehen eigenhändig entmannt; darauf habe sie in
ihrer Betrübniss den Leichnam mit ihrer Glut wieder erwärmt und
den Jüngling zum Gott gemacht, den die Phöniker *Esmunos* wegen der Lebenswärme nennten, andre aber übersetzten *Ἔσμου-
νος* den *achten* weil er der achte Sohn des Sadykos war [1]. Auch
russ. ist восемь acht und осьмой der achte, und wegen dieser
unleugbaren Wurzelverwandtschaft zweifle ich nicht dass dieser
Gott zur Acht in demselben Verhältnisse stehe wie Kronos und
Apollon zur Sieben. Wenn aber Esmunos der phönikische Asklepios ist und auch an Hermes grenzt, so haben wir zur Erklärung des Schlangenstabs beider das Zahlzeichen Acht, wobei
in Betracht des Hermes nur noch der Stab fehlt; und ich habe
immer geglaubt dass jene Brezel den Vollmond (nach seinem äus-
seren Umrisse) mit den beiden aufgesetzten Mondsicheln versinn-
lichen soll, womit ein andres Symbol des Mondgotts der Phal-
los verbunden sei. Jedenfalls ist an den indischen Ochsenkopf [2] zu
denken der ein männliches Glied im Maule hat : denn der Kopf
und die Hörner gleichen den gekreuzten Schlangen, und letzteres
ist der Stab des Hermes, an dem sich auch die Fittige finden,

---

erinnert wieder an die mit *septem* verwandten Wörter, namentlich an Saturn.

[1] Vergl. Lobeck Agl. 1277. Creuzer Symb. 2. 454 N. 558 f.   [2] In dem
brahmanischen Religionssysteme des Missionär Paulinus a Bartholemaeo:
die Abbildung findet sich bei Nork pop. Myth. Tafel 1. 5.

welche im indischen Bilde als Ohren erscheinen. Das ist aber gewiss eine passende Verkörperung des Mondgotts, die später zum Attribute geworden ist, ja sie ist nur ein schmächtigeres Abbild der Hermensäule selbst; und auch das Zeichen für den Planeten Merkur ☿ ist völlig gleich, wenn nur der Querstrich die Fittige darstellt [1].

Nach diesen Erörterungen werden auch die Göttinnen denen Dichter eine goldne Spindel zuertheilen, also die χρυσηλάκατοι, namentlich Artemis [2] Leto [3] Amphitrite [4] Melia [5] Helene [6] Athena [7] die Nereiden [8], ursprünglich nichts weiter als eine Spindel gewesen sein, weil die goldne Mondsichel auch diese Form annimt. Aber nicht bloss zu Attributen sanken die veralteten Götter herab, sondern sie traten bei der Sagenverwirrung auch in verwandtschaftliches Verhältniss zu ähnlichen Gottheiten. Denn um Ein Beispiel anzuführen, so heisst Phästos ein Sohn des Rhopalos eines Sohns des Herakles [9]; da aber der Rüpel Herakles, οὐκ Μελίτης μαστιγίας [10], ursprünglich selbst nichts weiter als τὸ ῥόπαλον war, so wurde nach der Zugabe der Person die Keule als Attribut oder als Nachkomme des Halbgotts betrachtet, und wenn nach Pausanias [11] Herakles seine Keule

[1] Bei Pindar Ol. 9, 35 ist Hades mit dem *caduceus* als Psychopompos bewaffnet; um so weniger darf es Anstoss erregen dass die Attribute des Hermes und Asklepios vermengt sind. [2] Böckh Expl. pind. 164. Unger Parad. theb. 252 f. [3] Pindar Nem. 6, 57 und bei schol. Rhesi 882. [4] Pindar Ol. 6, 104. [5] Pind. Hymn. 1 S. 369 bei Dion Chr. Or. 33, 4. B. 2. 3 R. u. a. [6] Vergl. Hom. Od. 4, 122. 131. [7] Pausanias 7, 5, 9, wo allerdings nicht gesagt ist dass die Spindel vergoldet war. [8] Pind. Nem. 5, 36. [9] Stephanos v. Byz. unter Phästos. Eust. Il. 2, 648. 513, 16. [10] Arist. Ran. 501 mit Fritzsche 214 ff. [11] Per. 2, 31, 10.

an eine Bildsäule des Hermes lehnt oder wenn anderswo [1] Hermes und Herakles einen gemeinsamen Altar haben, so bedeutet
das doch wol sonst nichts als dass Herakles die Keule selbst ist.
Demnach werden wir auch den Dreizack und den Dreifuss, wie
gesagt, als ursprüngliche Bilder des Poseidon und Apollon ansehn
dürfen, und Böttiger hätte gewiss auch letzteren als ein noth-
wendiges Instrument der *Kochkunst* in den Olymp erhoben, wäre
ihm schon das Thaumatoscopion symbolicum von Goropius Be-
canus bekannt gewesen. Wenn er [2] indess den Dreizack für die
dreizackige Harpune erklärt, mit der die Phöniker (!) den Fang
des Thunfisches (!) bewerkstelligten (der ebenso einträglich wie
die Heringsfischerei der nördlichen Gewässer gewesen sei !), und
der Meinung ist, dass jene Harpune wegen dieser Vorzüge gött-
licher Verehrung gewürdigt wurde, so können wir eine solche
Verirrung nur belächeln. «Es ist gerade dieser Umstand» sagt
er [3], «welcher auf die eines solchen Anblicks ungewohnten halb-
«wilden Küstenbewohner Griechenlands (!), die mit ihren Net-
«zen Angelstangen und andren ärmlichen Vorrichtungen mit den
«grössten Fischen nie fertig werden konnten, den lebhaftesten
«Eindruck machen und diese Dreizackschwinger ihnen als höher
«stehende Wesen erscheinen lassen musste»! Nichtsdestoweniger

[1] Eb. 8, 52, 5. [2] In der gelehrten Abhandlung vom Dreizack, Amalth. 1.
502 ff. [3] Ebend. 508. Nach demselben 510 f. war der Thunfischfang die
Herschaft des Meeres und der dazu nöthige Dreizack das Abzeichen der See-
herschaft, und letzteren pflanzten die Phöniker bei Besitzergreifung der
Küsten auf wie die Christen das Kreuz (oder neuere Seefahrer ihre Flagge),
Es ist jammerschade dass wir nicht hören dass auch die Wilden der Neuzeit z. B. das Schiessgewehr oder eine Brandweinflasche, die sie durch die
überlegnen Europäer kennen lernten, vergötterten.

erkennen auch wir im Dreizacke und Dreifusse die älteste Gestalt des Poseidon und Apollon, haben aber einen weit triftigeren
und völlig gültigen Grund für die Heiligung dieser sonst gering-
fügigen Gegenstände in der *trinitas lunaris*; denn setzen wir einen Mondkult voraus, so war der wegen seiner drei Hauptphasen dreigestaltige Mondkönig (wie z. B. als Kerberos oder Hekate) gewaltig und mächtig genug, um den Symbolen dieser heidnischen Dreieinigkeit Anerkennung und die innigste Verehrung
zu verschaffen; dass aber diese Symbole roh und dem niedrigen
Bildungsgrade einer einfältigen Vorwelt angemessen waren, kann
meiner Deutung keinen Eintrag thun, sondern dient ihr im Gegentheile zur Bestätigung, weil alle spätren Kulte in jenem Zeitalter wurzeln. Es sind also jene Symbole einer veralteten Drei-
faltigkeit später als man den Göttern der Vorzeit menschliche
Bildung gab, wie in so vielen Fällen, zu Attributen geworden,
und nur verschiedne Auffassungen jener Trimurti sind Dreifuss
und Dreizack. Fasste man aber den Mondgötzen als *Propheten*,
so war es ganz natürlich dass man der Trias eine solche Anwendung gab, wie sie im Kulte des pythischen Apollon erhielt,
und es ist nicht eben schwer in allen Theilen des antiken Tri-
pus Beziehungen auf den Mond zu erkennen, worüber ich nach
Müllers [1] Vorgange in einer besondren Abhandlung mich auszu-
lassen gedenke; und wiederum dass der Dreizack τριόδους [2]

---

[1] In Böttigers Amalth. 1. 119 ff. 3. 21 ff.   [2] Als Zahn erscheint die
Mondsichel in der Sage von den Gräen, und in den Eberfabeln verschied-
ner Völker, z. B. in der Geschichte des Adonis. Freilich gleichen blos zwei
Phasen einem Zahne, die dritte einem Kopfe; aber ebenso hat Kerberos

dem Beherscher der *Fluten* beigegeben wurde, kann um sowe-
niger befremden als die Urmenschen den nächtlichen Himmel
(wie in den Sagen von dem Kataklysmos) als eine ungeheure
Ueberschwemmung anzusehn gewohnt waren, und die Mondsichel selbst als ein Schiff betrachteten das in diesem Ozean steuer-
te: da sich also der dreifaltige Mondgott *selbst* in diesem phantastischen Meere befand, so finde ich es ganz in der Ordnung
dass mit seiner Verpflanzung nach dem Salzwasser dem Poseidon auch ein dreifaltiges Attribut die τρίαινα oder der τριά-
κων [1] mitgegeben wurde. Auch wird im Folgenden noch manches zur Bestätigung dienen, dass Poseidon Mondgötze war und
dass alle poseidonischen Sagen nur aus dem Monde abgeleitet
werden können, sowie in Bezug auf den Dreifuss Homers [2] bekannte Stelle zeigen kann, dass derselbe als belebtes Wesen gleich
einem Gotte gedacht wurde. Dort stattet Thetis dem Hephästos
einen Besuch ab,

> Aber sie fand ihn schwitzend, am Blasbalg emsig sich drehend,
> Weil Dreifüsse er machte, im Ganzen zwanzig, um ringsum
> Drauf an den Wänden zu stehen des prächtiggegründeten Saales.
> Unter die Bäuche auch setzte bei jedem er güldene Rollen,
> Dass sie vonselberbewegt ihm gingen zur Götterversammlung
> Oder auch wieder nach Haus sich begäben, als Wunder zu schauen.

Diese belebten Dreifüsse aber, welche an den beräderten Spinn-
korb der Helene [3] oder an die unsterblichen goldnen und silbernen

drei *Köpfe*, weil man für den dreifachen Gott dasselbe Symbol beibe-
hielt.

[1] Aristoteles beim Schol. Rhesi 501, zu dessen Verdächtigung ich keinen
Grund sehe. Vielleicht ist auch das Zahlwort der Mondgott, der aus drei
Dekaden oder dreissig Tagen besteht. Ueber das Nomen propr. Triakon s.
Lobeck Pathol. 316. 521.   [2] Il. 18, 372 ff.   [3] Hom. Od. 4, 131.

Hunde, die Wächter am Pallaste des Alkinoos [1] erinnern, sind offenbar der Mond, weil sie im Sternenpallaste des Hephästos stehn, mit diesem einundzwanzig ausmachen und in die Götterversammlung gehen, als welche der nächtliche Himmel wegen des Sternenheers galt.

Wenn von der hohen Bedeutung der Dreizahl die Rede ist, so dürfen vor allen die Drachen und Troia nicht vergessen werden, welche nach meiner Meinung nur verschiedenartige Verkörperungen der heiligen Trias sind, und schon durch ihre Stammverwandtschaft zu einer solchen Annahme zu berechtigen scheinen. Wer den Drachen der hellenischen Mythologie einige Aufmerksamkeit schenkt, muss bald wahrnehmen dass die Sagen über sie sich auf den Mond beziehen, und nur die scheinbare Kleinheit und Geringfügigkeit desselben, wenn er von Naturmenschen mit blossem Auge betrachtet wurde, könnte einigen Anstoss erregen, weil die Uebertreibungen der Dichter die fabelhaften Schlangen und Drachen als ungeschlachte und riesige Ungeheuer schildern. Aber bedenkt man dass z. B. aus einem Zahne ein furchtbarer Eber oder wegen eines Horns ein ganzer Stier geworden ist, so kann es nicht länger auffallen dass die kleine Mondschlange, theils vermöge der Dreizahl die Gelegenheit gab ein Scheusal aus verschiednen Körpern zusammenzusetzen, theils mit Hülfe der lunarischen Perioden, also vor allen der Wochen und Monate, einen so ungeheuren Umfang gewonnen hat. Doch darüber mag einandermal beim kolchischen Drachen ausführlich gehandelt werden; ebenso kann ich auch über Troia hier nur

---

[1] Ebend. 7, 91.

ein paar Andeutungen fallen lassen. Troia gehört wie ich schon anderswo bemerkt habe an das nächtliche Firmament [1], und ich behaupte geradezu dass Troia der Mond sei, so dass es namentlich mit *trigae* russ. тройка dasselbe Wort ist und zu den vielen mythologischen Drillingen gehört, die nur aus dem Monde erläutert werden können ; dazu passt dass wir nur vom skäischen Thore wissen, dessen Name schon wie ich glaube sich auf die linke Hölung der Mondsichel bezieht. Dass aber «das Heer der Sterne» dem einfältigen Beschauer als Kämpfende vorkam, ist sowohl an sich glaublich wenn man bedenkt, wie während der Nacht ein grosser Theil dieser Truppen versinkt während von der andren Seite neue heranrücken, als auch lehren die Fabeln von Kadmos oder Iason und der geharnischten Saat (was nur die Sterne sein können), dass man gewohnt war anzunehmen, die Gestirne würden durch einander aufgerieben. War aber diese Phantasie einmal auf die einfache Anschauungsweise des Naturkindes gegründet, dann lag es auch nicht ferner aus diesen Streitern zwei feindliche Heere zu machen, und wegen der täglichen Wiederkehr dieser einen langwierigen Krieg zu dichten: in meiner Jugend habe ich mich immer gewundert, dass so wenig Persönlichkeiten (die alle Mondgötter sind) auftreten, während ganze Scharen kampfmuthiger Achäer und Troer *namenlos* fallen [2], und daran mag auch Horaz [3] sich gestossen haben ; denkt man aber daran dass eigentlich nur die beiden Mondhälften sich

---

1 Dass Troias Brand nur symbolische Bedeutung habe, hat jetzt auch U-schold eingeräumt, Zeitschr. f. Alterth.wiss. 1847 Nov. 1050 f.   2 Z. B. Il. 1, 10. 2, 488 u. s. w.   3 Epist. 1, 2, 14 Quidquid delirant reges, plectuntur Achivi.

feindlich gegenüberstehen, so ist nicht zu erwarten dass von dem übrigen Tross viel Aufhebens gemacht wurde. Die Mauern Troias haben nach der gewöhnlichen Sage Apollon und Poseidon erbaut, aber Pindaros [1] kennt Troia als Trias (denn das ist der Sinn dieser Fabel), indem er jenen Göttern den Aeakos (d. h. dem Hades) zum Gehülfen giebt, und es ist sprechend dass gerade an dem Theil den Aeakos gefertigt hat die Stadt erobert wird. Wer aber einige Einsicht in alte Dichtungen hat, wird leicht zugeben dass der Theil des Aeakos (wie schon die Etymologie lehrt) den trüben Theil bezeichnet, durch den der Mond abnimt d. h. Troia zerstört wird, gleichwie die Flüsse Xanthos und Simoeis (als Mondhälften) Troia einschliessen, von denen der erstere so gut raucht als Troia selbst nach der Einnahme oder eine der beiden Quellen des Skamandros oder Xanthos [2], welche nur eine Variation jener Flüsse sind: denn offenbar werden die leuchtende oder brennende und die trübe Mondhälfte einander entgegengestellt. Dass aber von jenen Göttern Troia mit Mauern eingeschlossen wird, heisst nichts anders als dass Poseidon Erdumgürter ist, oder Triton und Euphemos die libysche Scholle halten. Endlich muss ich vorläufig auch den *ludus troianus* erwähnen, von dem ich anderswo erschöpfend handeln werde [3], weil Virgil [4] auch dieses Spiel als eine Nachahmung des kretischen

---

[1] Ol. 8, 51 f. mit den Scholien 41 S. 194 und Expl. 182. Meineke Anal. alex. 101.   [2] Homer Il. 22, 147 ff.   [3] Wenn auch jede Ansiedlung von Troern in Italien in Abrede gestellt werden muss, so ist dennoch dieser Kult ein Hauptbeweis, dass die *Sage* von Troia in Italien selbst heimisch war, und nicht etwa erst mit der hellenischen Litteratur einwanderte.   [4] Aen. 5, 588 ff. Ut quondam Creta fertur labyrinthus in alta Parietibus

Labyrinths fasst; da aber oben [1] der Labyrinth als nächtlicher
Himmel erkannt worden ist, so wird auch dieses trojanische
Spiel ein Bild des Sternentanzes sein, der um Troia d. h. den
Mond veranstaltet wird.

Es können hier nicht alle Bilder der Dreiheit erörtert werden; deswegen führe ich nur kurz den dreiköpfigen Hermes [2]
an, der sicherlich vom dreiköpfigen Kerberos als Psychopompos
nicht verschieden ist, und die Seelen oder Sterne hütet wie letzterer die Todten; und ganz recht heisst auch der Hermesstab
bei Homer [3] $\tau \varrho \iota \pi \acute{\varepsilon} \tau \eta \lambda o \varsigma$, dreiblättrig, weil der Vollmond mit
den beiden Sicheln an einem Stecken oder Stiele sehr gut mit
einem Kleeblatte verglichen werden konnte. Ferner ist z. B. Tri-
via nur ein Bild der Artemis oder nächtlichen Trias, welche als
Dreiweg gedacht wurde, ähnlich dem mystischen Trutenfusse oder
quincunx, wobei immer die Wurzel Drei durchblickt. Dann ist
Triopion [4] in Karien mit dem Dreifussfeste des Apollon triopios [5]
um so mehr von unsrem Standpunkte zu betrachten, als der
dreiförmige oder dreiäugige Apollon durch die Glosse des Hesychios [6] vom dreifüssigen nicht verschieden ist: $T \varrho \iota o \psi$ ό ύπό
$\tau \tilde{\omega} \nu \, \varPi \upsilon \vartheta a \gamma o \varrho \iota \varkappa \tilde{\omega} \nu \, \dot{\varepsilon} \nu \, \varDelta \varepsilon \lambda \varphi o \tilde{\iota} \varsigma \, \tau \varrho \iota \pi o \upsilon \varsigma$. Endlich will ich
von den $\varTheta \varrho \iota a \acute{\iota}$ der Delpher [7] nichts sagen (wenn sie auch ge-

textum caecis iter, ancipitemque Mille viis habuisse dolum, qua signa se-
quendi Falleret indeprensus et irremeabilis error; Haud alio Teucrum nati
vestigia cursu Impediunt texuntque fugas et proelia ludo, Delphinum si-
miles. vergl. Heynes Excurs 5 zu 5, 545 B. 2. 558 f. Lobeck Agl. 89.

[1] S. 46 (156) f. 96 (186).   [2] Böttiger Amalth. 1. 107 f. N.   [3] Hymn.
in Merc. 529.   [4] Herodot 1, 174, 2. 4, 38. auch vergl. den dreiäu-
gigen Zeus Pausan. 2, 24, 5 f. u. s. w.   [5] Ebend. 1, 144 mit Bähr
554 f.   [6] S. 918 mit Lobeck Agl. 587 N. Paral. 290 f.   [7] Lobeck

wiss derselben Wurzel zugehören), sondern ich wende mich vielmehr nach diesen Vorbereitungen zu *Triton* selbst und seiner
weiblichen Form Tritogeneia : denn die *tritonia virgo* und der
Meergeist Triton sind nur abweichende Auffassungen der *trinitas lunaris.* Ueber den Mond kann kein Zweifel sein ; wie z. B.
Plutarch [1] schreibt *τὴν σελήνην ᾿Αθηνᾶν λεγομένην τε καὶ
οὖσαν,* so sind auch die meisten Mythologen jetzt einverstanden dass Athena eine Mondgottheit war, und dann wird es wol
auch nothwendig sein den Namen *τριτογένεια* (der mit dem
im fabelhaften Lykien hausenden Apollon lykeios oder *λυκη-
γενής* zusammenzustellen ist) auf den dreifaltigen Mond zu deuten, wenn auch gewöhnlich derselbe von ganz andren Umständen
hergeleitet wird. Viele Alten führen die Benennung auf *τριτώ*
zurück, das nach äolischer [2] athamanischer [3] kretischer [4] böoti-
scher [5] oder gar attischer [6] Mundart das Haupt bedeuten soll;

Agl. 814 ff. Jedenfalls steckt auch in den *Septem Triones* (Arat nach Cic.
de N. D. 2, 41, 105. Virgil Georg. 3, 381) oder *gemini Triones* (Virgil
Aen. 1, 744. 3, 516) die Wurzel *Drei,* und es ist begreiflich dass ursprünglich sowohl die Drei- als die Siebenzahl sich auf den Mond bezog, später
aber (weil die Stelle schon besetzt war) jene alte Phantasie anderswo am
Himmel untergebracht wurde. Damit stimmt auch sehr wohl überein, dass
in der lingua rustica ein Pflugstier trio hiess (Varro de L. lat. 6.95 Bip.
mit Scaliger 229. Gellius N. att. 2, 21. 227 f. Servius zu Aen. 1, 744. 3,
516. Nork pop. Myth. 3. 106 N.), weil der dreifaltige Mond als Stier gedacht wurde und auch zu gewissen Zeiten einem Pfluge glich , weswegen
der Mondgott in so vielen Sagen als pflügend auf der Himmelsflur erscheint.

[1] De fac. lun. 24. 938. [2] Schol. Arist. Nub. 989. [3] Hesychios s. v. Photios Lex. 603, 15. Etymol. M. 767, 45, wo natürlich Athamas den Athamanen weichen muss. [4] Eustath. zu Il. 4. 504, 27. 8. 696, 38. Od. 3. 1475,
12. [5] Tz. zu Lyk. 519 S. 62. [6] Suidas s. v. 2, 2. 1218, 20. Indess

und ich habe weder gegen diese Angaben etwas einzuwenden
noch mag ich die Etymologie selbst, die auch Heyne[1] und Müller[2] nicht abweisen wollten, verwerfen, wenn nur die Gedan-
kenverbindung richtig aufgefasst wird. Es war schon mehrmals
Gelegenheit zu erinnern dass der Mond den Urmenschen wie ein
Kopf vorgekommen sei, und da die Sage aus *diesem* Kopfe die
Pallas entstehen lässt, da ferner dieselbe Wurzel mannigfaltig
mit Mondgottheiten verknüpft ist, so sehe ich eben kein Bedenken auch den Namen der Mondgöttin Pallas mit ihr in Verbindung zu bringen, so dass Tritogeneia die mondgeborne heissen
würde. Wie dem aber immer sei, so können auch alle andren
Erklärungen eines verschollenen Worts nur im Monde ihre Erledigung finden. Denn wenn es auch in verschiednen Ländern
einen Fluss oder See Triton gab, wie ein solcher Bach oder
Waldstrom sich in Böotien bei Alalkomenä in die Kopais ergoss,
und wie ein Fluss nebst zwei Seen dieses Namens an die kleine Syrte nach Libyen verlegt wurde[3], oder wie man einen Triton in Thessalien[4] Thrake Krete Argolis oder Arkadien[5] und
vielleicht auch auf Kypros[6] hatte, an denen allen Athena geboren sein sollte, und wie selbst der Neilos Triton hiess[7]: so
lässt sich doch (die Glaubwürdigkeit aller dieser Zeugnisse zugegeben) ebensowenig in Abrede stellen, dass alle diese Oertlichkeiten späte Lokalisationen einer alten Phantasie gewesen sein
mögen, um für die am Triton des nächtlichen Himmels geborne

---

haben jetzt hier die Ausgaben statt der Athenäer mit Recht die Athamanen.
[1] Zu Virg. Aen. 2, 171.   [2] Orch. 555. 6.   [3] Müller Orch. 555 N.
[4] Schol. Apoll. 1, 109.   [5] Pausan. 8, 26, 6.   [6] Schol. Apoll. 4, 1551.
[7] Plinius H. nat. 5, 10. Sch. Apoll. 4, 269. Müller Orch. 556. 5.

Pallas auch bei sich eine Geburtsstätte zu haben, wobei immer
der Glaube zu Gute kam dass Libyen Krete Böotien u. s. w. in
der Fabel und in der Wirklichkeit nicht verschieden seien. Demnach konnte man sich den Mond ebensogut als Teich oder Fluss
wie als Haupt denken, und für die Bedeutung der Sage trägt es
nichts aus welcher von diesen Formen der Vorzug gegeben wird,
ja man kann Pallas mit ebensoviel Recht eine *Tochter* des Meergeistes Triton als eine andre Form des Triton selbst oder des
Mondes nennen. Zur Bestätigung möge dienen dass nach Diodor [1]
Zeus sowohl die Athena an den Quellen des kretischen Triton
gebar (woher sie den Namen empfangen habe), als auch [2] selbst
in seiner Jugend (wo er noch von den Kureten getragen wurde) an demselben Flusse seinen Nabel verlor, von welchem Zu-
falle der Ort Omphalos und die angränzende Fläche Omphaleion
genannt wurde : denn wenn wir nicht ganz vergeblich uns mit
den alten Sagen beschäftigt haben, so ist die Geburt der Pallas
und das Abfallen des Nabels ohne wesentlichen Unterschied: von
dem Omphalos ist aber schon hinreichend gesprochen worden [3]
und wie das Abfallen oder Ablegen zu verstehen sei wird der
folgende Abschnitt erklären ; ebenso hat auch Perseus das Eine
Auge der Gräen in den tritonischen See geworfen [4], und darum
herscht Medusa nach Pausanias [5] seit dem Tode ihres Vaters
Phorkys am tritonischen See über die Libyer, wo sie von Perseus nachts überrumpelt und getödtet wird.

---

[1] Bibl. 3, 72. 388, 91.   [2] Ebend. 3, 70. 386, 11. Auch Kallimachos in
Iov. 42 ff. mit Spanh. B. 2. 44 gedenkt des Umstandes, ohne indess den
Triton zu erwähnen. vergl. Meursius Cret. 64.   [3] S. 147 (257) f.
[4] Hygin Poet. astr. 2, 12. 376.   [5] Per. 2, 21, 5 f.

Wir nehmen also für sicher hin dass Tritogeneia oder Trito
und Triton in welchen Beziehungen sie auch vorkommen mögen
in den Mond gehören, ohne indess ausmachen zu können ob mehr
an ein Drittel oder an die Dreiheit gedacht sei : vielleicht haben
beide Rücksichten gewaltet. Es ist aber noch übrig dass jener
Meerdämon, wie er sich im Laufe der Zeiten herausgestellt hat,
betrachtet werde. Bei Hesiod [1] heisst er ein Sohn der Amphitrite
(welcher Name zu demselben Stamme gehört) und des lauttosen-
den Erderschütterers ; er ist weithinwaltend $\varepsilon\dot{v}\varrho v\beta i\eta\varsigma$ (wie Po-
seidon [2], was mit $\varepsilon\dot{v}\varrho v\mu\acute{\varepsilon}\delta\omega v$ gleich ist) und gross $\mu\acute{\varepsilon}\gamma\alpha\varsigma$,
und wohnt in der Tiefe des Meers bei seiner Mutter und bei sei-
nem Vater dem Fürsten in einem goldnen Pallaste als gewaltiger
Gott. Schon das ist hinreichend ihn mit Poseidon gleichzustellen,
der ja als $\tau\varrho i\alpha\iota v\alpha$ auch die Trias ist. Bei Apollonios [3] war
Triton den Argonauten als Eurypylos Poseidons Sohn erschie-
nen, und nach seinem Verschwinden rufen sie [4] ihn unter den
Namen Triton oder Phorkys [5] oder Nereus an, worauf er sich

---

[1] Theog. 930 ff. Nach Servius zu Aen. 1, 144 ist Triton Neptuni et Sala-
ciae filius, deae marinae ab aqua salsa dictae, und bei Lykophron 886 ist
er des Nereus Sohn. Für seinen Doppelgänger Eurypylos liefert Schol.
Apoll. 4, 1561 (vergl. Tz. zu Lyk. 887) die Genealogie, der ihn einen Sohn
des Poseidon von Keläno der Tochter des Atlas und König von Kyrene
nennt ; nach Phylarchos hiess er Eurytos und hatte einen Bruder Lykaon;
seine Nachfolgerin in der Herschaft Libyens war Kyrene des Hypseus Tochter,
nach Akesandros : vergl. Müller Orch. 351.   [2] Pindar Ol. 6, 88 und
öfter.   [3] Arg. 4, 1558.   [4] Ebend. 1598.   [5] Phorkys oder Phorkos
wird auch für Orcus genommen, Uschold Vorh. 1. 454, wogegen sich indess Lobeck Agl. 865 ff. und jetzt auch Meineke Anal. alex. 94 erklären.
Ich will die ursprüngliche Einheit durchaus nicht in Abrede stellen, aber
hier wenigstens sind gleichbedeutende Namen gehäuft, und die Polyonymie

in seiner wahren Gestalt zeigt, oberhalb einem Gotte gleichend
unten aber einem Seethiere [1] : denn unterhalb der Hüften hatte
er statt der Beine einen gespaltenen Fischschwanz, dessen beide
Enden sich wieder theilten *wie die Hörner des Mondes;* wo die
Vergleichung mit den beiden Mondsicheln noch eine Erinnerung
an die ursprüngliche Bedeutung dieses Meergeistes sein möchte.
Im Ganzen stimmen mit dieser Beschreibung alle Quellen überein, wie z. B. Cicero [2] sich auf Gemälde der Art beruft, und
die Hauptsache mag wieder das Ketos sein, dem die menschliche Hälfte später beigegeben wurde ; deswegen finde ich auch
nichts Anstössiges dabei, dass im Tempel des Dionysos zu Ta-
nagra dem Triton nach Pausanias [3] der Kopf fehlte, den er entweder im Kampfe gegen Dionysos (wie Dakscha gegen Schiwa [4])
verloren hatte, oder nachdem er sich durch die List der Tana-
gräer (wie Seilenos bei Midas) berauscht hatte, durch das Beil
eines Tanagräers einbüsste. Besonders belehrend aber über das
Wesen des Triton ist ein Gedicht Claudians [5], wo Venus sich
seiner gleichsam als Nachen zu einer Seereise bedient (wie ja
die Mondsichel auch als Kahn genommen wurde), indem jener
Seehund mit seinem Schweif über ihr einen Bogen bildet und sie
auf seinem mit Polstern belegten Rücken in dem Schatten jenes
Bogens davonfährt [6]. Es umgürtet also auch hier Triton-Poseidon

---

des Triton ist den Verwandlungen des Proteus vergleichbar, so dass auch
diese Vielgestaltigkeit ihn zum Mondgotte macht.

[1]   Arg. 4, 1610 ff.   [2] De Nat. D. 1, 28, 78 : qualis ille maritimus Trito
pingitur, natantibus invehens belluis adiunctis humano corpori.   [3] Per.
9, 20, 5.   [4] S. oben 95 (185).   [5] Carm. 10 de nupt. Honor. 128 ff.
[6] Vergl. was Gesner aus alten Bildwerken S. 142 beibringt , und Sidon.
Apollin. Epist. 4, 8 pristigero quae concha vehit Tritone Cytheren.

die Aphrodite wie sonst die libysche Scholle, oder wie Poseidon selbst die Erde. Ich will indess nichts von seinen Flossen und von den Seemuscheln mit denen er bedeckt ist oder von andren Merkmalen sprechen, zu welchen er gekommen ist nachdem er einmal in das Meer versetzt wurde [1] : dagegen ist nicht zu übersehn dass ihm noch ein Horn gegeben wird [2], mit dessen Tönen er den empörten Gewässern gebietet [3] und auf dessen kunstfertigen Gebrauch er eifersüchtig ist : denn wenn auch die Muscheln des Meers einluden dieses natürlichste und auch bei den amerikanischen Wilden gebräuchliche Instrument dem Triton , wenn er auch blos ein Dämon des Meers war, als Attribut mitzugeben, so liegt es doch wenigstens sehr nahe an das silberne Mondhorn zu denken , das auch Schiller seinem Hirten der vielen Lämmer auf der nächtlichen Himmelsau beilegt.

Demnach haben wir vieles gefunden, was den Triton (ausser dass er wie Apollon auf dem Dreifusse sitzt und den Argonauten prophezeit) zum Mondgotte stempelt : jetzt aber ist es Zeit auch nachzuweisen wie es gekommen sei, das einige Mondgötzen später zu Meergottheiten geworden sind.

Dass der Mondgott als Schlange oder Butte gefasst werden musste, verdankt er seiner Sichelgestalt, welche zu einer solchen Plastik einlud ; bedenkt man ferner dass das Himmelsgewölbe selbst zeitig als Meer galt, wie sowohl das Mondschiff beweist welches namentlich in den Sagen von der Weltflut vorkomt als

---

[1] Vergl. besonders Pausan. 9, 21, 1. Claudian 10, 144 ff.   [2] Virg. Aen. 10, 209 caerula concha exterrens freta ; vergl. ebend. 6, 171 ff. Ovid. Metam. 1, 355. Claudian 10, 132.   [3] Gleichwie Poseidon bei Virgil Aen. 1, 142 die tobenden Fluten beruhigt.

auch bei andren fabelhaften Seezügen erkennbar ist, so kann eine solche Phantasie nur als sehr natürlich erscheinen; endlich aber nimt man dazu, dass schon in den ältesten Monumenten Sonne Mond und Gestirne bei ihrem Untergange sich im Ozean baden, so wird man nicht in Abrede stellen dürfen, dass der Mondgott wegen seines stellenweisen Aufenthalts im Meere wenigstens zur Hälfte wie Triton ein Seethier sein mochte. Wer wird sich also wundern dass es wegen dieser amphibienartigen Natur des Mondes Doppelgestalten wie die des Triton in der alten Fabellehre gab? Indess scheint auch noch eine andre Rücksicht obzuwalten; der Mond nämlich besteht grösstentheils aus zwei Hälften, von denen die eine trübe ist und nicht nur als Stein oder Erde sondern recht gut auch als ein See oder Meer gedacht werden konnte. Darauf wird sich denn wol die Nachricht [1] beziehn dass die Pythagoreer (deren sonderbare Lehren ich anderswo aus dem Mondkulte zu erklären gedenke) das Meer die Thräne des Kronos (Κρόνου δάκρυον) nannten: denn da Kronos anerkannter Mondgott ist und der Mond zuweilen einem Auge gleicht, so lag es nah den als Schaum oder Meer genommenen trüben Theil als eine Thräne jenes Auges zu fassen; gleichwie ich glaube dass auch die weinenden Steine z. B. der der Niobe [2] ihren Ursprung einer Begriffsverwirrung verdanken, weil die unerleuchtete Mond-

---

[1] Plutarch Osir. 32. 364 A. Porphyr. V. Pyth. 41 bei Lobeck Agl. 845 f. Auch bei Hermes de fato nach Stobäos ecl. phys. S. 12 med. (ed. pr. Antv. 1575) heisst die Thräne Kronos. Auf die graue Farbe des trüben Monds geht aber die libysche Sage bei Pausan. 1, 14, 6 dass Athena Tochter des Poseidon und des See Tritonis sei, weswegen sie wie Poseidon graue Augen habe. [2] Vergl. den Vers bei Schol. Hom. Il. 23, 254 mit Lobeck Paral. 82.

hälfte sowohl für einen Stein als auch für eine Thräne ausgegeben wurde. Ist aber diese Vermuthung gegründet, dann ist es nur in der Ordnung dass der Meerbeherscher Mondgott ist. Ueberhaupt aber haben für mich jene zusammengesetzten Wesen der alten Fabellehre nichts befremdendes : wenn der Mond vermöge seiner Phasen in verschiedne Formen gebracht wurde, so lag es auch nahe, wenn z. B. der helle und trübe Mond oder jene Trias als ein Ganzes dargestellt werden sollte, aus jenen verschiednen Körpern phantastische Geschöpfe wie die species Centaurorum (die besonders durch Cheiron [1] vertreten wird) oder die böotische Sphinx (welche schon durch ihr prophetisches und räthselhaftes Auftreten zur Mondgöttin wird, sowie die Sühnung durch Menschenopfer einen Molochsdienst verbürgt) und andres der Art hervorzubringen. Demnach ist es ausgemacht dass auch die Meergötter ursprünglich in den Mond gehören, und es bedarf nicht im geringsten eines Beweises über den Zusammenhang des Meers mit dem Munde aus der heutigen Physik, etwa wie Lamartine [2] singt :

— — — hat der Qzean erkannt,
Wie durch des Mondes Kraft, durch seine mächt'ge Hand
Aus seinen tiefsten Quellen
Sich stürzen seine Wellen
Und schäumend dann zerschellen
Am fels'gen Uferstrand ?

sondern dergleichen sublime Kombinationen lagen der Einfalt *des*

---

1 Dieser ist Sohn des Mondgotts Kronos (ad Rhes. S. 87) und als Prophet (Pindar Pyth. 9, 52 ff. Horaz Epod. 13, 11. ad Eur. Iph. aul. 1064) schon an und für sich Mondgötze : auch wird seine berühmte Höle als das Mondloch uns bald beschäftigen. 2 Betrachtung 7 B. 1. 90 f. der Uebers.

Zeitalters in welches die Grundlagen der hellenischen Mythologie gehören fern, und nur unter so einfachen Voraussetzungen, wie sie von uns gemacht sind, lässt sich jene auffallende Erscheinung aus dem Grunde begreifen. Indess können wir auch noch manches zur Bestätigung unsrer Behauptung anführen. Bekannt ist die wunderliche Ansicht Herodots dass fast alle hellenischen Gottheiten aus Aegypten stammen, und sie lässt sich nicht anders begreifen als wenn man annimt dass der Vater der Geschichte nur darum sich verirrte, weil er das fabelhafte Aegypten (wohin alle Mondgötzen gehören) mit dem historischen Lande dieses Namens verwechselte, wo er dann wegen jenes alten Vorurtheils wirklich Nachforschungen und Vergleichungen anstellte. Derselbe [1] leitet den Poseidon aus Libyen her, was gleichfalls nur jenes ideale Land sein kann das im ersten Abschnitte beleuchtet worden ist; und dann werden Poseidon so wie Triton (wenn jener Heimathsschein noch gültig ist) schon wegen ihres libyschen Ursprungs für Mondgötter gelten dürfen, womit auch stimmt dass die übrigen Orte wohin ein Triton verlegt wurde oder lokalisirt war [2] ebenso fabelhafte Namen sind. Ferner betrachte ich es als eine unumstössliche Wahrheit, dass alle Sternbilder die eine Geschichte haben vormals Mondgötter waren: ausser verschiednen Fischen giebt es aber auch ein Ketos am Himmel, das schon seines offnen Rachens wegen als Mondsichel und Menschenfleisch fordernder Moloch gelten muss; da nun aber Triton selbst wenigstens zur Hälfte in dieser Gestalt gedacht wurde, so wird auch er als solches zu einem Mondgötzen. Wenigstens ist es eine Thatsache dass

---

[1] Herod. 2, 50. 4, 188 mit Bähr B. 4. 603.   [2] S. oben S. 167 (257).

Eurynome die Tochter des Okeanos und Genossin der Thetis von
den Phigaleern in Arkadien für die Mondgöttin Artemis ausgegeben wurde, obgleich das alte und hochheilige Bild derselben
unterhalb der Hüften Fisch war [1]; und eine solche auf langjäh-
rige Kulte gegründete Erinnerung und Ueberlieferung kann nicht
hoch genug angeschlagen werden. Ausserdem möchte auch die
Sippschaft des Nereus, die funfzig Nereiden, sich nicht leicht vom
Meere aus erklären lassen, während die funfzig Kinder eines
Mondgotts als runde Zahl der Wochen eines Jahrs oder der Monate einer Olympiade ganz deutlich sind. Endlich steht der Dreifuss des Apollon zu Pytho bei den Delphern, und dass die idealen Delpher eigentlich Delphine waren, die später mit dem Apol-
lon-Tripus in Hellas lokalisirt wurden, bezeugen alte Sagen [2]
bestätigt der Beiname des Apollon $\delta\varepsilon\lambda\varphi\iota\nu\iota\varsigma$ und hat für mich
hinlängliche Glaubwürdigkeit: gerade ebenso aber setzt sich Tri-
ton mit dem Fischschwanze (als dessen Umgebung man sich
Fische [3] denken mag, wie der ihm nahverwandte Proteus unter
Seehunden weilt die von der Umgebung des Mondes entnommen
sind) auf den an der Tritonis ihm von Iason überlassenen Dreifuss, und prophezeit von demselben trotz Apollon [4]. Demnach
wird der pythische Apollon unter den Delphinen mit dem fisch-
schwänzigen Triton ziemlich gleich sein.

---

[1] Pausan. 8, 41, 4 ff. Müllers Meinung darüber, Dor. 1. 376 kann ich nicht
theilen. [2] Auch Dionysos, der ebenfalls vielfach mit dem Dreifusse verknüpft ist, verwandelt die Tyrrhener in Delphine, Welcker kl. Schriften 1. 89.
[3] Pindar Pyth. 4, 17. Auch bei den Hylleern wurde von Iason ein Dreifuss abgegeben, Apollon. 4, 528, und da diese von ihren Nachbarn den
Encheleern nicht verschieden zu sein scheinen, so haben wir noch einen
Dreifuss oder Triton unter den *Aalen*.   [4] Herodot 4, 179, 5.

10. Euphemos und die Scholle oder die beiden Mondhälften.

— — — Si quid novisti rectius istis

Candidus imperti : si non, his utere mecum.

Horaz.

Euphemos wurde in der Argonautensage besonders durch den Empfang und Verlust der libyschen Erdscholle berühmt, und da er als solcher ganz dem Triton gleicht, so ist es für diesen Abschnitt aufgespart worden, das Halten der Scholle den Mondgötzen zu vindiziren, um gleichsam in letzter Instanz sowohl die Meergötter überhaupt und besonders Triton und Euphemos als auch andre Wesen in ähnlicher Umgebung in den Mond zu bringen. Von den übrigen Verhältnissen des Euphemos habe ich nicht eben viel vorauszuschicken: er ist auch ein Sohn des Poseidon, nämlich von Mekionike oder von der Tochter des Tityos Europe [1], und da *er* sowohl als Triton im Besitze der Scholle ist, so werden beide im wesentlichen als gleich gelten können [2], weil in

---

[1] Von Mekionike leiten ihn Hesiod Eöen fr. 79. 269 Göttl. von Europe Pindar Pyth. 4, 45. Schol. Apoll. 4, 1562 u. s. w. ab. Bei Tzetzes zu Lyk. 887 heisst er ein Sohn der Oris (oder Doris) einer Tochter des Eurotas. Auch Mekionike ist eine Tochter des Eurotas Schol. Pind. Pyth. 4, 15 S. 345.
[2] So ist z. B. Triton bei Lykophr. 886 ein Sohn des Nereus ; und wieder bei Tzetz. 887 berichtet Akesandros (vergl. oben S. 169 oder 239. 1) dass nicht nur Eurypylos sondern auch Triton Söhne Poseidons von Keläno waren, während bei Hygin fab. 157. 229 unter Poseidons Söhnen *Euphemus* et Nycteus ex Celaeno *Ergei* filia genannt sind : so fallen also Triton Eurypylos Euphemos auch nach diesen Genealogien zusammen. Ja Burmann

mythologischen Fragen Zeit und Raum keinen erheblichen Unterschied machen ; aber auch Poseidon ist Erdumgürter, und wie ich schon oben [1] angedeutet habe, so sind Triton und Euphemos mit der Scholle nur ein andres Bild für Poseidon als $\gamma \alpha \iota \acute{\eta} o \chi o \varsigma$, was um so deutlicher ist als Euphemos von Tänaron [2] (einem durch poseidonische Kulte bekannten Orte) stamt, so dass er als tänarischer Poseidon betrachtet werden kann. Als Mondgott zeigt ihn auch die von seinem Vater geschenkte Gabe über das Wasser zu laufen ohne die Füsse zu netzen [3] ; denn wie das Beispiel des Schnellläufers Iphiklos [4] lehrt der auf den Saatfeldern

---

Catal. Arg. CXVI f. führt aus Gronovii Thes. B. 1. Ggg ein Bild des Euphemos an, das wie Triton in einen Fisch ausläuft: über dessen Glaubwürdigeit ich jetzt nicht nachschlagen mag. Endlich wird auch Eurypylos durch seinen Namensvetter in Mysien zum Seehunde. Dieser nach meiner Meinung nicht wesentlich verschiedne Eurypylos (über dessen Mutter *Astyoche* oder Hiera Struve de argum. carm. epic. post Iliad. Petrop. 1846 S. 56 f. einiges beigebracht hat) war des Telephos Sohn und herschte über die *Keteier*, Hom. Od. 11, 520 ff. welche phantastische Nation ausser andren (Nitzsch Erkl. Anm. B. 5. 295 f.) besonders Quintus für die Myser nimt. S. 54 (124). 2 Müller Orch. 265 will dass Euphemos erst später von Panopeus und Hyria nach Lakonien hinübergezogen wurde, wo wenigstens Pindar Pyth. 4, 45 ff. seine Residenz bei Tänaron setzt, wenn er ihn auch am Kephisos geboren werden lässt. Unsren Bedünkens aber lohnt es nicht der Mühe fabelhafte Oertlichkeiten nach den Gesetzen der historischen Kritik zu betrachten : die Helden hausen bald hier bald dort, und die Wahrheit würde zu Grunde gehn, wollte man aus solchen Mitteln eine Geschichte machen. 3 Apoll. Arg. 1, 182. Tz. zu Lyk. 887 nach Asklapiades, Hygin Fab. 14 S. 40. 4 Hesiod Fr. 221. 301 G. Schol. Apoll. 1, 45. Bemerkenswerth ist dass hier Demaratos ihn wie den Euphemos trocken auf den Gewässern wandeln lässt, woraus man sieht dass beides Bilder derselben Phantasie sind. Andre Beispiele liefert Eschenb. Orph. Arg. 187.

(des nächtlichen Himmels) wandeln konnte ohne die Halme zu knicken, haben wir es hier mit dem Monde zu thun, sei es dass die Flut der Nacht gemeint ist oder auch das wirkliche Meer; und oben [1] haben wir ja gesehn dass der Mondgott über dem Regen thront. Es eröffnen sich uns aber zwei Gesichtspunkte bei unsrer Analyse des Triton-Euphemos, nämlich sowohl der Besitz der Scholle als auch das Entgleiten derselben : über beide beabsichtige ich meine Ideen mitzutheilen.

Dass die Erde vom Meere umgürtet werde, konnte wol den Bewohnern einer kleinen Insel und höchstens noch den Inhabern einer zerrissenen Küste in den Sinn kommen : aber wie diese Vorstellung im Binnenlande oder auch selbst bei einer glatten und langgestreckten Küste sich Geltung verschaffen mochte, ist nicht leicht ersichtlich. Nichtsdestoweniger ist der Beherscher des Meers Poseidon in der alten Fabellehre als Erdumgürter völlig gesichert, und um diese Phantasie zu verstehen müssen wir unsre Augen nach oben richten, wo die Mondsichel (wie der Augenschein lehrt) die als Erde gefasste andre Hälfte des Mondes gleichsam umklammert. Denn wenn auch der Mond als Trabant die Erde umkreist und gewissermassen einfasst, so würde er doch in dieser Beziehung nur erst in einem solchen Zeitalter Erdumgürter heissen können, das weit von der Mythenbildung abliegt ; weil so sublime Phantasien, die schon einige Kenntnisse voraussetzen, der Einfalt der Urwelt wenig angemessen sind. Demnach gehe ich davon aus, dass *ursprünglich* Poseidon nicht Herr auf den irdischen Meeren war, sondern in den Fluten des Himmels gebot und die Monderde umgürtete. Von diesem Standpunkte aus wird auch

---

[1] S. 39 (123).

ein andres Beiwort dieses Gottes in neuem Lichte erscheinen : denn
wenn er $\sigma\varepsilon\iota\sigma\iota\chi\vartheta\omega\nu$ $\varepsilon\nu\nu o\sigma\iota\gamma\alpha\iota o\varsigma$ $\varepsilon\nu\nu o\sigma\iota\delta\alpha\varsigma$ (von $\delta\bar{\alpha}$ $\delta\bar{\eta}$
gleich $\gamma\bar{\eta}$) oder Erderschütterer heisst, so ist auch diese Idee
für den Meergott nicht gut gewählt; weil die stürmische See
sich zwar mit wildem Ungestüme an den Ufern bricht, die Erde
selbst aber im alten Glauben für unbeweglich galt; wieviel natürlicher ist es also nicht, wieder an die Monderde zu denken,
welche stets in Bewegung ist und von den Klammern in denen,
sie gehalten wird fortwährend geschüttelt zu werden scheint, weil
das was wir in der Hand halten, auch von uns bewegt werden
kann! Haben wir aber nun erwiesen dass Triton eine andre Form
des Poseidon sei, so wird auch er als Ergreifer und Inhaber eines
idealen Landes, so wie Euphemos der Besitzer jener Scholle,
nicht anders als Poseidon Erdumgürter sein. Denn da (was jene
beiden Heroen betrift) Triton die Erdscholle hielt und auch Euphemos inne hatte, so gehörte bei der Mythenverwirrung eben
nicht viel dazu, dass man annahm dieser habe die Scholle (in
deren Besitz man ihn sah) von jenem erhalten, obgleich ursprünglich beide nur zwei Ausdrücke derselben Vorstellung gewesen waren. Wenn man nämlich zu einer Zeit, als dem Monde
Wesen von menschlicher Bildung beigegeben wurden, jene Phantasie verkörpern wollte, so musste man dem Gotte die gespaltne
Mondkugel in die Hand geben (wobei der umspannende Theil den
Daumen und Zeigefinger der Figur selbst bilden konnte), oder sie
durfte ihm auch an die Brust gelegt werden, sodass sie im El-
lenbogen ruhte (und wieder die beiden Hälften des Arms sie
umschlossen): wird dies aber zugegeben, dann war es die Sache
der Exegeten die ähnlichen Bilder des Poseidon Triton oder Eu-

rypylos und Euphemos zu kombiniren, und das Resultat dieses
Prozesses wurde dann jene bekannte Fabel. Ohne unsere Deutung aber würde es unerklärlich bleiben, nach welcher Vorstellung auch die anerkannte Mondgöttin Artemis γαιήοχος war,
während sich nun das Räthsel ganz natürlich löst; und ich er-
laube mir noch hinzuzufügen dass alle θεοὶ πολιοῦχοι ihre
erste Entstehung derselben Phantasie verdanken, wenn auch später die Horte bestimmter Städte verstanden wurden: denn die
ursprüngliche Stadt welche der Mondgott innehat ist die andre
Mondhälfte. Endlich mag noch erinnert werden dass Antäos mit
der libyschen Scholle so verwachsen ist, dass man ihn dreist für
die Scholle selbst halten darf welche endlich der wachsenden
andren Hälfte des Mondes weichen muss; oder Herakles erwürgt
ihn weil sie ebenso wie diejenige im Besitze des Euphemos zuletzt entgleitet. Demnach gebe ich zwar gern zu, dass in Indien
(wie behauptet wird) die Eroberung eines Landstrichs «als Ver-
«mählung des Fürsten mit der Scholle» angesehen wird [1], aber
doch lag der Scholle welche Euphemos besass eine ganz andre
Idee zu Grunde, und erst als letzterer für den Ahnherrn eines
thatkräftigen Stammes angesehen wurde, konnte man auf den
Einfall kommen ein altes Besitzthum wieder zu erwerben.

Auch der Verlust der Scholle lässt sich nun einfach erklären. Bei Pindar [2] liegt dieselbe fast vergessen in der Argo oder
dem Mondschiffe (welches nur ein andres Bild des Poseidon oder
Euphemos ist, weil die Mondsichel auch als geschnabelter Kahn
die andre Hälfte zu umgärten scheint) und wird abends unver-

---

[1] Vergl. auch Müller Orch. 651 f. Prol. 144.   [2] Pyth. 4, 35.

merkt von den Wellen weggespült : dagegen wirft sie bei Apollonios ¹ Euphemos aus freien Stücken wegen eines Traums und
auf Anrathen des Iason an der Stelle ins Meer wo später Thera
lag. Dieser Unterschied ² ist aber vom mythologischen Standpunkte
aus ganz unbedeutend und geringfügig, weil je nach der Stimmung der Wahrnehmenden dieselbe Naturerscheinung als glück-
liches oder böses Ereigniss, als freiwillige That oder unvorher-
gesehner Zufall u. s. w. genommen wurde. Denn wenn man der
Sache auf den Grund geht, so löst sich wie wir sahen ³ der
Nabel des Zeus unvermuthet ab, während Perseus das Auge der
Gräen aus eignem Antriebe wegwirft ; und um noch einen analogen Fall aus vielen unten behandelten schon hier vorwegzuneh-
men , so glitscht auf ihrer Flucht mit dem Bruder Helle aus
Unvorsichtigkeit (!) vom Widder an der Stelle herab, wo der
Hellespont die Wellen brausend durch der Dardanellen enge Fel-
senpforte rollt, während andre Gottheiten aus Liebesraserei oder
im Wahnsinne oder auch bei gesundem Verstande und durch Ver-
rath ins Meer springen : denn Phrixos ist der Widder selbst auf
dem seine Schwester sitzt wie Aphrodite auf Triton, oder wie
die Scholle in der Argo oder in den Händen Poseidons und seiner Doppelgänger ruht, so dass das Herabgleiten der Helle oder
der Sturz des Theseus nicht schlimmer als das Versinken der
Scholle ist. Indess muss ich die Stelle des Apollonios nun ge-
nauer betrachten, weil sie wirklich uralte Grundlagen hat und
unmöglich blos eine poetische Spielerei des Dichters sein kann,
der ohne jene echten Traditionen alles eher erfunden haben würde

---

¹ Arg. 4, 1731 ff. 1775 ff.   ² Er wird in den Schol. Apoll. 4, 1750 hervorgehoben.   ³ S. 168 (258).

als jenen Traum des Euphemos und seine Abenteuer mit der Scholle. Von der Tritonis nämlich waren die Argonauten unter mancherlei Gefahren nach Anaphe gelangt:

Aber sobald sie von hier aufbrachen mit günstigem Winde,
Hatte sogleich Euphemos den nächtlichen Traum in Gedanken,
Achtend der Maia gepriesenen Sohn : denn ihm hatte geschienen
Jene gesegnete Scholl' an der Brust in seiner Umarmung
Weissliche Tropfen zu schlürfen der Milch, und genässt von denselben
Flugs aus der Scholle (so klein sie auch war) in ein Weib sich zu wandeln
Echtjungfräulicher Bildung ; doch *er* nun, von heissem Verlangen
Glühend vermählte sich ihr, und heulte dann laut wie ein Mädchen
Weil er beschlafen das Kind das mit eigener Milch er genähret ;
Jene indessen beschwatzte mit schmeichelnden Worten ihn also:
  „Tritons Tochter nur bin ich, und *Mutter* von deinem Geschlecht, Freund,
  „Nicht *dein Kind* ; Libyé nebst Triton nenne ich Eltern.
  „Aber mit Nereus Töchtern gewähre mir ferner zu wohnen
  „Unter dem Meer in der Näh' Anaphé's ; drauf komme ich wieder
  „Später ans Licht noch der Sonne, für deine Nachkommen ein Wohnplatz“.

Hier ist also die libysche Erde in dem Mädchen des Traumgesichts personifizirt , wie sie in der schon berührten Sage zum Antäos wird, sodass Euphemos mit Jungfer Scholle im Liebesknäul verwachsen völlig dem Herakles gleicht der den Antäos würgt. Wenn nun Euphemos die Tochter des Triton für sein eignes Kind hält, so ist das der augenscheinlichste Beweis dass Triton und Euphemos identisch sind ; denn wer einigermassen heimisch in der Sagenwelt ist, weiss dass was abgeleugnet wird gerade echte Fabel und nur von den Rhapsoden in ein falsches Licht gesetzt ist. Ist aber diese Jungfrau, welche wir Tritogeneia nennen dürfen, sowohl des Triton als des Euphemos Tochter und auch wieder die Lagergenossin des letzteren, dann müssen auch alle Sagen von dem Verhältnisse der Athena zu Poseidon ver-

glichen werden, weil Poseidon mit der jungfräulichen Göttin nicht
nur gestritten haben soll, sondern auch für ihren natürlichen Vater
gehalten wurde. Herodot [1] weiss dass Athena in Libyen für die
Tochter des Poseidon und der Tritonis galt, und nur aus Unzu-
friedenheit mit ihrem Vater (doch wol weil er ihre Ländereien
bedroht hatte) sich unter den Schutz des Zeus begab, der sie
als Pflegekind annahm. Dasselbe erzählt Pausanias [2] der wie ich
schon erinnerte von der Vaterschaft des Poseidon die grauen Augen der Göttin ableitet, während nach einer andren Sage [3] Zeus
die von dem Kyklopen Brontes geschwängerte Metis verschluck-
te und dann die Athena aus seinem Haupte gebar, welche er
dem Flusse Triton (der hier statt des Poseidon steht) zur Erzie-
hung gab, weswegen sie Tritogeneia genannt wäre, weil drei,
nämlich Brontes Zeus und Triton, an ihrem Wachsthume Antheil hatten. Demnach findet auch das Entschlüpfen der Pallas
aus dem Kopfe des Zeus in dem Entgleiten der neuen Tritogeneia von dem Busen des Euphemos oder der Scholle aus Tritons und Euphemos' Hand sowie aus der Argo eine völlig analoge Bestätigung, und es lässt sich nicht mehr leugnen dass die
von den Symbolikern so sehr vergeistigte Pallas hier in Beziehungen auftritt, die sie von einer gemeinen Wassernixe nicht
eben unterscheiden lassen. Indess drängt sich mir immer noch
eine Frage auf ob die Geburt der Athena, die Ablösung des Nabels oder das Entgleiten der Helle und der Scholle das Verschwinden des Monds oder vielmehr seine Entwicklung zum Voll-

---

[1] 4, 180, 8, welcher Stelle Eustathios zu Dion 267 und zur Il. 20. 1216,
47. 22. 1265, 10 seine Mittheilungen verdankt. [2] Per. 1, 14, 6.
[3] Schol. Il. 8, 39 u. a.

monde bezeichne: wann Helle nicht mehr auf dem prophetischen Widder (für welchen die sie früher umschliessende Klammer des Mondes wegen der Aehnlichkeit mit einem Horne galt) sass, dann musste sie auf der Reise durch das Himmelsmeer ertrunken sein, und ebenso stehts mit dem Wegspülen der Scholle aus dem Schiffe oder ihrem Versenken; aber dies Abnehmen und endliche Ausbleiben der andren Mondhälfte konnte doch nicht gut, dünkt mich, die Geburt der Pallas oder des Dionysos heissen, sondern wenn hier nicht Zeus der Vernichtete ist so gilt jene Vorstellung nur solange als wirklich zwei Theile des Mondes unterscheidbar sind [1]. Es scheint daher als ob diese und andre Bilder des getheilten Mondes nach verschiednem Maasstabe zu beurtheilen sind: wenigstens schwimt Europe auf dem Stiere gerade wie Helle auf dem Widder oder Aphrodite auf Triton durch den Ozean; aber in jenen Fällen ist nur an die Nächte gedacht in welchen die beiden Mondhälften selbander ihre Strasse ziehn (wie wenn Euphemos im *Besitze* der Scholle ist), während das beim Wachsen der andren Hälfte unvermeidliche endliche Ertrinken erst in der Geschichte der Helle oder des Hylas (wie im *Versinken* der Scholle) festgehalten wird.

Unter dem was sonst von Euphemos bekannt ist [2] berührt uns hier nur noch sein Antheil an der Durchfahrt durch die

---

[1] Im ersten Mondviertel erscheint Zeus als Rachen (wie Kronos) und verschluckt nach der schon berührten Fabel die Metis, also die abnehmende Hälfte des zunehmenden Monds; dadurch wird er kugelrund bis der Mond sich wieder von neuem spaltet und Athena hervorguckt, freilich nur solange als die abnehmende Mondsichel aushält. [2] Burmann Catal. Arg. CXV ff. Müller Orch. 262 ff.

Symplegaden. Bekanntlich waren dies zusammenschlagende Felsen welche am Eingange in den Pontos gesetzt wurden, und die Argo kam glücklich mit dem geringen Verluste einiger Verzierungen [1] hindurch, nachdem die Minyer vorher einen Versuch mit einer Taube gemacht hatten, die gleichfalls nur einige Federn einbüsste [2]; bei diesem Abenteuer war es aber Euphemos der als $\pi\varrho\omega\varrho\varepsilon\acute{v}\varsigma$ [3] die Taube nach der Argonautensage [4] loslies. Leser wie ich sie mir wünsche werden eingedenk der vielen Repetitionen derselben Vorstellungen in den Fabeln gern einräumen, dass das Fliegen der Taube durch die Kyaneen nur eine Variation von der Durchfahrt der Argo (deren Schnelligkeit einer Taube gleichkam [5]) sei: der Mond galt ja nicht weniger für eine Taube als für ein Schiff, und es möchte einleuchten dass die gefährlichste Stelle für das Mondschiff das Untertauchen unter die Erde und wieder das Auftauchen war, wobei jenes (wenigstens beim abnehmenden Monde) Haare lassen musste (gleichwie Herakles als er in das die Hesione gefährdende Ketos stieg: denn

---

[1] Ausser den Schriftstellern des Argonautenzugs s. Claudian 26 de b. get. 5: incolumem *tenui damno* servasse carinam. Von jener Verzierung redet auch Pausan. 5, 11, 5 mit Böttiger Id. zur Archäol. d. Mal. i. 245. Vergl. die Ausl. zu Valer. Fl. Arg. 1, 275. 4, 661. [2] Auch die Harpyien in der Klemme zwischen Zetes und Kalais müssen Federn lassen: Seneca Med. 782 Reliquit istas invio plumas specu Harpyia dum Zeten fugit. [3] Bei Apoll. Arg. 2, 556. Schol. Pind. Pyth. 4, 55 S. 546. Dass Euphemos zugleich Proreus und Steuermann sein konnte, wie Theotimos ebend. 61 S. 545 will, ist wol nicht möglich. Da aber auch er sich für das Steuerruder nach dem Tode des Tiphys meldet Apoll. Arg. 2, 896, so konnte er früher Proreus, dann aber Steuermann. Tzetz. zu Lyk. 866 S. 190 sein. [4] Apoll. Arg. 2, 556 vergl. 555. 562. [5] Asklepiades (in den Trag.) bei Schol. Od. 12, 69 S. 401.

die Phasen kommen in der Mythologie auch als Haare bei Nisos und Pterelas u. s. w. vor) ; welches Thema in der Gefahr bei den Symplegaden und Plankten so wie in vielen andren Bildern, z. B. als Herabsteigen in den Hades oder in der Dichtung von Skylla und Charybdis und der Syrtis [1] erscheint. Vor allem möge man Homers [2] sich erinnern und seiner beiden Pässe, deren einen, die Plankten, auch die Argo durchfuhr ; wenn eine der Tauben welche dem Vater Zeus Ambrosia zutragen diese Strasse zieht, so geht sie immer an dem glatten Felsen zu Grunde, aber Zeus ersetzt sie durch eine andre um die volle Zahl zu behalten. Ich glaube dass diese Stelle nach dem Gesagten nun verständlich sei : wenn die Mondtaube [3] die Durchfahrt wagt d. h. wenn der Mond untertaucht, so dachte man es sei um sie geschehen und hielt die Taube der folgenden Nacht für eine neue, weil auch die Gestalt etwas grösser oder kleiner war. Wenn aber in jener hohlen Gasse der Kyaneen statt der Taube [4] Valerius Flaccus [5] eine blitzende Fackel der Pallas (gleich der feurigen Strasse

---

[1] Durch die Syrtis kommen die Argonauten unter Führung eines Pferdes, wie durch die Symplegaden mit Hülfe einer Taube.   [2] Od. 12, 62 ff. Was Nitzsch Erkl. Anm. B. 3. 375 ff. hier beibringt, ist von sehr geringem Belange : die Hauptsache ist dass *auch* eine Taube den Weg durch die Symplegaden eröffnen muss.   [3] Sie trägt Ambrosia, wenn der Mond gespalten ist ; und leicht mochte man die eine Mondhälfte als Speise fassen, weil die andre auch als Mund gedacht wurde.   [4] Dass zuerst mit einer Taube der Versuch angestellt sei, behauptete auch Asklepiades im zweiten Buche der Tragodumena bei dem Schol. Apoll 2, 562 und in den Schol. Od. 12, 63. Vergl. Eust. Od. 12. 1712, 19. Apollodor Bibl. 1, 9, 22 mit Heyne 197 ff. Hygin fab. 19. 55 u. s. w.   [5] Arg. 4, 670 Prima coruscanti signum dedit aegide virgo, Fulmineam iaculata facem, vixdum ardua

bei der Rückkehr von Kolchis zu den Engpässen des Istros bei
Apollonios [1]) den kühnen Schiffern vorausziehn und leuchten
lässt, während bei Orpheus [2] Athena auf Antrieb der Hera dem
Schiffe einen Reiher ($\dot{\varepsilon}\varrho\omega\delta\iota\acute{o}\varsigma$) voraussendet, dessen äusser-
ste Schwanzfedern von den zusammenschlagenden Felsen abge-
knipst werden ; so sind das nur unwesentliche Varianten, weil es
nicht darauf ankommen konnte zu welcher Spezies der Vogel
gehörte, und weil auch jene leuchtende Fackel des Blitzes (wie
in der Geschichte des Paris und Meleagros) die Mondsichel bedeutet. Demnach glaube ich ohne Widerspruch behaupten zu können dass auch die von Euphemos losgelassne Taube eine Variation der Scholle sei ; und ich füge nur noch hinzu dass jene
Stelle (dass Thor des Phorkos oder Orcus [3]) auch Io passirte,
weswegen sie Bosporos hiess d. i. die Durchfahrt der *Mondkuh*,
und, dass die Zungen verderblichen Feuers bei den Plankten sich
auf Abend- und Morgenröthe beziehen möchten.

Obgleich meines Bedünkens nun alles klar ist, so will ich
doch zur Bestätigung noch einige ähnliche Fälle anführen, und
dann endlich kurz im allgemeinen von den Mondhälften in ihrer
Vereinigung handeln. Dass die Mondsicheln als Schuhschnäbel der
Mondgottheit genommen werden konnten, ist schon aus der nunmehr vielfach von uns beleuchteten Plastik verständlich ; daher

---

cautes Cesserat, illa volans tenui per concita saxa Luce fugit, rediere viris
animique manusque Ut videre viam, *Sequor, o quicunque deorum,* Aesoni-
des, *vel fallor* , ait praecepsque fragores Per medios ruit et fumo se con-
didit atro. -

[1] Arg. 4, 250 mit Nymphis in den Schol. 4, 247.   [2] Arg. 693 ff.
[3] Oben S. 169 (259). 5.

heisst Hera χρυ6οπέδιλος [1], und nach meiner Einsicht hangt
der Mond in Gestalt von Schuhschnäbeln an ihren Füssen in der
Sage [2] von den beiden Ambossen, die Zeus unter ihren Füssen
befestigte als er sie (zur Strafe!) zwischen Himmel und Erde
aufhing: denn dass die Mondgottheit als schwebend galt ist eine
geeignete Vorstellung [3] (woher die vielen Erhängungen, wenn man
hinzunimmt dass der Mond zuweilen auch bei Tage bleich wie ein
Todter aufgeht, sich ungezwungen erklären); und die Plastik (da
sie die Bewegung nicht, wie die Kulte durch Schaukelfeste, darstellen konnte) musste das Bild durch Ketten an der Decke des
Tempels befestigen, und dann konnten jene metallnen Mondsicheln
gar leicht mit Ambossen verwechselt werden. Mit Rücksicht auf
die Sichel des zu- und abnehmenden Mondes oder auch in Folge
des Schönheitssinnes erhielt die Gottheit *zwei* goldne Pantoffeln;
wenn aber Heroen wie Iason [4] im Anauros Einen Schuh oder
Perseus [5] bei Tarsos die eine Sohle verlieren, so bezieht sich das
auf den gespaltnen Mond, dessen andre Hälfte allmälig abfällt, und
findet seine Analogie in dem Entgleiten der Scholle und den ü-

---

[1] Homer Od. 11, 604. Hesiod Theog. (12). 454. 952.   [2] Homer Il. 15,
18. vergl. Uschold Vorh. 1. 532 N. Diese Ambosse kamen hierauf nach
Troia (der fabelhaften Mondstadt) wie ein altes episches Fragment bei Eust.
Il. 15. 1005, 13 lehrt, und wurden auch später noch gezeigt.   [3] Oben
S. 39 (129). 47 (157) ff.   [4] Pindar Pyth. 4, 78. 95 mit den Schol.
133 S. 333. Apoll. Arg. 1, 7 ff. Apollodor Bibl. 1, 9, 16 mit Heyne 175
u. s. w.   [5] S. die verschiednen Mittheilungen bei den Ausl. zu Iuvenal
5, 118 und Steph. byz. u. Tarsos, die alle auf dasselbe hinauslaufen. Auch
Ammian 14, 8, 3 Tarsum — condidisse Perseus dicitur — — vel certe ex
Aethiopia profectus *Sandan* quidam nomine, vir opulentus et nobilis geht
auf die Sandale; vergl. Vales. zur Stelle S. 65 f.

brigen eben behandelten Beispielen. Der Sichelgott war nämlich ohne weitre Kombinationen οἰοπέδιλος wie die fabelhaften Aetoler, oder vielmehr blos Sandale mit der Zugabe eines mensch‐ lichen Körpers ; und da man nun nach dem Grunde forschte warum der arme Mann nur Einen Schuh habe auftreiben kön‐ nen, so musste man sich gleich der andren Sage erinnern dass der Schuh auch abfällt bei seiner Reise durch die Luft oder Flut des Himmels. Auch Eurypylos‐Triton ist οἰοπόλος [1], und ich glaube dass alle mythologische Lahmen sich auf derartige Phantasien zurückführen lassen, weswegen man z. B. dem Euri‐ pides sehr Unrecht thut, wenn man ihn tadelt dass er die He‐ roen zu Krüppeln gemacht habe, während er doch nur echten Sagen und Denkmälern folgte und *das* frei aussprach und für das Mitgefühl benutzte, was andre Tragiker und die spätern Künst‐ ler aus ästhetischen Rücksichten *verheimlichten*. Demnach wird auch die sonst wunderliche Geschichte des Theseus, welcher nach seinem Versuche im Hades mit Peirithoos auf einen Stein festge‐ bannt ἑλκόμενος ὑπὸ τοῦ Ἡρακλέους κατέλιπεν ἐπὶ τὴν πέτραν τὴν πυγήν [2], wegen welcher Verstümmlung ihres Ahnherrn die Athenäer für λισπόπυγοι galten [3] in einem an‐ dren Lichte erscheinen. Denn wie Helle vom Widder herunter‐

---

[1] Pindar Pyth. 4, 28. [2] Schol. Arist. Equ. 1368. Vergl. über das Abenteuer des Theseus in der Unterwelt Heyne zu Apoll. 2, 5, 12. 455 f. und zu Virg. Aen. 6, 617 u. s. w. [3] Meineke Com. gr. B. 2. 680. Bei Platon fr. inc. 2 heisst der gottlose Kinesias Sohn des Euagoras von der Pleuritis, obgleich sein Vater Meles war. Seit langen Jahren schon glaube ich dass er der Sohn des Diagoras genannt wurde, und auch Meineke ver‐ muthet patri nomen allegoricum a poeta inditum fuisse.

glitscht, wie die Scholle aus der Argo weggespült wird und wie die Argo durch die Symplegaden ihre Ornamente verliert, so büsst Theseus seine Extremitäten ein d. h. Theseus muss den treuen Freund Peirithoos im Hades zurücklassen : denn beide sind in der Sage wie Zwillinge verwachsen, und der Stein, auf den Theseus verwiesen ist, kann nur jener Gefährte selbst sein. Daraus mag sich denn erklären weswegen die Meteorsteine und überhaupt alle sogenannten διοπετῆ im Alterthume in so hohen Ehren standen : man hielt sie nämlich für einen Ableger des höchsten Gottes selbst, und die frühe Voraussagung des Anaxagoras von dem Herabfallen eines Meteorsteins [1] wird wol eine kalendarische gewesen sein und durch späteres Misverständniss auf eine Erscheinung bezogen sein, deren Gesetze bis heute menschliches Grübeln vergebens zu erforschen gestrebt hat.

In letzter Beziehung ist es nöthig einige Worte von den *Bätylen* d. h. Betsteinen oder Weichbildern zu sagen : jener Sanchuniathon dessen Namen vormals Philon von Byblos misbrauchte kennt [2] sowohl einen Sohn des Uranos und Bruder des Kronos Betylos (Βέτυλος), als auch erzählt er [3] ohne weiteren Zusammenhang dass der Gott Uranos (der früher ἐπίγειος ἢ αὐτόχθων hiess) Bätyle oder belebte Steine geschaffen habe, ἔτι ἐπενόησε θεὸς Οὐρανὸς βαιτύλια λίθους ἐμψύχους μηχανησάμενος. Hesychios [4] hat *Βαίτυλος· οὕτως ἐκαλεῖτο ὁ*

---

[1]   Diog. laert. 2, 10 mit den Ausl. Plin. H. nat. 2, 59. Plut. Lys. 12. 439 u. s. w. vergl. Clinton Fast. hell. 465, 5. Viele sagen der Stein sei vom Himmel, andre aus der Sonne gefallen, was wol ein Irthum ist, da auch der nemeische Löwe aus dem Monde fiel, oben S. 72 (162) N.   [2] Eusebios praep. ev. 1. 25. [3] v. u.   [3] Ebend. 1. 24 27.   [4] S. 178 Schr. mit der Anm. ,,a Iacobi Bethel originem duxisse verisimile est".

δοθεὶς λίθος τῷ Κρόνῳ ἀντὶ Διός. Nach einem andren
Zeugnisse [1] ist Βαίτυλος Λίβανον τὸ ὄρος τῆς Ἰλίου [2]
πόλεως. βαίτυλος δὲ ἐκλήθη καὶ ὁ λίθος ὃν ἀντὶ Διὸς
ὁ Κρόνος κατέπιεν; und Zonaras [3] hat λίθος γενόμενος
κατὰ τὸν Λίβανὸν τὸ ὄρος τῆς Ἡλιουπόλεως, sowie
auch Priscian [4] schreibt: Ab adir (der mächtige Urheber) dicitur lapis ille quem Saturnus dicitur devorasse pro Iove, quem
Graeci βαίτυλος vocant. Vergleicht man hiermit die Angabe
des Philòn von Byblos [5] in der Schrift über die Juden dass Kronos von den Phönikern Israel genannt werde, Κρόνος ὃν οἱ
Φοίνικες Ἰσραὴλ προσαγορεύουσι, so erinnert man sich
an den Stein zu Beth- El oder Lus welcher jenem bei seiner
Reise nach Haran zum Kopfkissen diente [6] und Eben Satia d. h.
Stein oder Sohn des Fundaments hiess [7]. Nun passt aber vortrefflich die Nachricht Plutarchs [8] Κρόνον ἐν ἄντρῳ βαθεῖ
περιέχεσθαι ἐπὶ πέτρας χρυσοειδοῦς (was auf
die strahlende Mondhälfte geht) καθεύδοντα, woraus ersichtlich ist dass der Stein den Kronos verschluckt und auf dem, er
ruht nur unerhebliche Varianten für Iupiter lapis oder Bätylos
selbst sind, gleichwie auch sonst Zeus in einem Gehäuse (dem

---

[1] Etymol. M. 192, 56.   [2] Bei Philon ist Ilos gleich Kronos.   [3] Lex.
S. 571 im Thes. ling. gr. H. Steph. B 1. CCCXC.   [4] S. 647, 47
oder 698, 45 ebend.   [5] A. a. O. 26. 15. Der Kroniden sind zwar nicht
gerade zwölf, aber sie bilden wenigstens den Kern des Olymp.   [6] Genes.
28, 11 ff.   [7] Nork pop. Myth. 1. 157.   [8] Fac. lun. 26. 941 F.
Nun wird man wol verstehn wo das Schloss des Kronos, Pindar Ol. 2, 77
ff. zu suchen sei. Auch das Bild des Kronos, den Taautos (Philon a. a.
O. 25. 25) zugleich schlafend und wachend darstellte, ist wie Endymion
mit Selene eine Zusammenfassung der Mondhälften.

Gotteshause) wohnt, und man kann nunmehr die Wurzelverwand-
schaft von $\pi\alpha\tau\grave{\eta}\varrho$ und $\pi\acute{\epsilon}\tau\varrho\alpha$ verstehen. Ebenso dient bei den
Indern die Schlange ¹ Ananda, d. h. ohn' Ende, abwechselnd dem
Schiwa und Wischnu zum Ruhekissen ; und Ammon zu Mega-
lopolis als Kopf auf einem Sockel ², $\tau o\tilde{\iota}\varsigma$ $\tau\epsilon\tau\varrho\alpha\gamma\acute{\omega}\nu o\iota\varsigma$ $\grave{\epsilon}\varrho\mu\alpha\tilde{\iota}\varsigma$
$\epsilon\grave{\iota}\varkappa\alpha\acute{\sigma}\mu\acute{\epsilon}\nu o\varsigma$, und überhaupt die alterthümliche Hermenform glei-
chen jenem Ausruhen des Kronos auf dem Steine. Demnach ist
der höchste Zeus als Bätylos auch ein Diskos (in Perseus' oder
Iasons Hand) oder jener Stein ³ in Ziegenfelle eingewickelt, den
Kronos verschlang : denn die andre Ableitung der Bätyle vom
dorischen $\beta\alpha\acute{\iota}\tau\eta$ gleich $\delta\iota\varphi\vartheta\acute{\epsilon}\varrho\alpha$ weil Rhea jenen in ein Zie-
genfell wie in Windeln wickelte ⁴ ist durchaus nicht zu verwer-
fen, da $\beta\alpha\acute{\iota}\tau\eta$ in Asien diese Bedeutung hatte ⁴ und auch für
$\sigma\iota\sigma\acute{\upsilon}\varrho\alpha$ oder Zelt ⁵ (d. h. Behausung) gebraucht wurde ; zu dem
kommt aber dass Zeus selbst Widder ist und dass (nach einer
häufigen Verwechslung zwischen Vater und Sohn) jener phönikische Kronos auf Veranstaltung seiner Mutter seinen Hauptsieg
über den Bruder errang ⁷ weil er in die Felle von den Böcklein
($\check{\epsilon}\varrho\iota\varphi o\iota$) seine Hände that und wo er glatt war am Halse. Wenn
aber bei den Phönikern nach dem Etymologikon ⁸ auch Kronos Be-
tagon oder Beth-dagon ⁹ hiess, so ist er als Mondhälfte «Bett des
Dagon» seines Bruders genannt worden.

ᵃ   Nur Mondschlangen wechseln den Balg, was mit dem Verjüngungsprozesse
des Aeson Iason u. s. w. gleiche Bedeutung hat.   2 Pausan. 8, 32, 1.
vergl. oben 149 (259). 2.   3 Tzetz. zu Lyk. 399 S. 48 mit Lobeck
Agl. 516.   ⁴ Etym. M. a. a. O. vergl. die Ausl. zu Gregor. cor. 287.
⁴ Bekker Anecd. 84 der mir nicht zur Hand ist.   ⁶ Hesychios s. v.
und Ellendt Lex. soph. B. 1. 290 f. Herodot 4, 64, 4.   ⁷ Genes. 27, 16.
⁸ S. v. mit Thes. ling. gr. B. 1. CCCXCVI.   ⁹ Maccab. 1, 10, 83.

Ich kann nicht weiter von Niobe dem teumesischen Fuchse dem Hunde des Kephalos u. a. reden die in Stein verwandelt wurden; ebenso wenig Worte bedarf die nun deutliche Sage dass die Insel der Phäaken (im Zorne!) von Poseidon (dem Erdumgürter) mit Felsen umthürmt und dass das Schiff welches den Odysseus heimführte versteinert sei [1], oder dass jemand durch das Medusenhaupt zu Gestein wurde oder sonst ein steinernes Gewand anzog [2]: denn alle diese Phantasien finden in dem Gesagten ihre Analogie und Erklärung, gleichwie Atlas zu einem Berge wurde, und den Himmel trug als $\dot{\alpha}\chi\vartheta o\varphi\acute{o}\varrho o\varsigma$, mit welchem Worte Hesychios [3] $\check{o}vo\varsigma$ d. h. den Mondesel wiedergiebt. Ebenso ist der Stein in der Schleuder des kleinen Hirten durch welchen der grosse Laban hinfiel wie er gemessen war, oder der Fels der über Tantalos im Himmelsgarten hangt, von jenem Steine im Munde des Kronos oder von Euphemos mit der Scholle nicht wesentlich verschieden; und wenn einst in sehnendem Verlangen Pygmalion den Stein umschloss, bis in des Marmors kalte Wangen Empfindung glühend sich ergoss, so werden wir nun ohne Widerspruch Pygmalion für die brennende Klammer des zunehmenden Mondes halten dürfen, der den trüben Theil so lange umfängt bis er sein Feuer und Licht beim Vollmonde diesem Marmor oder vielmehr Elfenbein [4] eingeflösst und mitgetheilt hat.

---

[1] Od. 8, 567 ff. 13, 161. 175 ff.   [2] Homer Il. 5, 57 mit den alten Ausl. [3] S. 693 s. v.   [4] Schiller folgt hier alten Dichtungen; denn Philostephanos in seinem Buche über Kypros erzählte dass jener König eine Statue der Venus wie ein Weib geliebt habe, nach Arnobius adv. nat. 6, 22. Indess habe ich nichts von einem *Marmorbilde* gelesen (wenn immer der Stoff gleichgültig ist und vom Belieben des Dichters abhing), sondern jene

Dieses Elfenbein (das keineswegs Bekanntschaft mit dem indischen Elephanten voraussetzt) erinnert mich an die Schulter des Pelops (welche gleichfalls die eine Mondhälfte ist) : wie dieser oder Pelias Absyrtos und Pentheus , so wurde auch Orpheus zerstückelt und thracios sparsus iacuit per agros, um mit Seneca [1] zu sprechen ; darum möchte ich im Fragmente Pindars [2] dem Ialemos-Orpheus ein ähnliches Loos zuertheilen, sodass die Worte $\dot{\omega}\mu o$-$\beta \acute{o}\lambda \omega$ $v o \acute{v} 6 \omega$ auf den Fehler der Schulter (wie bei Pelops $\dot{\alpha}\mu\acute{o}$-$\beta o\lambda o\varsigma$) gehn. Denn wenn wir auch von Ialemos herzlich wenig wissen, so scheint er doch nur eine Variation des Orpheus zu sein, welcher nach abweichender Sage durch einen Blitz des Zeus erschlagen wurde [3], gleichwie Anchises (weil er seine Heimlichkeiten mit Aphrodite ausplauderte) $v \omega \tau \acute{o}\beta o\lambda o\varsigma$ ist: bei Sophokles [4] nämlich trägt *pius Aeneas* kurz vor dem Falle Troias

Bildsäule der Aphrodite soll aus Elfenbein gewesen sein, wie derselbe Philostephanos bei Clemens alex. Coh. 4. 50 mit Potter schreibt. Die Verwandlung hat Ovid. Met. 10, 247 ff. der indess den Pygmalion zu einem Künstler macht, der sich in sein Werk (wie Euphemos in die Scholle) verliebt und die Statue solange herzt, bis das Elfenbein erwarmt, dataque oscula virgo Sensit et erubuit, timidumque ad lumina lumen Attollens pariter cum coelo vidit amantem. Aphrodites Umgürtung durch Triton und diese Umfangung ihres Bildes sind identisch.

[1] Med. 631. Ovid. Ib. 597 Diripiantque tuos insanis unguibus artus strymoniae matres Orpheos esse ratae. vergl. Aeschylos in den Bassariden, Lucian Pisc. 2 B. 3. 131 (mit einem tragischen Verse). de saltat. 51. Isokrates Bus. 39. 229 pr. Platon Conv. 179 D. Plutarch de fluv. 3, 4 (wo der Trimeter vielleicht eine Warnung an Orpheus aus den Bassariden ist, da dies Kapitel aus Kleitonymos Schrift über die Tragiker stammt). Phanokles bei Stobäos Flor. 64, 14. 399.   [2] Schol. Rhesi 882.   [3] Pausan. 9, 30, 5. Diog. laert. praef. 5. Alkidamas Ulix. 672, 9 Bekk.   [4] Laok. Fr. 138 S. 271 Did.

auf seinen Schultern den Vater sanft aus dem Getümmel, welchem vom blitzgelähmten Rücken ($\varkappa\varepsilon\varrho\alpha\upsilon\nu\acute{\iota}\upsilon\upsilon$ $\nu\acute{\omega}\tau\upsilon\upsilon$) das schwefeldunstige Linnenkleid herabwallte; in dieser Sage aber hat sich die Einheit der Mondhälften nicht wie bei Atlas als eine drückende Last sondern als ein erfreulicher Akt der Pietät herausgestellt (und dieses hat Virgil mit feinem Sinne hervorgehoben), aber eigentlich ist für den Mondgott Aeneias sein Vater Anchises nichts weiter als jener blitzblaue [1] Rücken oder jenes verschossene Kleid, die er sogut wie seine Gattin Kreusa oder wie Theseus seinen Sitz und Euphemos die Scholle mit der Zeit verlieren muss.

Ferner wird aus Missionsberichten von einem Bilde im Tempel des Mikao in Japan erzählt, welches ein theilweise im Wasser liegendes Ei zeigt, das von einem Bullen (dessen Füsse selbst in der Wasserschale stehen) mit den Hörnern fortgeschoben wird [2]. Leicht wird man mir einräumen dass das Ei zwischen den Hörnern des Bullen ein andres Bild für die Scholle in der Hand des Euphemos sei; und dass wegen der Hornsgestalt der umgürtenden Mondsichel ein ganzer Bulle zugegeben worden ist, kehrt häufig wieder z. B. beim Raube der Europe durch den Stier Zeus. Endlich aber findet die Szene im Wasser statt, weil der nächtliche Himmel für eine Flut galt, und auch die Bewegung [3] des von den Stierhörnern eingeklammerten Ei's, also des Mondes, hat

---

[1]   Blaues Donnermaul braucht Schiller.   [2] Ich kenne nur die Kopie bei Nork, pop. Mythol. Tafel 2 17. Auch scheint sich Lobeck Agl. 558 N. auf dieses Keimelion zu beziehen.   [3] Ebenso wird das Ei aus welchem die syrische Göttin Semiramis entspringt von Fischen ans Ufer gewälzt: Hygin Fab. 197 In Euphratem flumen de coelo ovum mira magnitudine cecidisse fertur, (quod) pisces ad ripam evolverunt, mit Munck. 277.

der Künstler nach Kräften angedeutet, gleich wie Sisyphos den Fels wälzt. Nach indischer Vorstellung ruht die Erde [1] d. h. die Mondscholle auf der Schlange Adisexa, weil jener Mondgürtel die andre Hälfte gewissermassen zu tragen scheint: allein (bei abnehmendem Monde) war die Schlange (weil die Sichel immer dünner wird) nicht länger im Stande die (von der *Bosheit* der Menschen, wie vor dem troianischen Kriege, beschwerte!) Erde zu tragen, weshalb letztere bis auf den Grund des Meers versank und eine allgemeine Ueberschwemmung (d. h. die Dunkelheit der Nächte vom Ausbleiben des letzten Mondviertels bis zum Neumonde) verursachte; aber nun nahm der Mondgott Wischnu (der selbst jene Schlange in einem andren Bilde ist) die Gestalt eines Ebers an und holte mit seinen Hauern den versunknen Erdball aus dem Abgrunde hervor, d. h. der junge Mond gleicht einem Eberzahne an dem die Scholle hangt, und zum Zahne ist die übrige Bestie eine gewöhnliche Zugabe. Ebenso sind nach Zoroasters Lehre in jenem Weltei d. h. im Vollmonde Ormuzd und Ahriman als Zwillingsbrüder enthalten; erst als das Ei barst d. h. als der Mond abnahm trennte sich Ahriman von seinem Bruder und verwandelte sich in eine Schlange (wegen der Sichelform des Mondes), wird sich aber am Ende der Tage wieder (im Vollmonde) mit Ormuzd vereinigen; und natürlich muss Ahriman zuerst das Ei durchbrechen, weil die Spaltung nach dem Vollmonde vom trüben Theile ausgeht. Endlich nach einer andern indischen Phantasie wollte sich Brahma offenbaren und schuf deshalb ein Ei dessen Schale halb golden und halb silbern

---

[1]   Oder jene alle 21 Welten tragende Schildkröte : Nork pop Myth. 2. 173 ff.

war (was offenbar die Mondhälften in ihrer Einheit sind); gleichwie das kolchische Vliess nach Simonides zwischen weiss und
purpurn changirte, oder (beim Vollmonde) ganz golden und nach
Akusilaos mit dem Purpur des Meers gefärbt war [1].

Ich will hier nicht vom orphischen Weltei sprechen, das ich
anderswo betrachten werde, aber von der Kosmogonie des Aristophanes [2] bemerke ich dass er zuerst Chaos und Duster u.
dergl. setzt (und wie sollte er nicht? schien doch weder Sonne
noch Mond hinein); dann gebiert die Nacht ein Windei (weil
das Mondei noch nicht in seiner Thätigkeit ist), aus welchem Eros
mit goldnen Flügeln (d. h. die leuchtende Mondsichel) auskriecht,
und nun mit dem Chaos (der andren Hälfte) das Menschengeschlecht
(die Sterne?) zeugt. Noch deutlicher ist das Ei der Leda oder Leto) welches in Kastor und Polydeukes dem Unbefangnen die beiden Mondhälften zeigt, welche sie auch später noch als halbe
Eierschalen zur Kopfbedeckung haben [3]; denn sie waren sich ganz
gleich bis auf Sterblichkeit und Unsterblichkeit. Demnach müssen auch die zusammengewachsnen Zwillinge Kteatos und Eurytos, welche unter dem Namen der Aktorionen oder Molioniden
bekannt sind und die nach Ibykos [4] aus einem silbernen [5] Ei
entsprangen, der gespaltne Mond sein. Welcker [6] zwar hat die
wunderliche Vorstellung, dass zwei *endliche* Mühlsteine vom
Volkswitze (!) vergöttert worden seien; aber das übertrift noch

---

[1] Schneidew. zu Simon. S. 47.   [2] Av. 695 1f.   [3] S. besonders Lucian
dial. deor. 26 B. 2. 92 mit Hemsterh. langer Note 388—401. vergl. Uschold
Vorh. 2. 194.   [4] Fr. 14. 658 Bergk, bei Athen. 2. 57 f.   [5] Der
Mond wird auch als silbern gedacht, z. B. bei Sappho Iulian Epist. 19.
387 A, und verdunkelt als solcher die übrigen Gestirne. vergl. Manilius Astr.
1, 470. Lobeck Agl. 956 N.   [6] Kl. Schriften 2. CII ff.

Böttigers Deutung vom Dreizack oder Heroldsstabe an Seichtig-
keit, und niemals haben irdische Gegenstände anders als vermöge
der Vergleichung mit dem himlischen Urbilde Verehrung genossen ; Witze aber dienen nur das Heilige in den Staub zu ziehn.
Auch die Unüberwindlichkeit und Unzertrennlichkeit jenes Zwillings-
paars ist doch gewiss viel leichter von Monde als von der Mühle
abgenommen ; und dass sie nicht immer als zusammengewachsen
gedacht wurden , zeigt die Stelle Homers [1], wo der eine die Zü-
gel hält und der andre peitscht : denn wen konnte wol die nach
hinten gekehrte Hälfte füglich peitschen ? Ebenso unbesonnen
aber sind Welckers Worte [2] : «an sich hebt auch die Zusam-
«mengewachsenheit die Stärke auf, und es ist nicht wahrschein-
«lich dass die Phantasie alter Zeiten, die immer auf den Nagel
«trift, auf dies Bild der unwiderstehlichen Kraft gefallen wäre,
«wenn es nicht geschah mit Beziehung auf die Natur der Mühle,
«durch kühne Vermischung von Bild und Sache» : denn wie wenig
der Nagel auf den Kopf getroffen sei, zeigt die Beobachtung dass
kein Dichter den Ausdruck «so stark als eine Mühle» braucht,
wenn man etwa die Unbesiegbarkeit der Mühlen mit denen Don
Quixote kämpfte ausnimt ; und was die unbändige Kraft betrift,
so erzält wenigstens Aristophanes [3] von seinen doppelleibigen
Geschöpfen, dass sie fürchterlich stark und kräftig gewesen seien
und darum vom Haber gestochen sogar gegen die Götter sich
empörten ; endlich weiss ich nicht in welchem Sinne eine *Hand-
mühle* den Poseidon [4] zum wahren Vater haben mochte. Nichts-

---

[1] Il. 25, 641.   [2] Ebend. CXII.   [3] Bei Plat. Conv. 190 B.   [4] So
Homer Il. 11, 751. vergl. Welcker CII.

destoweniger kann zugegeben werden dass die beiden Mondhälften
für zwei Mühlsteine gehalten wurden : denn das empfehlen ety-
mologische Rücksichten und der Name des *obren* der Steine *ὄνος*
bei Hesychios s. v. *Ὄνος, Μύλη, Μυλακρίδαι*, Stephanos
byz. s. v. *Ἄντρων. Ἀγκών* u. a. [1] (während der *untre μύλη* hiess) ist im Monde sehr heimisch, z. B. als Midas Seilenos
Memnon Typhon u. s. w. und es gab auch zwei Sterne die man
Esel nannte [2] welche früher sicherlich der Mond selbst waren, sowie auch der sprichwörtliche Esel mit der Lyra hierher gehören mag : aber weit entfernt dass die Molioniden, nur zwei poe-
tisirte Mühlsteine waren, so ist das Verhältniss der Mondhälften
zur Mühle nur das des Mondgotts zur Lanze zum Säbel oder Horn
u. s. f. d. h. die Figur des Mondes wurde mit einem irdischen
Gegenstande kombinirt, und sie blieben *Mondgötter* in Mühlen-
gestalt. Jedenfalls aber wird unsre Erklärung des silbernen Ei's
durch diese Auseinandersetzung nicht verloren haben.

---

[1]   Pollux 7, 19. Photios lex. 556, 20, wo Aristoteles beide Theile Esel nennt,
aber niemand den untren wie Welcker CIV. 2 will. Schol. Il. 2, 697. Eust.
524, 36. Aristot. Probl. 35, 3. 964, 38. Ev. Matth. 18, 6 (vergl. Marc. 9,
42). Xenophon Anab. 1, 5, 5. Etym. M. 114, 55. Alexis Amphot. bei
Pollux 7, 20 mit Meineke Fr. com. gr. B. 3. 387 (wo ich den Genitiv auf
die anwesenden Besitzer oder Herrn der Tagelöhner beziehe). Dagegen scheint
derselbe Alexis Pyraun. fr. 4. 477 bei Athen. 13. 590 B. einen lebendigen
Esel zu meinen, wie Lucius bei Lucian Asin. 28 B. 6. 178 f. Apulei. 7.
155 altenb. Ausg. Pherekrates Agr. fr. 12. mit Meineke B. 2. 260 f. Diogenian Cent. 1, 26 mit den Ausl. 185. Vergl. Demon bei Photios lex. 557,
6 und Fritzsche zu Arist. Ran. 159 S. 109, wo die Thatsache wahr sein
mag, dass die mit Demeter so verwandte Mühle an den Mysterien Ferien
hatte und bekränzt wurde.   [2] S. meine Abh. über Memnon, Plut.
Osir. 51. 565 (vergl. 11. 555), u. oben 99. 155. 146 (189. 225. 256).

Vor allem aber muss festgehalten werden, dass Freundschaft oder Feindschaft der Handelnden, sowie Lob und Tadel der Handlungen, für die Deutung der Sagen ohne Belang sind, und nur als Reflexionen und Ergüsse des Gemüths in ungleicher Lage und Anschauungsweise einigen Werth haben ; sodass was in der einen Fabel den Verbrecher für die Hölle reif macht, bei andrer Auffassung ihn für die elyseischen Felder qualifizirt oder gar in den Olymp emporhebt. Die Stiere Zeus oder Paris erscheinen mit Europe und Helene in traulicher Verbindung, während Minotauros und der marathonische Stier dem Theseus nach heftigem Kampfe unterliegen müssen, oder Dirke von einem Bullen geschleift wird [1]. Und was z. B. die durchaus echte Sage anlangt dass Paris statt der Helene ein Phantom mitgenommen habe, so bin ich moralisch überzeugt dass die trübe Mondhälfte wie bei der Statue des Pygmalion und Admetos [2] oder wie bei der von Aeakos erbauten Mauer Troias [3] gemeint sei ; und wenn nicht auch ich pro Iunone nubem amplector, so hat Paris gerade eine solche Geliebte gehabt als Ixion, den der Wahnwitz eines mürrischen Stammes aufs Rad flocht : denn die zwei Momente in Ixions Geschichte, seine Umarmung der Wolke statt der Hera und sein zur Strafe (!) an ein kreisendes Rad ausgespannter Körper [4], sind sicherlich nur verschiedenartige Phantasien über die-

[1]   Lucian Asin. 23 B. 6. 171. Apulei. Met. 6. 121. Hygin fab. 8 S. 26. Heyne zu Apollodor 3, 5, 5. 585 ff. Ausl. zu Eurip. Antiope.   [2] Eurip. Alc. 348 ff.   [3] Oben 164 (254).   [4] Ovid. Fb. 174 quique agitur rapidae vinctus ab orbe rotae. Pindar Pyth. 2, 40. Der Kaiser Heliogabal liess seine Parasiten die er ixionios nannte an ein Mühlrad binden et cum vertigine sub aquas mittebat rursusque in summum revolvebat. Anders Lucian dial. deor: 6, 8 B. 2. 24 mit den Schol. 256 f. Dion Chr. 4, 125.

selben Mondhälften , wenn nicht etwa der Körper des Lapithen
zum sich drehenden Mondrade eitle Zugabe ist, sodass das Rad
als Folge jenes Verhältnisses der Mondhälften gedacht werden
konnte ; eigentlich aber ist Ixion dem Zeus gleich, weil er Gatte
der Hera ist, sowie letzterer in Pferdegestalt des Ixion Gattin Dia-
Hera sich aneignet. Aus jener Trughochzeit [1] des Ixion aber ent-
sprang das Geschlecht der Kentauren, mit Ausnahme (!) des Cheiron dessen Eltern der Hengst Kronos [2] und Philyra waren, weswegen er auch bei Xenophon [3] Bruder des Zeus heisst ; das aber
ist vielleicht die Ursache dass er $X\varepsilon i\varrho\omega\nu$ (wie in dem Wort-
spiele $X\varepsilon i\varrho\omega\nu$ $\mu\grave{\varepsilon}\nu$ $o\tilde{v}$, $E\grave{v}\varrho\nu\tau i\omega\nu$ $\delta\varepsilon$ [4]), um den schlech-
teren oder schwachen Theil des Mondes zu bezeichnen, genannt
wurde , da ich an $\chi\varepsilon i\varrho$ [5] nicht denken mag. Seine Höle, aus
welcher nur Helden hervorgehen , ist das Mondloch und gleich
dem Kopfe des Zeus mit der aschgrauen Athena oder der Hüfte
in welcher Dionysos eingepökelt war d. h. ein andres Bild für
den Rachen des Kronos der seine Kinder einschloss, oder statt
des Bauches des troianischen *Pferdes* [6] mit den besten der Hellenen und der Argo welche die Minyer barg [7]. Ueber Cheiron

---

[1] Bei ähnlicher Illusion erzeugte Poseidon das erste Pferd Skyphios, Schol.
Pind. Pyth. 4, 246 S. 359, und aus solchen Elementen (die an den trüben
Mond denken lassen) geht auch Erichthonios hervor, um von Pegasos zu
schweigen. [2] Lykophr. 1205 mit Tz. 123. ad Rhes. S. 87. [3] De
ven. 1, 4. [4] Diog. laert. 6, 59. so wird der Name auch ebend. 51 und
bei Aristides Asklep. B. 1. 72 Dind. gefasst. [5] Freilich entsprangen
auch die Mondgötter Brahma Wischnu und Schiwa gleichzeitig aus der
Hand der Mondgöttin Bhavani. [6] Auch Cheiron ist ein Pferd, wie
Kronos und Zeus. [7] Bei Xenophon de Ven. zu Anf. werden in jener
Höle zur Waidmannschaft (unter den Thieren des Himmels) und zu andren

selbst kann ich nur hinzufügen dass er wie alle seine Zöglinge Mondgott war : denn da er Prophet [1] Sternbild und Pferd (wie z. B. Kronos Zeus Demeter) ist, so lässt sich nicht füglich an etwas andres denken, und seine Doppelfigur ist nur darin von Triton verschieden, dass man aus dem Sattel oder Huf (für welchen der Halbmond gelten mochte) nicht einen Fisch sondern ein Pferd machte ; auch ist seine Höle dem Loche der Eiche gleich in dem der prophetische Zeus wohnt. Mit der Nachricht des Eustathios [2] ὅτι γυναικεῖον μόριον σημαίνει ὁ Κένταυρας verbinde ich ein andres Bild der Mondhöle, welche nicht nur für eine Pensionsanstalt des Cheiron sondern auch wie der Kopf des Zeus als *uterus* galt, weil der Mond weiblich gedacht wurde. Bisher hat man λέχος λοχεία Lucina u. s. w. noch nicht mit loqui Loxias oder λευκός lux u. dergl. d. h. mit dem Monde zu vereinigen gewusst, und mit Recht befremdete es dass die

---

Tugenden gebildet : Kephalos Asklepios Melanion Nestor Amphiaraos Peleus Telamon Meleagros Theseus Hippolytos Palamedes Odysseus Menestheus Diomedes Kastor Polydeukes Machaon Podaleirios Antilochos Aeneias Achilleus ; gerade einundzwanzig wie die Phasen des Mondes (wenn auch die Stelle kein genaues Aktenstük ist) und auch bei Pindar haust Iason hier 20 Jahre, der bei Xenophon fehlt während der *Troianer* Aeneias genannt wird, da doch schwerlich an einen Vorfahren des Stymphaliers bei Pindar Ol. e, 88 zu denken ist. Auch der Sohn Iasons Medeios (Hesiod Theog. 1001) wurde hier erzogen, so wie andre Mondgötter z. B. der verdächtige Heros Halon (Hof) in der Vita Sophocl. S. 40 (wo Meineke Fr. Com. gr. 2. 685 nach Apollon. 1, 97 mit dem Schol. Alkon ohne genügende Ursache ändert), Aristäos Sch. Hesiodi Theog. 977 (den ich nicht nachschlagen kann), Orpheus Schol. Iliad. 22, 591 u. a.

[1] Oben 175 (265) N.   [2] Od. 21. 1910, 10 nach Theopomp fab. inc. 14 B. 2. 520 Mein.

keusche Artemis Geburtshelferin und Hera pronuba oder $\tau\varepsilon$-
$\lambda\varepsilon i\alpha$ sei. Wenigstens ist die Deutung der Eileithyia als $\varphi\omega\varsigma$-
$\varphi\acute{o}\varrho o\varsigma$ oder $\varphi\omega\tau i\zeta o\nu\delta\alpha$, weil die Lichtgötter den jungen
Weltbürger ans Licht fördern ¹, zu subtil und ätherisch für die
Einfalt der Urwelt, und gewiss würde doch in diesem Sinne die
Sonne als Accoucheur den Vorzug verdient haben. Homer ² kennt
auf dem (fabelhaften) Krete (d. h. im Monde) am Amnisos die
Kluft der Eileithyia ($\delta\pi\acute{e}o\varsigma\ E\ddot{\iota}\lambda\varepsilon\iota\vartheta\upsilon i\eta\varsigma$), und daher hat auch
wahrscheinlich Strabon ³ $\tau\acute{o}\ \tau\widetilde{\eta}\varsigma\ E\ddot{\iota}\lambda\eta\vartheta\upsilon i\alpha\varsigma\ \iota\varepsilon\varrho\acute{o}\nu$ (wenn es
auch möglich ist dass man später die Phantasie lokalisirt hat,
wie es wirkliche Geburtsgrotten gab welche der Kultus geheiligt hatte ⁴); das Original indess aller Phantasien und Oertlichkeiten war die Mondkluft, wie sie auch das Urbild des prophetischen Mundes sein muss, der vermöge der pythischen Erdspalte
lokalisirt wurde. Und was war natürlicher als dass man die
$\dot{\omega}\varkappa\upsilon\tau\acute{o}\varkappa o\varsigma\ \varSigma\varepsilon\lambda\acute{a}\nu\alpha$, die man wachsen und wieder ihrer Bürde
sich rasch entledigen sah, zur himlischen Hebamme auserkor?
oder setzten nicht das Abfallen von Zeus' Nabel, die Geburt der
Athena und um nicht weiter auszuholen die Zeitigung des Dionysos ⁵ analoge Vorstellungen voraus? Dieselbe Figur des Mon-

¹ Vergl. Böttigers Ilithyia oder die Hexe, und Plutarch Qu. rom. 77. 282.
Dionys. Ant. rom. 4. 222, 44 Sylb. Ovid Fast. 2, 447 dedit haec tibi no-
mina lucus, aut quia principium, tu dea, lucis habes.   ² Od. 18, 188.
³ Geogr. 10. 730 A.   ⁴ Ebend. 14. 948 A ist von dem Orte die Aede
wo Leto ihre Niederkunft hielt, und von der Schlucht der Rhea wo Zeus
geboren wurde s. Pausan. 8, 36, 3. ⁵ Wenn Zeus als Mondsichel die irdische Semele (d. h. die trübe Mondhälfte) umarmt, so muss Semele bei Zunah-
me des Monds verbrennen (wie Pygmalion sein Feuer der Statue mittheilt);
aber gleich nach dem Vollmonde erscheint derselbe Zeus wieder mit einem
Anhängsel, woraus man dichtete er habe den Fötus in seiner Hüfte vollendet.

des aber nennt der scheusliche Franz Moor einen Ofen, und das
erinnert mich, zum Schlusse noch von dem Ursprunge der Opfer und namentlich der Brandopfer zu reden, weil ich Fr. Aug.
Wolfs [1] Vermuthung nicht theilen kann. Schon der Altar des
nächtlichen Himmels, das ϑυτήριον oder Räucherfass [2], lässt
uns die Augen nach oben richten ; und wenn man noch nicht
vergessen hat dass die Mondsichel als offner Mund oder Rachen
genommen wurde, so war es gewiss ebenso natürlich zu glauben der Mondgott verlange nach Speise (zumal da die trübe Hälfte
in diesem Munde *steckt*) , als ihn sprechen und Orakel geben [3]
zu lassen. Was lag also wol näher als diesem göttlichen Mond-
schlunde seine Nahrungssorgen abzunehmen und ihm Speise an-
zubieten, d. h. ihm das Maul zu stopfen? oder wie mochten die
frühsten Menschen den fürchterlichen Mondgötzen besser besänftigen, als wenn sie ihm freiwillige Gaben und Spenden darbrachten ? Denn wenn sie satt sind, sind auch die Bestien träge und
freundlich ; also wollte man auch den Moloch *geniessen* und seinen ungeheuren Wanst füllen lassen. Dagegen scheinen nun die
Brandopfer den *Genuss* und die *Sättigung* zu verhindern, weil
die Flamme dem Götzen die Speise vorwegfrisst : hierbei darf
man aber nicht verkennen dass der Altar oder feurige Ofen (wie
die Bildsäulen) ursprünglich der Gott selbst oder wenigstens seine Stellvertreter waren, und da man nicht bis zum Monde reichen konnte, so wurde auch das endliche Abbild des ewigen

---

[1] Vorlesungen B. 6. 122 ff. „über den Ursprung der Opfer“.　　[2] Seine
Geschichte s. z. B. bei Schol. Arati 403.　　[3] Auch bei der pythischen
Mondritze ist auf die trübe Hälfte Rücksicht genommen , weil daraus der
prophetische Dunst aufsteigt. Auctor de mundo 4. 395, 26.

Ofens glühend gemacht (gleich der feurigen Mondhälfte) und mit Opfern Fett oder Weihrauch belegt, weil der spiritus familiaris des Originals, d. h. die trübe Hälfte, bald für ein Schaf oder für einen Fettklumpen gehalten wurde, bald als der Rauch oder Dunst ($\pi\nu\varepsilon\tilde{\upsilon}\mu\alpha$) galt, der von glühenden Oefen aufsteigt wenn sie mit verzehrbaren Körpern in Berührung kommen. So frass also der auf Erden versetzte Mondofen als Moloch Phalaris oder Talos u. s. w. die Spenden und Opfer welche ihm die Herzensangst oder Dankbarkeit seiner Thiasoten darbrachten, und die menschliche Gestalt der Götzen war erst spätere Zugabe zum alten Brandaltare, gleichwie umgekehrt andre Formen des Mondgottes von dem Ofengötzen den Altar eingetauscht haben. Auch in den Wörtern satt sättigen satur Saturnus liegt die oben behandelte Wurzel *septem*, weil dem schrecklichen Siebengotte z. B. als Kronos etwas in den Mund gesteckt werden musste; oder man ahmte auch die Mondsicheln nach die in Gestalt eines Kopfes mit feurigen Armen (wie im Kulte des Talos) und als Stier (namentlich bei Phalaris) ihre Opfer in Empfang nahmen; und schon an und für sich gleicht die blosse Mondsichel einem *focus* (mit der Mondwurzel Bacchus verwandt), auf dem Opfergaben liegen oder doch wenigstens Rauch aufsteigt [1]: denn wenn eine grosse Mondsichel eine Thür zur Heizung hat, so konnte durch eine Vertiefung [2] und die beiden gebognen Enden das He-

---

[1] Das liegt auch in der Sage vom ersten Verbrechen (!) des Mondgotts Ixion, der selbst die feurige Grube ist in welche sein Schwiegervater wie ein Brandopfer stürzt, Pherekydes bei Schol. Apoll. 3, 62 Fr. 69. 204 St. und auf eine ähnliche Vorstellung bezieht sich die Angabe des Eratosthenes Schol. Arat. 403 über das Thyterion. [2] Vergl. Schol. Pind. Pyth. 4, 36 S. 365.

rabrollen der Opfer vom Roste verhütet werden. In dieses Mondloch stürzen sich als freiwillige Sühnopfer Anchuros der Sohn
des Midas und der Römer Curtius (welcher beiläufig gesagt durch
den Vater und Sohn des Midas Gordias oder Gordios mit jenem
vermittelt wird): denn dass an kein geschichtliches Ereigniss zu
denken sei, lehrt schon der Zusatz des Kallisthenes [1] (dem wir
diese Nachricht verdanken) dass Midas nach dem Tode des Anchuros dem Zeus idäos einen Altar errichtet habe den er durch
seine Berührung in Gold verwandelte (wie Pygmalion der Statue sein Leben einhauchte), oder dass jener Altar zur Zeit als
die Erdspalte entstand steinern war, nach abgelaufner Frist aber
golden erschien. Offenbar nämlich füllt die eine Mondhälfte die
andre aus, so dass an den Wechsel der Phasen zu denken ist,
deren Aussehn bald steinern bald golden ist; und auch aus der
Glosse des Hesychios [2] Ἀγχουρος· ὀρϑὸς ἢ ὄρϑρος, Κύ-

<hr/>

[1] Metam. 2 bei Stobäos Flor. 7, 69 S. 93. Plutarch Parall. s. 306. Bei
Apostolios und Arsenios soll Aegisteos statt Anchuros stehn.   [2] S. 20
mit Lobeck Pathol. 272. Technol. 255. 276 N. Schon Salmasius hat an
die Ara des Dosiades erinnert, über die Struve Zeitschr. f. Alt.wiss. Dez.
1847. 1082 nachzusehn ist. Ein goldner oder doch kostbarer Altar heisst
dort wenn die Verbesserung angenommen wird ,,erbaut aus den Ziegeln des
Achuros" (wofür Krösos deutlicher wäre), und ich weiss nicht ob es auch
für diese Form eine Autorität giebt; gesetzt aber dass die Aenderung sich
rechtfertigen lässt (z. B. durch die Variante Agura für die euböische Stadt
Argura, Lehrs zum Herodian 40. Lobeck Agl. 1131 f.), dann muss Achuros gleich seinem Vater sein, und das weist wieder auf den Mond. Denn da
Anchuros nicht selbst ein Goldmacher wie Midas war, auch seinen Vater
nicht beerbt hatte um als ein Krösos zu gelten, und noch weniger ein Gebirge war (wie das fabelhafte Anguron am Istros, Apollon. 4, 325 f. Ti-
magetes bei d. Schol.), das Goldstufen enthalten mochte, so bleibt nur übrig
dass Vater und Sohn verschiedne Ausdrücke derselben Idee waren.

πριοι, ἤ *Φωςφόρος* καὶ οἱ σὺν αὐτῷ lässt sich abnehmen, dass dieser Name früher dem Mondgotte eigen war und deswegen später auf den Phosphoros übertragen wurde.

---

11. Schluss.

Leb' denn, Selene, *wohl* ! und die Rosse, sie treib' in die Fluten,
Herrin! indessen ich trage mein Leid ganz wie ich gelobte.
Nochmals lebe mir *wohl*, Glanzstrahlende! lebt auch, ihr Sterne,
Wohl! ihr, welche den Ringel der schweigenden Nacht ihr begleitet.
Theokrit.

In der Ueberzeugung dass die gegebne Deutung des Euphemos und der Scholle in der Hauptsache unantastbar sei, glaube ich nur noch im allgemeinen ein Wort über diese neue [1] Art von Plastik, weil sie manchem zu kühn oder wenigstens wunderlich vorkommen mag, hinzufügen zu müssen. Was erstens die Voraussetzung betrift, dass beide Mondhälften im Naturzustande (d. h. ohne Instrumente oder mathematische Kombinationen) beobachtet sind, so mag die trübe Hälfte in unsrer dicken und dunstigen Atmosphäre dem blossen Auge wohl nicht immer erkennbar sein, aber unter dem glücklichen Himmel von Hellas erscheinen nach den Erfahrungen der Reisenden die Gestirne in ganz andrem Glanze, und schon Euripides [2] rühmt namentlich von

---

[1] Sie ist so uralt, dass sie jetzt wieder für neu gelten kann. [2] Med. 829.
Cicero de fato 4, 7 Athenis tenue coelum, ex quo etiam acutiores putantur Athenenses. vergl. de N. D. 2, 16, 42.

Athen dass es stets eine ganz durchsichtige Luft habe. Zweitens aber würde es allerdings anstössig sein noch *heute* (wenn wir auch Mondsichel gebrauchen) die verschiednen Erscheinungen des Monds in einfacher Rede für einen Kopf und Zahn oder für ein Horn und Haar u. s. w. auszugeben : aber die *Alten* wenigstens hatten keine andre Mittel die Mondphasen zu unterscheiden als sie mit bekannten Gegenständen zu vergleichen und danach zu benennen. So wurden die aussergewöhnlichen Phänomene des Himmels Lichter Fackeln Ruthen Locken Zöpfe Stäbe ($\dot{\varrho}\check{\alpha}\beta\delta o\iota$) Lampen ($\lambda\alpha\mu\pi\acute{\alpha}\delta\varepsilon\varsigma$) Tonnen ($\pi\acute{\iota}\vartheta o\iota$) u. s. w. genannt z. B, $\tau\acute{\alpha}$ $\tau\varepsilon$ $\delta\acute{\varepsilon}\lambda\alpha$ $\delta\iota\acute{\alpha}\tau\tau\varepsilon\iota$ $\varkappa\alpha\grave{\iota}$ $\varphi\lambda\acute{o}\gamma\varepsilon\varsigma$ $\grave{\alpha}\varkappa o\nu\tau\acute{\iota}\zeta o\nu\tau\alpha\iota$ $\varkappa\alpha\grave{\iota}$ $\delta o\varkappa\acute{\iota}\delta\varepsilon\varsigma$ $\varkappa\alpha\grave{\iota}$ $\beta\acute{o}\vartheta\upsilon\nu o\iota$ $\varkappa\alpha\grave{\iota}$ $\varkappa o\mu\tilde{\eta}\tau\alpha\iota$ $\lambda\varepsilon\gamma\acute{o}\mu\varepsilon\nu o\iota$ $\delta\tau\eta\varrho\acute{\iota}\zeta o\nu\tau\alpha\acute{\iota}$ $\tau\varepsilon$ $\varkappa\alpha\grave{\iota}$ $\delta\beta\acute{\varepsilon}\nu\nu\upsilon\nu\tau\alpha\iota$ $\pi o\lambda\lambda\acute{\alpha}\varkappa\iota\varsigma$ [1], und unsre Milchstrasse hiess $\tau\grave{o}$ $\gamma\acute{\alpha}\lambda\alpha$ (die Milch); und wie man noch heute sagt der Himmel sei gelämmert [2] (wenn zerrissene Wölkchen in grosser Menge an einander grenzen) oder wie wir in Träumereien versunken allerhand Bilder aus den Wolken machen, ebenso sprachen auch die hellenischen Dichter [3] in Bezug auf sie von Ringellocken des hundertköpfigen Typhon und luftschwimmenden Raubvögeln, sowie sie dieselben mit Kentauren Pardeln Wölfen Stieren Hirschen Weibern u. s. w. verglichen. Aber das ist alles noch nichts gegen die alten Sternbilder, deren Benennung höchst sonderbar, wo nicht ganz unsinnig zu sein scheint. Einige glaubten [4] dass ein

---

[1] Auctor de mundo 2. 392, 3. 395, 11 u. s. w. Auch die Römer brauchen in diesem Sinne trabes faces criniti globi ardores clupei u. dergl. s, Plin. H. nat. 2, 23 ff. u. a. [2] Ideler Meteorolog. gr. et rom. 100. [3] Arist ph. Nub 336—355. vergl. Aristot. de somn. 3. 461, 20. [4] Schol. Arat. 98.

alter Mathematiker Asträos zuerst die Sternnamen erfunden habe,
andre [1] führten fünf verschiedne Ursachen der Benennung an, die
sowohl in den einzelnen Fällen seicht und weithergeholt als auch
nach unlogischen Prinzipien zusammengestellt und abgeschmackt
sind. Nichts kann z. B. wunderlicher sein als die himmlische
Argo, welche nach Arat [2] wie ein Krebs rückwärts kriecht und

---

[1] Ebend. 27.   [2] Phän. 342 ff. mit den Schol. Ich habe aber gerade die
Argo gewählt, weil sie diese Schrift am nächsten angeht: indess muss ich
es einer andren Gelegenheit vorbehalten ausführlich von jenem merkwürdi-
gen Schiffe, das am Himmel thronte, zu sprechen. Hier will ich nur be-
merken dass jenes Fahrzeug auch prophetische Gaben besass (also kein gewöhnliches Schiff war), und wie der dodonische Zeus mit der prophetischen
Eiche oder Buche zusammenwohnte. Athena hatte in der Mitte des Schiffs
den Kielbalken (d. h. die Mondsichel und mithin die ganze Argo) vom Holze
jener dodonischen Eiche des Zeus genommen, und bei Apollonios meldet
sie sich zur Abfahrt 1, 524 und spricht auch bei den Keraunien im ionischen Meere 4, 580, wie bei Apollodor 1, 9, 24 bei den absyrtischen Inseln. Im orphischen Gedichte redet der Sohn des Oeagros 257 sie an und
sie hört ihn 264, und 1155 in einer ähnlichen Gefahr, wie die in den Kyaneen oder die des Widders Phrixos in der Enge des Hellesponts, beklagt
sie nur das *ihr* drohende Unheil (nicht aus Gefühllosigkeit gegen die Gefahr der andern, sondern weil *sie* das Ganze oder wenigstens die Hälfte war),
und auf ihre Gabe des Sprechens bezieht sich auch 66 (?) 242. 487. 707.
Um das Wunder zu mindern (das Schol. Apoll. 1, 526 zu beschönigen
sucht, und auch andre erzählen, wie sie Lykophron 1319 mit Tzetzes 155
eine geschwätzige Elster nennt, vergl. Corp. Inscr. gr. B. 3. 366 f.) dich-
tet Valerius 1, 301 ff. dass die fulgens tutela carinae im Traume zu Iason
vor der Abfahrt geredet habe. Pelias heisst sie Apollon. 1, 524 wie die
Lanze Achills, weil beide gleich sind; sonst dodonisch oder chaonisch (vergl.
auch Claudian 7 de tertio cons. Hon. 118) und tomarisch (Orph. 264) oder
tmarisch (Claudian 26 de bello get. 18) vom Berge Tomaros oder Tmaros,
worüber ich ausführlich in einer Abhandlung über die Pelasger handeln
werde.

nur vom grossen Maste bis zum Steuer sichtbar ist : denn ab-
gesehn davon, dass kein vernünftiger Mensch in dem sogenannten Steuerruder und Hintertheile ohne wahnsinnige Vorurtheile
die Hälfte eines Schiffs erkennen würde, passt sie auch wegen
ihrer Verstümmelung und wegen ihres Rückwärtssegelns nicht
für ihren Zweck. Das gilt aber nicht blos bei der Argo, sondern ähnliche Verstösse begegnen uns auch bei allen andren Stern-
bildern, und es giebt nicht leicht eine wildere Phantasie oder
eine Malerei welche verwegner wäre und dem Beschauer mehr
Einbildungskraft zumuthete ; wenigstens ist das was wir von den
Figuren des Mondes gesagt haben Kleinigkeit und Kinderspiel
gegen diese Art von Plastik, und man wird bei vorurtheilsfreier
Betrachtung gestehen müssen, dass wir eine *höchst gemässigte*
Phantasie der Mondbeschauer vorausgesetzt haben, da die Formen des Mondes doch zu unsren Annahmen ziemlich gut passen.
Auch gesteht uns Manilius[1] ganz offen die Mangelhaftigkeit der
alten Uranographie mit den Worten :

> *Hoffe jedoch nicht Bilder zu schau'n die entsprächen den Namen,*
> Also dass ohn' eine Lücke erglänze nach reichlichem Maasse
> Jegliches Glied, und dass nirgends ein Flecken der Strahlen entbehre:
> Nimmer ja könnte die Welt so mächtige Gluten ertragen,
> Wenn in der Fülle das Feuer die sämtlichen Glieder durchraste.
> Was sie den Flammen entrissen, das hat die Natur nur geborgen
> Gegen die rohe Gewalt; und die äussersten Spuren zu machen
> War ihr genug, und durch bleibende Funken die Bilder zu zeichnen.
> *Striche daher bestimmen die Art, und der Stern soll zum Sterne*
> *Leiten ; die Mitte entspricht ja dem Schluss und der obere Theil muss*
> *Stehn für das Ende; genug ! wenn nirgends das Ganze versteckt ist*

Das heisst meines Bedünkens *sapienti sat!* aber wenn dies Ein-

---

[1]   Astr. 1, 458 ff.

geständniss auch von hinlänglicher Aufrichtigkeit Zeugniss ablegt, so erklärt es immer noch nicht, wie man zu einer so sonderbaren Eintheilung des Himmelsgebiets gekommen sei. Gewiss kann die antike Himmelskarte nicht aus der Urzeit herrühren, da es sicherlich sehr lange dauerte bevor sich die einfältigen Beschauer dieses *Labyrinths* auch nur einigermassen zurechtfinden mochten; und auch wenn die Kenntniss der Astronomie aus Aegypten nach Hellas kam (wie die mythologischen Astromanen ohne gehörige Ueberlegung behaupten), so lässt sich doch weder absehn durch welche Macht jene astronomischen Bilderbücher bis auf den tiefsten Grund des religiösen und poetischen Bewustseins der Hellenen drangen, noch wird das Problem selbst durch eine so verkehrte Annahme gelöst: denn dieselbe Frage würde nun lauten, weswegen haben die Aegyptier den Himmel in einen Thiergarten verwandelt und so närrische Geschichten von ihm gedichtet? Deswegen bleibe ich lieber bei den Hellenen stehen, die zwar früh *das eine und andre Gestirn* seines ökonomischen oder nautischen Nutzens wegen unterscheiden lernten, aber um die übrigen sich wenig kümmerten; sondern auf Sonne Mond und Sterne (im Ganzen) wie der Adonis der Praxilla [1] gleich die stattlichen Melonen und Aepfel und Birnen (oder Kohlsuppe und Thee) folgen liessen. Gesetzt aber auch dass Landleute Hirten und Schiffer im Interesse ihres Haushalts schon in ältester Zeit sich am ganzen Himmel zu orientiren wussten, gesetzt dass sie die (später so gemissbrauchten) Wendekreise bemerkten (die indess in jenen glücklichen Ländern, namentlich in Aegypten und

---

[1] Fragm. 1. 818 Bergk.

Indien nur wenig Eindruck machen konnten), so sind wir damit immer noch keinen Schritt weiter gekommen : denn jener Stier oder Widder, die Pleiaden und Bären u. s. w. können doch nicht von der Lage und Stellung der Sterne entnommen sein, sondern man muss vielmehr alte Phantasien später am Himmel untergebracht haben. Wie ich in einer Arbeit über alle Katasterismen zeigen werde, war die Erinnerung dass die alten und nunmehr verkannten und herabgewürdigten Mondgötzen der einzelnen Familien an den nächtlichen Himmel gehörten noch nicht ganz verloren gegangen, und da der Mond für die Unzahl nicht ausreichte, auch damals mit andren Augen betrachtet wurde, so ging man auf Entdeckungen aus und suchte so lange bis man fand was man gesucht hatte und dem Gesuchten einigermassen zu entsprechen schien.

S. 49 (159). 5 lies *Uranos*   115 (205). 18 (Weihnachts)wecke,